Mord im Pfarrhaus

Agatha Christie

Mord im Pfarrhaus

Roman

Aus dem Englischen
von Irmela Brender

Scherz

Die Originalausgabe erschien unter dem Titel
«Murder at the Vicarage»

Erste Auflage der Neuausgabe 1999
in der Übersetzung von Irmela Brender

Für Rosalind

Erstes Kapitel

Es ist schwer zu sagen, wo man mit dieser Geschichte beginnen soll, aber ich habe mich für einen gewissen Mittwoch beim Lunch im Pfarrhaus entschieden. Obwohl das Gespräch im großen Ganzen für die bewusste Angelegenheit belanglos war, fielen doch ein oder zwei Andeutungen, die den Fortgang der Ereignisse beeinflussten.

Ich hatte gerade das gekochte Rindfleisch zerlegt (es war übrigens bemerkenswert zäh) und setzte mich wieder, da erklärte ich in einer meinem Stand ganz unangemessenen Regung, dass jeder, der Colonel Protheroe um die Ecke bringen würde, der Welt einen großen Dienst erweise.

Mein junger Neffe Dennis sagte sofort: «Das wird gegen dich sprechen, falls der alte Knabe in seinem Blut gefunden wird. Mary wird es bezeugen, nicht wahr, Mary? Und beschreiben, wie rachsüchtig du das Fleischmesser geschwungen hast.»

Mary, die ihren Dienst im Pfarrhaus als Sprungbrett zu besseren Dingen und höherem Gehalt betrachtet, sagte nur laut und sachlich: «Gemüse», und knallte aufsässig eine angeschlagene Schüssel auf den Tisch.

Meine Frau fragte mitfühlend: «War er sehr anstrengend?»

Ich antwortete nicht gleich, weil Mary mir eine Platte mit ausnehmend feuchten und unappetitlichen Klößen unter die Nase schob. Ich sagte: «Nein, danke», sie schmiss die Platte geräuschvoll auf den Tisch und ging hinaus.

«Zu schade, dass ich eine so grässliche Hausfrau bin», sagte meine Frau mit echtem Bedauern.

Ich neigte dazu, ihr Recht zu geben. Meine Frau heißt Griselda – ein höchst geeigneter Name für eine Pfarrersfrau. Aber da hört die Eignung auch schon auf. Sie ist kein bisschen sanft.

Ich war immer der Meinung, ein Geistlicher sollte unverheiratet bleiben. Warum ich Griselda nach vierundzwanzigstündiger Bekanntschaft bedrängte, mich zu heiraten, ist mir ein Rätsel. Die Ehe, behaupte ich stets, ist eine ernste Angelegenheit, die erst nach reiflicher Überlegung und mit Vorbedacht in Angriff genommen werden sollte, und die Übereinstimmung von Geschmack und Neigung spielt dabei die bedeutendste Rolle.

Griselda ist fast zwanzig Jahre jünger als ich. Sie ist verwirrend hübsch und ganz unfähig, irgendetwas ernst zu nehmen. Sie ist in jeder Hinsicht untüchtig und eine äußerst anstrengende Lebensgefährtin. Sie betrachtet die Pfarrei als eine Art riesigen Spaß, der zu ihrer Belustigung arrangiert wurde. Ich habe mich bemüht, ihren Geist zu formen, und bin gescheitert. Mehr denn je bin ich davon überzeugt, dass der Zölibat für den Klerus wünschenswert ist. Häufig habe ich das Griselda gegenüber angedeutet, aber sie hat nur gelacht.

«Meine Liebe», sagte ich jetzt, «wenn du dir ein wenig Mühe geben würdest …»

«Manchmal mache ich das», sagte Griselda. «Aber alles in allem glaube ich, dass noch mehr schief geht, wenn ich es versuche. Ich bin offenbar von Natur aus keine Hausfrau. Ich finde es besser, Mary alles zu überlassen und mich damit abzufinden, ungenügend zu sein und scheußliche Sachen essen zu müssen.»

«Und was ist mit deinem Ehemann, meine Liebe?», fragte ich tadelnd und folgte dem Beispiel des Teufels, indem ich die Schrift in meinem Sinne zitierte: «‹Sie schaut, wie es in ihrem Hause zugeht …›»

Griselda unterbrach mich schnell. «Denk nur, wie gut du dran bist! Du wirst weder von Löwen in Stücke gerissen noch am Marterpfahl verbrannt. Schlechtes Essen und viel Staub und tote Wespen sind wirklich kein Grund zur Aufregung. Erzähl mir mehr über Colonel Protheroe. Jedenfalls konnten die frühen Christen von Glück reden, dass sie keine Kirchenvorsteher hatten.»

«Aufgeblasenes altes Ekel», sagte Dennis. «Kein Wunder, dass ihm seine Frau davongelaufen ist.»

«Ich weiß nicht, was sie sonst hätte tun sollen», bemerkte meine Frau.

«Griselda! Ich dulde nicht, dass du so sprichst.»

«Liebling», sagte meine Frau zärtlich. «Erzähl mir von ihm. Was war los? Ging es darum, dass Mr. Hawes ständig knickst und nickt und sich bekreuzigt?»

Hawes ist seit gut drei Wochen unser neuer Vikar. Er ist Anhänger der High Church und fastet freitags. Colonel Protheroe hasst Rituale in jeder Form.

«Diesmal nicht. Er hat das Thema nur gestreift. Nein, der ganze Ärger dreht sich um Mrs. Price Ridleys unglückselige Pfundnote.»

Mrs. Price Ridley ist ein frommes Mitglied meiner Gemeinde. Beim Frühgottesdienst am Jahrestag des Todes ihres Sohns hatte sie eine Pfundnote in den Klingelbeutel gesteckt. Als sie später las, was die Kollekte eingebracht hatte, bemerkte sie zu ihrem Schmerz, dass ein Zehn-Shilling-Schein als höchster Einzelbeitrag genannt wurde.

Sie beschwerte sich deshalb bei mir, und ich wies sie mit allem Respekt darauf hin, dass sie sich geirrt haben musste.

«Wir sind alle nicht mehr so jung, wie wir einmal waren», taktvoll hatte ich versucht abzulenken, «und wir müssen den Jahren Tribut zollen.»

Merkwürdigerweise schienen meine Worte sie noch mehr zu erbosen. Sie sagte, die Sache sehe höchst merkwürdig aus, und sie sei überrascht, dass ich ihre Meinung nicht teile. Dann stürmte sie davon und trug offenbar ihre Sorgen Colonel Protheroe vor. Protheroe gehört zu den Menschen, die mit Vergnügen aus jedem nur denkbaren Anlass Wirbel machen. Und er machte Wirbel. Zu schade, dass er sich dazu einen Mittwoch aussuchte. Mittwochs morgens unterrichte ich am theologischen Seminar, was mich immer Nerven kostet und den ganzen Tag aus dem Gleichgewicht bringt.

«Nun, ein bisschen Spaß muss er wohl haben.» Meine Frau gab sich den Anschein einer Unparteiischen. «Schließlich schwirrt niemand um ihn herum und nennt ihn ‹lieber Pfarrer› und bestickt ihm grässliche Pantoffel und schenkt ihm Bettschuhe zu Weihnachten. Seine Frau und seine Tochter haben die Nase voll von ihm. Wahrscheinlich macht es ihn glücklich, dass er sich irgendwo wichtig vorkommen kann.»

«Er hatte keinen Grund, beleidigend zu werden», erwiderte ich erregt. «Ich glaube, ihm war gar nicht richtig klar, was er da sagte. Er will die gesamte Buchhaltung der Kirche prüfen – ob es Veruntreuungen gegeben habe. Das war das Wort, das er gebrauchte. Veruntreuungen! Verdächtigt er vielleicht mich, Kirchengelder zu unterschlagen?»

«Niemand würde dich irgendwelcher Verfehlungen verdächtigen, Liebling», sagte Griselda. «Du bist so offenkundig über jeden Verdacht erhaben, dass es wirklich eine fabelhafte Gelegenheit wäre. Ich wünschte, du würdest die Gelder der Missionsgesellschaft unterschlagen. Ich hasse Missionare – seit jeher.»

Ich hätte sie wegen dieser Äußerung zurechtgewiesen, doch in diesem Moment kam Mary mit einem halb garen Reispudding herein. Ich protestierte mild, aber Griselda sagte, dass die Japaner immer halb garen Reis essen und dieser Diät ihre fabelhaften Hirne verdanken.

«Ich wette», sagte sie, «wenn du täglich bis Sonntag solchen Reispudding essen würdest, könntest du eine fabelhafte Predigt halten.»

Ich schauderte. «Da sei der Himmel vor.»

«Protheroe kommt morgen Abend, und wir nehmen uns zusammen die Bücher vor», fuhr ich fort. «Heute muss ich meinen Vortrag für den M.V.A.K. fertig schreiben. Als ich einen Quellenvermerk nachschlug, habe ich mich so in Kanonikus Shirleys *Reality* vertieft, dass ich nicht so weit gekommen bin, wie ich sollte. Was tust du heute Nachmittag, Griselda?»

«Meine Pflicht», sagte Griselda. «Meine Pflicht als Pfarrfrau. Um vier Uhr dreißig gibts Tee und Skandale.»

«Wer kommt?»

Griselda errötete tugendhaft und zählte sie an den Fingern ab: «Mrs. Price Ridley, Miss Wetherby, Miss Hartnell und diese schreckliche Miss Marple.»

«Ich mag Miss Marple eigentlich», sagte ich. «Sie hat zumindest Sinn für Humor.»

«Sie ist die schlimmste Katze im Dorf. Und sie weiß immer alles, was passiert – und zieht daraus die schlimmsten Schlüsse.»

Griselda ist, wie ich bereits erwähnt habe, wesentlich jünger als ich. In meinem Alter weiß man, dass das Schlimmste gewöhnlich stimmt.

«Also mit mir brauchst du zum Tee nicht zu rechnen, Griselda», sagte Dennis.

«Unmensch!», sagte Griselda.

«Ja, aber schau mal, die Protheroes haben mich wirklich heute zum Tennis eingeladen.»

«Unmensch!», wiederholte Griselda.

Dennis zog sich vorsichtig zurück, und Griselda und ich gingen in mein Arbeitszimmer.

«Ich bin mal gespannt, was wir zum Tee serviert bekommen.» Griselda setzte sich auf meinen Schreibtisch. «Wahrscheinlich Dr. Stone und Miss Cram und vielleicht Mrs. Lestrange. Übrigens wollte ich sie gestern besuchen, aber sie war ausgegangen. Ja, bestimmt gibts zum Tee Klatsch über Mrs. Lestrange. Es ist so mysteriös, nicht wahr, wie sie hier ankommt, ein Haus mietet und es fast nie verlässt. Da fallen einem gleich Kriminalromane ein. Du weißt schon – ‹*Wer war sie, die geheimnisvolle blasse, schöne Frau? Was lag hinter ihr? Niemand wusste es. Sie hatte etwas Unheimliches an sich.*› Ich glaube, Dr. Haydock weiß etwas über sie.»

«Du liest zu viele Kriminalromane, Griselda», bemerkte ich nachsichtig.

«Und du? Neulich habe ich überall *Der Fleck auf der Treppe* gesucht, als du hier eine Predigt schriebst. Und wie ich hereinkomme und dich fragen will, ob du das Buch irgendwo gesehen hast, was stelle ich da fest?»

Anstandshalber wurde ich rot. «Ich habe es ganz in Gedanken in die Hand genommen. Zufällig fiel mein Blick auf einen Satz, und ...»

«Das kenne ich.» Eindrucksvoll deklamierte Griselda: *«Und dann geschah etwas sehr Merkwürdiges – Griselda erhob sich, durchquerte das Zimmer und küsste liebevoll ihren ältlichen Ehemann.»* Sie setzte ihre Worte in die Tat um.

«Ist das etwas sehr Merkwürdiges?», fragte ich.

«Natürlich. Ist dir klar, Len, wen ich alles hätte heiraten können? Einen Staatsminister, einen Baronet, einen reichen Unternehmer, drei Offiziere der niederen Dienstgrade und einen Tunichtgut mit hinreißenden Manieren. Und statt ihrer habe ich dich gewählt. Hat dich das nicht sehr gewundert?»

«Damals schon. Ich habe mich oft gefragt, warum du das getan hast», antwortete ich.

Griselda lachte. «Es hat mir ein solches Gefühl der Macht gegeben», murmelte sie. «Die anderen fanden mich einfach wunderbar, und natürlich wäre es für sie sehr schön gewesen, mich zu kriegen. Aber ich bin alles das, was du am meisten verabscheust und missbilligst, und trotzdem konntest du mir nicht widerstehen! Das war zu viel für meine Eitelkeit. Es ist wesentlich schöner, eine geheime und köstliche Sünde für jemanden zu sein, als eine Feder an seinem Hut. Ich mache dich grässlich verlegen und gehe dir gegen den Strich, und trotzdem liebst du mich wahnsinnig. Du liebst mich wahnsinnig, stimmts?»

«Natürlich habe ich dich sehr gern, meine Liebe.»

«Oh! Len, du liebst mich. Weißt du noch, wie ich in der Stadt blieb und dir ein Telegramm schickte, das du nie erhieltest, weil die Schwester der Postmeisterin Zwillinge bekam und sie vergaß, es herzuschicken? Du warst außer dir und hast Scotland Yard angerufen und das tollste Theater aufgeführt.»

Es gibt Dinge, an die man nicht gern erinnert wird. Damals hatte ich mich wirklich unvorstellbar albern benommen. Ich sagte: «Wenn du nichts dagegen hast, Liebes, möchte ich jetzt mit dem M.V.A.K. weitermachen.»

Griselda seufzte höchst irritiert, zerzauste mir die Haare, glättete sie wieder und sagte: «Du verdienst mich nicht. Wirklich nicht. Ich werde eine Affäre mit dem Maler anfangen. Das werde ich – wirklich und wahrhaftig. Und dann stell dir den Skandal in der Pfarrgemeinde vor.»

«Davon gibt es schon genug», entgegnete ich mild.

Griselda lachte, warf mir eine Kusshand zu und ging durch die Glastür hinaus.

Zweites Kapitel

Griselda ist eine sehr irritierende Frau. Als ich vom Mittagstisch aufstand, war ich in der richtigen Stimmung, einen wirklich zündenden Vortrag für den Männerverband der Anglikanischen Kirchen zu schreiben. Jetzt war ich nervös und verstört.

Gerade als ich mich wieder auf die Arbeit konzentrierte, wehte Lettice Protheroe herein.

Ich benutze das Wort «wehte» mit Bedacht. Ich habe Romane gelesen, in denen junge Leute vor Energie bersten – *joie de vivre*, die herrliche Vitalität der Jugend... Aber alle jungen Leute, denen ich persönlich begegne, haben etwas Geisterhaftes an sich.

Lettice war an diesem Nachmittag besonders gespenstisch. Sie ist ein hübsches Mädchen, sehr groß und blond und völlig geistesabwesend. Sie glitt durch die Glastür, zog gedankenverloren die gelbe Baskenmütze vom Kopf und murmelte vage mit einer Art unbeteiligter Überraschung: «Ach! Sie sind es.»

Von Old Hall führt ein Weg durch den Wald, der an unserem Gartentor endet, so dass die meisten Leute von dort durch den Garten zum Arbeitszimmer kommen, statt außen herum über die Straße zu gehen und die Haustür zu nehmen. Ich war nicht überrascht, dass Lettice so das Haus betrat, aber ich ärgerte mich etwas über ihre Bemerkung.

Wenn man zum Pfarrhaus geht, sollte man sich darauf einstellen, einem Pfarrer zu begegnen.

Sie kam herein und ließ sich in einen meiner großen Sessel fallen. Dort saß sie zusammengesunken, zupfte sinnlos an ihrem Haar und starrte an die Decke.

«Ist Dennis hier irgendwo?»

«Seit dem Mittagessen habe ich ihn nicht gesehen. Ich glaube, er wollte zu Ihnen und Tennis spielen.»

«Oh!», sagte Lettice. «Hoffentlich nicht. Er wird niemanden antreffen.»

«Er sagte, Sie hätten ihn eingeladen.»

«Ich glaube, das stimmt. Nur war es für Freitag. Und heute ist Dienstag.»

«Es ist Mittwoch», sagte ich.

«Oh wie schrecklich. Das bedeutet, dass ich zum dritten Mal vergessen habe, mit ein paar Leuten zum Essen zu gehen.»

Zum Glück schien ihr das nicht viel auszumachen.

«Ist Griselda irgendwo in der Nähe?»

«Ich nehme an, Sie finden sie im Atelier im Garten – sie sitzt Lawrence Redding Modell.»

«Es hat ein ziemliches Trara seinetwegen gegeben», sagte Lettice. «Mit Vater, wissen Sie. Vater ist grässlich.»

«Worum ging es denn bei dem Tr – weshalb?», fragte ich.

«Weil er mich malt. Vater ist dahinter gekommen. Warum darf ich mich nicht im Badeanzug malen lassen? Wenn ich darin zum Strand gehe, kann man mich doch auch darin malen?»

Lettice machte eine Pause, bevor sie weitersprach. «Es ist wirklich absurd – dass Vater einem jungen Mann das Haus verbietet. Lawrence und ich kichern natürlich bloß darüber. Ich werde hierher kommen und mich in Ihrem Arbeitszimmer malen lassen.»

«Nein, meine Liebe. Nicht, wenn Ihr Vater es verbietet.»

«Ach je.» Lettice seufzte. «Wie langweilig alle sind. Ich bin am Boden zerstört. Absolut. Wenn ich nur ein bisschen Geld hätte, würde ich weggehen, aber ohne kann ich nicht. Wenn mein Vater nur anständig genug wäre zu sterben, ginge es mir gut.»

«Sie dürfen so etwas nicht sagen, Lettice.»

«Nun, wenn er nicht will, dass ich ihm den Tod wünsche,

sollte er sich nicht so wegen Geld anstellen. Mich wundert nicht, dass meine Mutter ihn verlassen hat. Wissen Sie, dass ich jahrelang geglaubt habe, sie sei tot? Was für ein junger Mann war das, mit dem sie davongelaufen ist? War er nett?»

«Es geschah, bevor Ihr Vater hierher gezogen ist.»

«Ich wüsste gern, was aus ihr geworden ist. Wahrscheinlich wird Anne bald mit jemandem eine Affäre haben. Anne hasst mich – sie verhält sich ganz anständig mir gegenüber, aber sie hasst mich. Sie wird alt, und das gefällt ihr nicht. In diesem Alter bricht man aus, wissen Sie.»

Ich fragte mich ob Lettice den ganzen Nachmittag in meinem Arbeitszimmer verbringen würde.

«Haben Sie meine Schallplatten gesehen?», fragte sie.

«Nein.»

«Wie dumm. Ich weiß, dass ich sie irgendwo gelassen habe. Und ich habe den Hund verloren. Und meine Armbanduhr ist irgendwo, aber das macht weiter nichts, denn sie geht nicht. Ach je, ich bin so müde. Ich weiß nicht warum, ich bin nämlich erst um elf aufgestanden. Aber das Leben ist sehr anstrengend, finden Sie nicht auch? Ach je, ich muss gehen. Ich will mir um drei Dr. Stones Hügelgrab anschauen.»

Ich schaute auf die Uhr und sagte, dass es jetzt fünf nach halb vier sei.

«Oh! Wirklich? Wie schrecklich. Ob sie wohl gewartet haben, oder ob sie ohne mich gegangen sind? Ich sollte lieber gehen und mich darum kümmern.»

Sie stand auf und schwebte hinaus, wobei sie über die Schulter murmelte: «Sagen Sie Dennis Bescheid, bitte.»

Ich sagte automatisch «Ja» und merkte zu spät, dass ich keine Ahnung hatte, was ich Dennis sagen sollte. Aber ich überlegte, dass es sehr wahrscheinlich keine Rolle spielte. Ich dachte über Dr. Stone nach, einen bekannten Archäologen, der vor kurzem im Blauen Eber Quartier bezogen hatte und die Ausgrabung eines Hügelgrabs auf dem Grundstück von Colonel Protheroe leitete. Es hatte schon mehrere Auseinandersetzungen zwischen ihm und dem Colonel gegeben. Dass er sich mit Lettice verabredet hatte und ihr die Arbeiten zeigen wollte, amüsierte mich.

Lettice Protheroe hatte, fand ich, etwas von einem Biest. Wie sie wohl mit der Sekretärin des Archäologen, Miss Cram auskam? Miss Cram ist eine gesunde junge Frau von fünfundzwanzig, laut in ihrem Auftreten, mit kräftigen Farben, guten Instinkten und einem Mund, der mehr als die übliche Anzahl Zähne zu enthalten scheint.

Im Dorf ist man geteilter Meinung über sie. Die einen halten sie für nicht besser als zu erwarten, die anderen sehen in ihr eine junge Frau von eiserner Tugend, die beabsichtigt, bei nächster Gelegenheit Mrs. Stone zu werden. Sie ist in jeder Hinsicht das Gegenteil von Lettice.

Ich konnte mir vorstellen, dass in Old Hall die Dinge nicht zum Besten standen. Colonel Protheroe hatte vor etwa fünf Jahren wieder geheiratet. Die zweite Mrs. Protheroe war eine bemerkenswert hübsche Frau mit ziemlich ungewöhnlichem Stil. Ich hatte schon immer vermutet, dass die Beziehungen zwischen ihr und ihrer Stieftochter nicht allzu glücklich waren.

Ich wurde noch einmal unterbrochen. Diesmal von meinem Vikar Hawes. Er wollte die Einzelheiten meines Gesprächs mit Protheroe wissen. Ich sagte ihm, dass der Colonel seine «römischen Tendenzen» missbilligte, sein Besuch aber einen ganz anderen Anlass hatte. Zugleich äußerte ich mein eigenes Missfallen und machte ihm klar, dass er sich meinen Anweisungen zu fügen habe. Im großen Ganzen nahm er meine Bemerkungen sehr gut auf.

Als er gegangen war, hatte ich Gewissensbisse, weil ich ihn nicht besser leiden konnte. Diese irrationalen Sympathien und Antipathien sind bestimmt sehr unchristlich.

Seufzend merkte ich, dass die Zeiger auf meiner Schreibtischuhr auf Viertel vor fünf standen. Das bedeutete, dass es eigentlich halb fünf war, und ich machte mich auf in den Salon.

Vier meiner Pfarrkinder waren dort beim Tee versammelt. Griselda saß hinter dem Teetisch und versuchte in ihrer häuslichen Umgebung natürlich auszusehen, wirkte aber noch deplatzierter als sonst.

Ich schüttelte allen die Hand und setzte mich zwischen Miss Marple und Miss Wetherby.

Miss Marple ist eine weißhaarige alte Dame mit freundlichem, einnehmendem Wesen, Miss Wetherby eine Mischung aus Essig und Sentimentalität. Miss Marple ist die weitaus Gefährlichere von beiden.

«Gerade haben wir», sagte Griselda mit honigsüßer Stimme, «über Dr. Stone und Miss Cram geredet.»

Ein frecher Reim von Dennis schoss mir durch den Kopf: «Ach, Miss Cram kennt keine Scham.» Plötzlich hatte ich größte Lust, ihn laut zu sagen und die Wirkung zu beobachten, doch glücklicherweise hielt ich mich zurück.

Miss Wetherby sagte knapp: «Kein anständiges Mädchen würde es tun», und kniff missbilligend die dünnen Lippen zusammen.

«Was tun?», fragte ich.

«Als Sekretärin für einen unverheirateten Mann arbeiten», sagte Miss Wetherby empört.

«Oh, meine Liebe», sagte Miss Marple, «ich glaube, die verheirateten sind die schlimmsten. Denken Sie an die arme Mollie Carter.»

«Verheiratete Männer, die von ihren Frauen getrennt leben, sind natürlich die schlimmsten», erklärte Miss Wetherby.

«Und selbst einige von denen, die mit ihren Frauen leben», murmelte Miss Marple. «Ich denke da an …»

Ich unterbrach diese unerfreulichen Erinnerungen. «Aber heutzutage kann doch ein Mädchen genauso eine Stelle annehmen wie ein Mann.»

«Um aufs Land zu gehen? Und im selben Hotel zu wohnen?», fragte Mrs. Price Ridley streng.

Miss Wetherby murmelte leise Miss Marple zu: «Und alle Zimmer sind im gleichen Stockwerk…»

Miss Hartnell, wettergegerbt und fröhlich und der Schrecken der Armen, erklärte laut und herzhaft: «Der arme Mann wird eingefangen, bevor er noch weiß, wo er ist. Er ist so unschuldig wie ein ungeborenes Baby, das kann man sehen.»

Merkwürdig ist das mit Redensarten. Auf ein tatsächliches Baby hätte keine dieser Damen auch nur im Traum angespielt, bevor es nicht sicher und sichtbar für alle in der Wiege lag.

«Widerlich nenne ich das», äußerte Miss Hartnell mit ihrer üblichen Taktlosigkeit. «Der Mann muss mindestens fünfundzwanzig Jahre älter sein als sie.»

Drei weibliche Stimmen erhoben sich gleichzeitig und machten zusammenhanglose Bemerkungen über den Ausflug des Knabenchors, den bedauerlichen Zwischenfall beim letzten Müttertreff und die Zugluft in der Kirche. Miss Marple blinzelte Griselda zu.

«Glauben Sie nicht», sagte meine Frau, «dass Miss Cram nur einfach einen interessanten Job haben möchte? Und dass sie Dr. Stone lediglich als Arbeitgeber betrachtet?»

Es wurde still. Offenbar stimmte keine der vier Damen zu. Miss Marple redete als Erste. Sie tätschelte Griseldas Arm und sagte: «Meine Liebe, Sie sind noch sehr jung. Die Jungen haben ein so unschuldiges Gemüt.»

Griselda entgegnete ungehalten, dass sie ganz und gar kein unschuldiges Gemüt habe.

«Natürlich», Miss Marple überhörte ihren Protest, «denken Sie von jedem das Beste.»

«Glauben Sie wirklich, dass sie diesen glatzköpfigen Langweiler heiraten will?»

«Soviel ich weiß, ist er recht betucht», sagte Miss Marple. «Ein ziemlich jähzorniger Charakter, fürchte ich. Neulich hatte er einen recht heftigen Streit mit Colonel Protheroe.»

Alle beugten sich interessiert vor.

«Colonel Protheroe hat ihn beschuldigt, ein Ignorant zu sein.»

«Wie typisch Colonel Protheroe, und wie absurd», sagte Mrs. Price Ridley.

«Typisch Colonel Protheroe, aber ich weiß nicht, ob es so absurd ist», entgegnete Miss Marple. «Erinnernern Sie sich an die Frau, die kam und behauptete, sie sei vom Wohlfahrtsverein, und nachdem sie Spenden gesammelt hatte, verschwand sie und es stellte sich heraus, dass sie mit dem Wohlfahrtsverein überhaupt nichts zu tun hatte. Man neigt so dazu, vertrauensselig zu sein und die Menschen nach ihrer Selbsteinschätzung zu bewerten.»

Nicht im Traum hätte ich Miss Marple als vertrauensselig beschrieben.

«Es hat Ärger wegen dieses jungen Malers gegeben, Mr. Redding, nicht wahr?», fragte Miss Wetherby.

Miss Marple nickte. «Colonel Protheroe hat ihn aus dem Haus geworfen. Offenbar hat er Lettice im Badeanzug gemalt.»

«Ich dachte doch immer, dass sie etwas miteinander haben», sagte Mrs. Price Ridley. «Dieser junge Mensch lungert ständig dort oben herum. Zu schade, dass das Mädchen keine Mutter hat. Eine Stiefmutter ist nie das Gleiche.»

«Ich behaupte, Mrs. Protheroe tut ihr Bestes», sagte Miss Hartnell.

«Mädchen sind so durchtrieben», beklagte Mrs. Price Ridley.

«Eine schöne Liebesgeschichte, nicht wahr», sagte die weichherzige Miss Wetherby. «Er ist ein sehr gut aussehender junger Mann.»

«Aber mit lockerem Lebenswandel», fand Miss Hartnell. «Zwangsläufig. Ein Maler! Paris! Modelle! Das ganze Drumherum!»

«Sie im Badeanzug zu malen», bemerkte Mrs. Price Ridley. «Nicht sehr anständig.»

«Mich malt er auch», sagte Griselda.

«Aber nicht in Ihrem Badeanzug», entgegnete Miss Marple.

«Es könnte schlimmer sein», antwortete Griselda ernst.

«Unartiges Mädchen!» Miss Hartnell reagierte großzügig auf den Scherz. Alle anderen sahen leicht schockiert aus.

«Hat die liebe Lettice Ihnen von dem Ärger erzählt?», fragte mich Miss Marple.

«Mir?»

«Ja. Ich habe gesehen, wie sie durch Ihren Garten zu Ihrem Arbeitszimmer ging.»

Miss Marple sieht immer alles. Gartenarbeit ist gute Tarnung, und die Gewohnheit, Vögel durch starke Ferngläser zu beobachten, kann stets als Erklärung dienen.

«Sie hat die Sache erwähnt, ja», gab ich zu.

«Mr. Hawes hat bedrückt ausgesehen», sagte Miss Marple. «Hoffentlich arbeitet er nicht zu viel.»

«Oh!», rief Miss Wetherby aufgeregt. «Fast hätte ich es vergessen. Ich wusste doch, dass ich Neuigkeiten für Sie habe. Ich sah, wie Dr. Haydock aus dem Haus von Mrs. Lestrange kam.»

Alle schauten einander an.

«Vielleicht ist sie krank», gab Mrs. Price Ridley zu bedenken.

«Dann muss das sehr plötzlich gekommen sein», sagte Miss Hartnell. «Ich sah sie nämlich heute Nachmittag um drei durch ihren Garten gehen, und da wirkte sie ganz gesund.»

«Sie und Dr. Haydock müssen alte Bekannte sein.» Das war Mrs. Price Ridley. «Darüber schweigt er sich aus.»

«Merkwürdig», sagte Mrs. Wetherby, «dass er es nie auch nur erwähnt hat.»

«Tatsache ist…», sagte Griselda mit tiefer, geheimnisvoller Stimme und schwieg wieder. Alle beugten sich erregt vor.

«Zufällig weiß ich», Griselda machte das sehr eindrucksvoll, «dass ihr Mann Missionar war. Eine schreckliche Geschichte. Er wurde *aufgegessen*, wissen Sie. Tatsächlich verzehrt. Und sie musste die Frau des Häuptlings werden. Dr. Haydock war auf einer Expedition und rettete sie.»

Einen Augenblick nahm die Erregung überhand, dann sagte Miss Marple vorwurfsvoll, aber lächelnd: «Unartiges Mädchen!»

Tadelnd klopfte sie Griselda auf den Arm. «Sehr unklug von Ihnen, meine Liebe. Wenn Sie solche Sachen erfinden, könnten die Leute sie glauben. Und manchmal führt das zu Komplikationen.»

Die Gesellschaft war merkbar ernüchtert. Zwei Damen standen auf und verabschiedeten sich.

«Ich frage mich, ob der junge Lawrence Redding und Lettice Protheroe wirklich etwas miteinander haben», sagte Miss Wetherby. «Es sieht jedenfalls so aus. Was meinen Sie, Miss Marple?»

Miss Marple schien nachzudenken. «Ich würde das nicht behaupten. Nicht Lettice. Eine ganz andere Person, würde ich sagen.»

«Aber Colonel Protheroe muss gedacht haben ...»

«Auf mich hat er schon immer einen ziemlich dummen Eindruck gemacht», sagte Miss Marple. «Er setzt sich die falsche Idee in den Kopf und hält stur daran fest. Erinnern Sie sich an Joe Bucknell, den ehemaligen Wirt vom Blauen Eber? So ein Wirbel um seine Tochter, die angeblich etwas mit dem jungen Bailey hatte. Und die ganze Zeit war es dieses Biest von seiner Frau.»

Während sie redete, sah sie direkt Griselda an, und ich spürte plötzlich, wie heiße Wut in mir aufstieg.

«Glauben Sie nicht, Miss Marple», sagte ich, «dass wir alle dazu neigen, unseren Zungen zu freien Lauf zu lassen? Nächstenliebe kennt keine bösen Gedanken, wissen Sie. Törichtes Geschwätz und bösartiger Klatsch können unvorstellbaren Schaden anrichten.»

«Lieber Pfarrer», sagte Miss Marple, «Sie sind so weltfremd. Ich fürchte, wenn man die menschliche Natur so lange beobachtet hat wie ich, erwartet man nicht mehr sehr viel von ihr. Ich möchte behaupten, müßiger Tratsch ist sehr unrecht und unfreundlich, aber so häufig wahr, oder etwa nicht?»

Dieser letzte Giftpfeil traf.

Drittes Kapitel

«Widerliche alte Katze», sagte Griselda, sobald die Tür geschlossen war.

Sie schnitt eine Grimasse hinter den scheidenden Gästen, dann sah sie mich an und lachte.

«Len, verdächtigst du mich wirklich, eine Affäre mit Lawrence Redding zu haben?»

«Mein Liebes, natürlich nicht.»

«Aber du hast gedacht, Miss Marple würde das andeuten. Und du hast dich wunderbar zu meiner Verteidigung aufgeschwungen. Wie – wie ein wütender Tiger.»

Einen Moment lang überkam mich Beklommenheit. Ein Pfarrer der anglikanischen Kirche sollte sich nie in eine Situation bringen, in der er als wütender Tiger beschrieben werden kann.

«Ich fand, der Anlass könne nicht ohne Protest vorübergehen. Aber Griselda, ich wünschte, du wärst in deinen Äußerungen etwas vorsichtiger.»

«Meinst du die Kannibalengeschichte?», fragte sie. «Oder die Andeutung, dass Lawrence mich nackt malt! Wenn sie nur wüssten, dass er mich in einem dicken Mantel mit hohem Pelzkragen porträtiert – damit könnte man höchst schicklich den Papst besuchen – nirgendwo auch nur ein bisschen sündiges Fleisch! Überhaupt ist alles so wunderbar schicklich. Lawrence versucht noch nicht einmal, zärtlich zu werden – ich kann mir nicht denken, warum.»

«Bestimmt weil er weiß, dass du eine verheiratete Frau bist.»

«Tu doch nicht so, als kämst du aus der Arche Noah, Len.

Du weißt genau, dass eine attraktive junge Frau mit einem älteren Ehemann eine Art Himmelsgeschenk für einen jungen Mann ist. Es muss einen anderen Grund geben – es ist schließlich nicht so, als wäre ich nicht attraktiv – das bin ich.»

«Bestimmt willst du doch nicht, dass er zärtlich wird?»

«N-n-ein», sagte Griselda mit mehr Zögern, als ich für passend hielt.

«Wenn er in Lettice Protheroe verliebt ist ...»

«Miss Marple schien das nicht zu glauben.»

«Miss Marple kann sich irren.»

«Sie irrt sich nie. Alte Katzen wie sie haben immer Recht.» Sie überlegte eine Minute und sagte dann mit einem raschen Seitenblick auf mich: «Du glaubst mir doch, oder? Ich meine, dass nichts zwischen Lawrence und mir ist?»

«Meine liebe Griselda», sagte ich überrascht. «Natürlich.»

Meine Frau kam herüber und küsste mich. «Ich wollte, du wärst nicht so schrecklich leicht zu täuschen, Len. Du würdest alles glauben, was ich sage.»

«Das hoffe ich doch. Aber mein Liebes, ich bitte dich wirklich, deine Zunge zu hüten und darauf zu achten, was du sagst. Diese Frauen sind einmalig humorlos, denk daran, und nehmen alles ernst.»

«Was sie brauchen», sagte Griselda, «ist ein bisschen Unmoral in ihrem Leben. Dann würden sie in dem anderer Leute nicht so eifrig danach suchen.»

Und damit ging sie hinaus, und nach einem Blick auf die Uhr beeilte ich mich, einige Hausbesuche zu machen.

Der Mittwochabendgottesdienst war wie gewöhnlich schlecht besucht. Als ich mich in der Sakristei umgezogen hatte und durch die Kirche hinausging, war sie leer bis auf eine Frau, die zu einem unserer Fenster hochschaute. Wir haben einige ziemlich schöne alte Buntglasfenster, und auch die Kirche selbst lohnt eine Besichtigung. Bei meinen Schritten drehte sich die Frau um. Es war Mrs. Lestrange.

Wir zögerten beide einen Moment, dann sagte ich: «Hoffentlich gefällt Ihnen unsere kleine Kirche.»

«Ich habe den Lettner bewundert.»

Ihre Stimme war angenehm, leise, doch sehr deutlich, mit klarer Aussprache. Sie fügte hinzu: «Es tut mir Leid, dass ich gestern Ihre Frau verfehlt habe.»

Wir redeten noch ein paar Minuten über die Kirche. Sie war offenbar eine kultivierte Frau, die einiges über Kirchengeschichte und Architektur wusste. Zusammen verließen wir das Gebäude und gingen die Straße entlang, da mein Weg zum Pfarrhaus an ihrem Haus vorbei führte. An ihrem Gartentor bat sie freundlich: «Kommen Sie doch bitte herein. Und sagen Sie mir, was Sie von meinen Veränderungen im Haus halten.»

Ich nahm die Einladung an. Little Gates hatte vorher einem angloindischen Colonel gehört, und ich muss zugeben, dass ich erleichtert das Fehlen der Messingtische und birmanischen Götzenbilder registrierte. Das Haus war jetzt sehr einfach, aber mit erlesenem Geschmack eingerichtet. Es hatte eine friedliche, harmonische Atmosphäre.

Doch ich fragte mich immer mehr, was eine Frau wie Mrs. Lestrange nach St. Mary Mead gebracht hatte. Sie war so eindeutig eine Frau von Welt, dass nur eine merkwürdige Neigung sie getrieben haben konnte, sich in einem Dorf auf dem flachen Land zu vergraben.

Im hellen Licht des Salons konnte ich sie zum ersten Mal genau betrachten.

Sie war eine sehr große Frau. Ihr goldfarbenes Haar hatte einen Stich ins Rötliche. Augenbrauen und Wimpern waren dunkel, ob von Natur aus oder durch künstliche Nachhilfe, konnte ich nicht entscheiden. Wenn sie überhaupt Make-up trug, dann war es sehr kunstvoll aufgetragen. Ihr Gesicht hatte etwas Sphinxartiges, wenn es ruhig und entspannt war, und sie hatte die seltsamsten Augen, die ich je gesehen hatte – im Schatten waren sie fast golden.

Ihre Kleidung war perfekt, und sie hatte das ungezwungene Auftreten einer Frau aus gutem Haus, und doch war etwas Ungereimtes und Verwirrendes an ihr. Sie wirkte mysteriös. Das Wort, das Griselda benutzt hatte, fiel mir ein – unheimlich. Absurd natürlich, und doch – war es so absurd? Ungebeten kam mir der Gedanke in den Sinn: «Diese Frau würde skrupellos sein.»

Unser Gespräch verlief in völlig normalen Bahnen – über Bilder, Bücher, Kirchen. Doch irgendwie hatte ich den starken Eindruck, dass da noch etwas war – etwas ganz anderes, was Mrs. Lestrange mir sagen wollte.

Ein- oder zweimal bemerkte ich, wie sie mich mit einem seltsamen Zögern anschaute, als könnte sie sich nicht entscheiden. Sie beschränkte die Unterhaltung ganz auf unpersönliche Themen und erwähnte nie einen Ehemann oder Angehörige.

Die ganze Zeit war da aber diese sonderbare, dringliche Aufforderung in ihrem Blick, als wollte sie sagen: «Soll ich Sie darauf ansprechen? Ich möchte es. Können Sie mir helfen?»

Doch dann verschwand dieser Zug – oder vielleicht hatte ich ihn mir nur eingebildet. Ich hatte das Gefühl, dass ich entlassen war. Ich stand auf und verabschiedete mich. Als ich aus dem Zimmer ging, wandte ich mich um und sah, wie sie mir mit einem verwunderten, zweifelnden Ausdruck nachschaute. Spontan kehrte ich um. «Wenn ich irgendwas für Sie tun kann …»

Sie sagte zweifelnd: «Das ist sehr freundlich von Ihnen …»

Wir schwiegen beide. Dann sagte sie: «Wenn ich es nur wüsste. Es ist schwierig. Nein, ich glaube, niemand kann mir helfen. Aber danke für das Angebot.»

Das schien endgültig, also ging ich. Aber ich hörte nicht auf mich zu wundern. In St. Mary Mead sind wir an Rätsel nicht gewohnt.

Das trifft so sehr zu, dass sich sofort jemand auf mich stürzte, als ich aus dem Gartentor kam. Miss Hartnell ist sehr gut darin, sich gnadenlos und lästig auf jemanden zu stürzen.

«Ich habe Sie gesehen!», rief sie mit plumpem Humor. «Und ich war so aufgeregt. Jetzt können Sie uns alles über sie erzählen.»

«Über wen oder was?»

«Die geheimnisvolle Dame! Ist sie Witwe, oder hat sie irgendwo einen Ehemann?»

«Das weiß ich wirklich nicht. Sie hat es mir nicht erzählt.»

«Höchst sonderbar. Man sollte denken, dass sie so etwas unbedingt erwähnt. Es sieht fast so aus, als hätte sie einen Grund zum Schweigen, nicht wahr?»

«Das sehe ich wirklich nicht so.»

«Ah! Aber wie die liebe Miss Marple sagt, Sie sind so weltfremd, lieber Pfarrer. Sagen Sie, kennt sie Dr. Haydock schon lange?»

«Sie hat ihn nicht erwähnt, ich weiß es also nicht.»

«Wirklich nicht? Worüber haben Sie denn gesprochen?»

«Bilder, Musik, Bücher», erwiderte ich wahrheitsgemäß.

Miss Hartnell, deren einzige Gesprächsthemen rein persönlicher Natur sind, sah mich misstrauisch und ungläubig an. Während sie überlegte, wie sie weiter vorgehen sollte, nutzte ich ihr kurzes Zögern, wünschte ihr gute Nacht und ging schnell davon.

Ich machte einen Besuch in einem Haus weiter unten im Dorf und kehrte durch den Garten ins Pfarrhaus zurück, wobei ich an der Gefahrenzone von Miss Marples Garten vorbei kam. Doch da ich es für unmöglich hielt, dass die Neuigkeit von meinem Besuch bei Mrs. Lestrange bereits an ihre Ohren gedrungen war, fühlte ich mich einigermaßen sicher.

Als ich das Gartentor verriegelte, fiel mir ein, dass ich die paar Schritte zum Schuppen gehen könnte, den der junge Lawrence Redding als Atelier benutzte. Dann könnte ich mich selbst überzeugen, welche Fortschritte Griseldas Porträt machte.

Ich füge hier eine grobe Skizze bei, die im Licht späterer Ereignisse nützlich sein wird, wobei ich nur die nötigen Einzelheiten einzeichne.

PLAN A

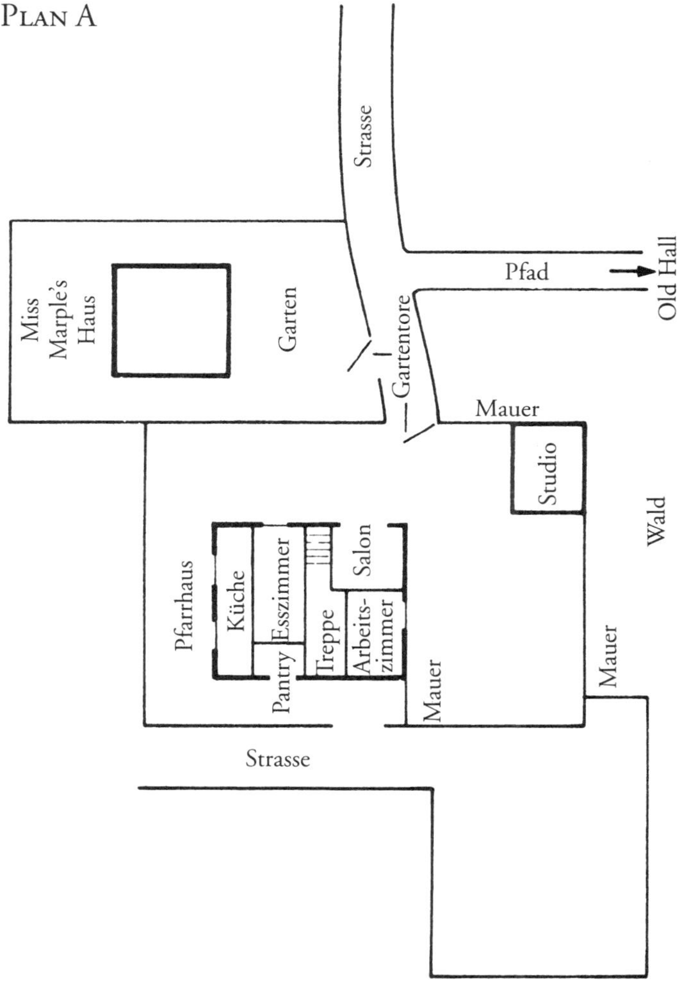
Strasse
Miss
Marple's
Haus
Garten
Gartentore
Pfad
Old Hall
Mauer
Studio
Wald
Pfarrhaus
Küche
Esszimmer
Treppe
Salon
Arbeits-
zimmer
Pantry
Mauer
Mauer
Strasse

Ich hatte keine Ahnung, dass jemand im Atelier war. Keine Stimmen von innen hatten mich gewarnt, und meine eigenen Schritte machten vermutlich kein Geräusch auf dem Gras.

Ich öffnete die Tür und blieb verlegen auf der Schwelle stehen. Denn im Atelier waren zwei Menschen, der Mann hatte die Arme um die Frau gelegt und küsste sie leidenschaftlich.

Die beiden waren der Maler Lawrence Redding und Mrs. Protheroe.

Überstürzt machte ich kehrt und trat den Rückzug in mein Arbeitszimmer an. Dort setzte ich mich, zog meine Pfeife heraus und überlegte. Die Entdeckung hatte mich ungeheuer erschreckt. Vor allem seit meinem Gespräch mit Lettice am Nachmittag war ich ziemlich sicher gewesen, dass eine Art Einverständnis zwischen ihr und dem jungen Mann keimte. Zudem war ich überzeugt, dass sie selbst so dachte. Bestimmt hatte sie keine Ahnung von den Gefühlen des Malers für ihre Stiefmutter.

Ein schlimmes Durcheinander. Widerwillig musste ich Miss Marples Scharfsinn anerkennen. Sie hatte sich nicht täuschen lassen, sondern offenbar den wahren Sachverhalt ziemlich genau vermutet. Ihren vielsagenden Blick auf Griselda hatte ich völlig missverstanden.

Nicht im Traum wäre ich auf Mrs. Protheroe gekommen. Sie hatte stets etwas Hoheitsvolles an sich – eine stille, zurückhaltende Frau, der man keine sehr tiefen Gefühle zutraute.

So weit war ich in meinen Überlegungen gekommen, als mich ein Klopfen an der Glastür aufschreckte. Ich ging hinüber. Draußen stand Mrs. Protheroe. Ich öffnete die Tür und sie kam herein, ohne auf meine Aufforderung zu warten. Atemlos ging sie durchs Zimmer und ließ sich aufs Sofa fallen.

Mir war, als hätte ich sie nie zuvor wirklich gesehen. Die stille, zurückhaltende Frau, die ich kannte, war verschwunden. Stattdessen saß da ein nach Luft ringendes, verzweifeltes Geschöpf. Zum ersten Mal erkannte ich, dass Anne Protheroe schön war.

Sie war eine braunhaarige Frau mit blassem Gesicht und sehr tief liegenden grauen Augen. Jetzt war ihr Gesicht gerötet, und ihre Brust hob und senkte sich erregt. Es war, als wäre eine Statue plötzlich lebendig geworden. Erstaunt sah ich die Verwandlung.

«Ich hielt es für das Beste, zu Ihnen zu kommen», sagte sie. «Sie – Sie haben uns gerade gesehen?» Ich neigte den Kopf.

Sehr schnell sagte sie: «Wir lieben uns ...»

Und sogar mitten in ihrer sichtlichen Not und Aufregung konnte sie ein kleines Lächeln nicht unterdrücken. Das Lächeln einer Frau, die etwas sehr Schönes, Wunderbares sieht.

Ich sagte immer noch nichts, und sie fuhr schnell fort: «Ich nehme an, Ihnen kommt das sehr unrecht vor?»

«Können Sie von mir etwas anderes erwarten Mrs. Protheroe?»

«Nein – nein, wahrscheinlich nicht.»

Ich versuchte, meine Stimme so sanft wie möglich klingen zu lassen: «Sie sind eine verheiratete Frau ...»

Sie unterbrach mich. «Oh, ich weiß – ich weiß. Glauben Sie, dass ich mir das nicht immer wieder gesagt habe? Ich bin im Grunde keine schlechte Frau – das bin ich nicht. Und die Dinge sind – sind nicht so, wie Sie glauben könnten.»

Ernst sagte ich: «Darüber bin ich froh.»

Ziemlich zaghaft fragte sie: «Werden Sie es meinem Mann sagen?»

Trocken antwortete ich: «Es scheint allgemein die Ansicht zu herrschen, dass ein Pfarrer unfähig ist, sich wie ein Gentleman zu benehmen. Das stimmt nicht.»

Sie schaute mich dankbar an. «Ich bin so unglücklich. Oh! Ich bin so schrecklich unglücklich. Ich kann so nicht weiterleben. Ich kann es einfach nicht. Und ich weiß nicht, was ich tun soll.» Ihre Stimme klang jetzt leicht hysterisch. «Sie wissen nicht, wie mein Leben aussieht. Von Anfang an war ich unglücklich mit Lucius. Keine Frau könnte mit ihm glücklich sein. Ich wollte, er wäre tot ... Es ist schrecklich, aber es stimmt

… Ich bin verzweifelt. Ich sage Ihnen, ich bin verzweifelt.» Sie schreckte zusammen und sah zum Fenster.

«Was war das? Ich dachte, ich hätte jemanden gehört? Vielleicht ist es Lawrence.»

Ich ging zur Glastür und merkte, dass ich sie nicht geschlossen hatte. Ich trat hinaus und schaute in den Garten, aber niemand war zu sehen. Und doch war ich fast überzeugt, dass auch ich jemanden gehört hatte. Oder vielleicht hatte ihre Sicherheit mich überzeugt.

Als ich wieder ins Zimmer kam, saß sie vorgebeugt mit gesenktem Kopf, ein Bild der Verzweiflung. Dann wiederholte sie: «Ich weiß nicht, was ich tun soll. Ich weiß nicht, was ich tun soll.»

Ich setzte mich neben sie. Ich sagte, was ich für meine Pflicht zu sagen hielt, und versuchte es mit der nötigen Überzeugungskraft vorzubringen, wobei mir die ganze Zeit beklemmend bewusst war, dass ich am selben Tag geäußert hatte, die Welt wäre ohne Colonel Protheroe in einem besseren Zustand.

Vor allem bat ich sie, nichts zu überstürzen. Ihr Heim und ihren Mann zu verlassen, war ein sehr bedeutsamer Schritt.

Ich glaube nicht, dass ich sie überzeugte. Ich habe lange genug in der Welt gelebt um zu wissen, dass es so gut wie sinnlos ist, mit Verliebten zu argumentieren, aber ich glaube, dass meine Worte ihr einen gewissen Trost spendeten.

Als sie aufbrach, dankte sie mir und versprach zu bedenken, was ich gesagt hatte.

Dennoch war ich sehr besorgt, als sie gegangen war. Ich hatte das Gefühl, Anne Protheroes Charakter falsch beurteilt zu haben. Jetzt erschien sie mir als eine sehr verzweifelte Frau, die vor nichts zurückschrecken würde, wenn ihre Gefühle einmal geweckt waren. Und sie war verzweifelt, heftig, wahnsinnig verliebt in Lawrence Redding, einen Mann, der mehrere Jahre jünger war als sie.

Es gefiel mir nicht.

Viertes Kapitel

Ich hatte ganz vergessen, dass wir Lawrence Redding für diesen Abend zum Dinner eingeladen hatten. Als Griselda hereinstürmte und mich schalt, weil wir in zwei Minuten essen sollten, war ich ziemlich überrascht.

«Ich hoffe, dass alles klappt», rief Griselda mir auf der Treppe nach. «Ich habe mir zu Herzen genommen, was du beim Lunch gesagt hast, und mir wirklich ein paar ziemlich gute Gerichte ausgedacht.»

Nebenbei gesagt bestätigte unser Abendessen weitgehend Griseldas Versicherung, dass noch mehr schief ging, wenn sie sich Mühe gab, als wenn sie das sein ließ. Das Menü war ehrgeizig entworfen, und Mary schien ein perverses Vergnügen daran gefunden zu haben, die Speisen abwechselnd zu kurz und zu lange zu kochen. Ein paar Austern, die Griselda bestellt hatte und die jenseits des Zugriffs Unfähiger zu sein schienen, konnten wir unglücklicherweise nicht kosten, weil wir nichts im Haus hatten, um sie zu öffnen – wir merkten es erst, als sie gegessen werden sollten.

Ich hatte eher bezweifelt, dass Lawrence Redding kommen würde. Er hätte sehr leicht eine Entschuldigung schicken können.

Doch er traf pünktlich ein, und wir vier gingen zu Tisch.

Lawrence Redding hat eine unbestreitbar gewinnende Persönlichkeit. Ich schätze ihn auf etwa dreißig. Er hat dunkles Haar, doch die Augen sind von einem leuchtenden, fast verblüffenden Blau. Er gehört zu den jungen Männern, die alles gut machen. Er ist ein guter Sportler, ein ausgezeichneter Schütze, ein guter Amateurschauspieler und kann eine erstklassige Geschichte erzählen. Er vermag jede Party zu einem Erfolg zu machen. Ich glaube, er hat irisches Blut in den Adern. Er entspricht überhaupt nicht dem Bild, das man sich von einem typischen Künstler macht. Doch ich glaube, er ist ein guter Maler der modernen Richtung. Ich selbst verstehe sehr wenig von Malerei.

Es war nur natürlich, dass er gerade an diesem Abend ein wenig *distrait* wirkte. Im großen Ganzen hatte er sich sehr gut im Griff. Ich glaube nicht, dass Griselda oder Dennis etwas bemerkten. Wahrscheinlich hätte ich selbst nichts bemerkt, wenn ich nicht Bescheid gewusst hätte.

Griselda und Dennis waren besonders ausgelassen – voller Witze über Dr. Stone und Miss Cram, den örtlichen Skandal! Plötzlich wurde mir wie mit einem Schlag klar, dass Dennis Griselda im Alter näher ist als ich. Er nennt mich Onkel Len, sie aber Griselda. Ich fühlte mich irgendwie einsam.

Ich glaube, Mrs. Protheroe hatte mich aus dem Gleichgewicht gebracht. Normalerweise neige ich nicht zu so nutzlosen Überlegungen.

Griselda und Dennis gingen dann und wann ziemlich weit, aber ich hatte nicht den Mut, sie zurechtzuweisen. Ich fand es immer schade, dass schon die Anwesenheit eines Pfarrers eine dämpfende Wirkung haben könnte.

Lawrence nahm munter an der Unterhaltung teil. Dennoch merkte ich, dass seine Blicke ständig zu mir schweiften, und ich war nicht überrascht, als er mich nach dem Essen in mein Arbeitszimmer lotste.

Sobald wir allein waren, änderte sich sein Verhalten.

«Sie haben unser Geheimnis entdeckt, Sir», sagte er. «Was werden Sie tun?»

Ich konnte viel deutlicher mit Redding reden als mit Mrs. Protheroe, und ich tat es. Er nahm es sehr gut auf.

«Natürlich», sagte er, als ich fertig war, «müssen Sie das alles sagen. Sie sind ein Pfarrer. Das meine ich keineswegs geringschätzig. Ich glaube sogar, dass Sie wahrscheinlich Recht haben. Aber zwischen Anne und mir ist mehr als das Übliche.»

Ich wies ihn darauf hin, dass Menschen diesen Satz seit Urzeiten gesagt hatten, und er lächelte seltsam. «Sie meinen, jeder hält seinen Fall für einmalig? Vielleicht. Aber eins müssen Sie glauben.»

Er versicherte mir, dass bis jetzt – «nichts Unrechtes daran war». Anne, sagte er, sei eine der ehrlichsten und treuesten Frauen, die je gelebt haben. Wie es weitergehen sollte, wusste er nicht.

«Wenn das eine Geschichte aus einem Buch wäre», sagte er düster, «würde der alte Mann sterben – und alle wären froh, ihn los zu sein.»

Ich protestierte.

«Oh, ich wollte damit nicht sagen, dass ich ihm ein Messer in den Rücken stecken werde, obwohl ich jedem herzlich danken würde, der es macht. Kein Mensch auf der Welt kann ein gutes Wort über ihn sagen. Ich frage mich wirklich, warum die erste Mrs. Protheroe ihn nicht umgebracht hat. Ich traf sie einmal vor Jahren, und sie machte den Eindruck, als wäre sie absolut fähig dazu. Eine dieser stillen, gefährlichen Frauen. Er tobt durch die Gegend, macht überall Ärger, ist gemein wie der Teufel und hat ein besonders unerfreuliches Naturell. Sie können sich nicht vorstellen, was Anne schon alles aushalten musste. Wenn ich nur das nötige Geld hätte, würde ich sie ohne weitere Umstände wegbringen.»

Dann redete ich sehr ernst mit ihm. Ich bat ihn, St. Mary Mead zu verlassen. Wenn er hier bliebe, würde er Anne Protheroe nur noch unglücklicher machen, als sie schon war. Die Leute würden reden, die Sache würde Colonel Protheroe zu Ohren kommen – und alles würde dadurch unvorstellbar schlimmer für sie.

Lawrence widersprach. «Niemand weiß etwas davon außer Ihnen, Padre.»

«Mein lieber junger Mann, Sie unterschätzen den kriminalistischen Instinkt des Dorflebens. In St. Mary Mead kennt jeder ihre intimsten Angelegenheiten. Kein Detektiv in England kann es mit einer alten Jungfer unbestimmten Alters mit viel freier Zeit aufnehmen.»

Er sagte gelassen, alles sei in Ordnung. Alle würden denken, es gehe um Lettice.

«Ist Ihnen in den Sinn gekommen, dass Lettice das möglicherweise auch glaubt?»

Der Gedanke schien ihn sehr zu überraschen. Lettice, sagte er, mache sich überhaupt nichts aus ihm. Da sei er sicher. «Sie ist ein merkwürdiges Mädchen. Sie scheint immer zu träumen, und doch glaube ich, dass sie im Grunde ziemlich praktisch veranlagt ist. Ich glaube, dieses ganze vage Getue ist nur eine Pose. Lettice weiß sehr genau, was sie tut. Und sie hat eine merkwürdig rachsüchtige Ader. Das Seltsame ist, dass sie Anne hasst. Sie kann sie nicht ausstehen. Und dabei war Anne ihr gegenüber immer der reinste Engel.»

Natürlich glaubte ich ihm das nicht unbedingt. In den Augen verliebter junger Männer erscheint die Angebetete immer wie ein Engel. Immerhin hatte sich nach meinen Beobachtungen Anne gegenüber ihrer Stieftochter stets gütig und fair verhalten. Dass Lettice so verbittert von ihr sprach, hatte mich am Nachmittag selbst überrascht.

Hier mussten wir unser Gespräch abbrechen, weil Griselda und Dennis hereinplatzten und sagten, ich solle Lawrence nicht zwingen, sich wie ein alter Hagestolz zu benehmen.

«Herrje!», sagte Griselda und ließ sich in einen Sessel fallen. «Ich wäre so dankbar für irgendeine Aufregung. Einen Mord – oder selbst einen Einbruch.»

«Ich glaube nicht, dass sich hier irgendwo ein Einbruch lohnt – es sei denn, wir würden Miss Hartnells Gebiss stehlen.»

«Es klickt grässlich», sagte Griselda. «Aber Sie irren sich, wenn Sie glauben, es würde sich nirgends lohnen. In Old Hall gibt es wunderschönes altes Silber. Salzschalen und Trinkgefäße aus der Zeit von Charles II. – solche Sachen. Sie sind Tausende Pfund wert, glaube ich.»

«Der alte Mann würde dich wahrscheinlich mit einem Armeerevolver erschießen», sagte Dennis. «An so etwas hätte er seinen Spaß.»

«Oh, wir wären schneller und würden ihn überfallen!», sagte Griselda. «Wer hat einen Revolver?»

«Ich habe eine Mauserpistole», sagte Lawrence.

«Wirklich? Wie aufregend. Wieso haben Sie die?»

«Andenken an den Krieg», antwortete Lawrence kurz.

«Der alte Protheroe hat heute Stone das Silber gezeigt», erzählte Dennis. «Der alte Stone tat, als wäre er mächtig interessiert.»

«Ich dachte, sie hätten sich wegen des Hügelgrabs gestritten», sagte Griselda.

«Oh, sie haben sich versöhnt! Ich kann mir sowieso nicht vorstellen, warum Leute in Hügelgräbern herumstochern wollen.»

«Dieser Stone ist mir ein Rätsel», sagte Lawrence. «Ich glaube, er ist sehr zerstreut. Man könnte manchmal meinen, dass er nichts von seinem eigenen Fach versteht.»

«Das ist die Liebe», sagte Dennis. «Süße Gladys Cram, du bist bestimmt kein Lamm. Deine Zähne so weiß machen mich heiß. Komm, flieg mit mir ins Blau, du meine künft'ge Frau. Und im Blauen Eber, im Stockwerk mit den Zimmern ...»

Ich bremste ihn. «Das reicht, Dennis.»

«Nun», sagte Lawrence Redding, «ich muss gehen. Herzlichen Dank, Mrs. Clement, für einen sehr angenehmen Abend.»

Griselda und Dennis brachten ihn hinaus. Dennis kam allein ins Arbeitszimmer zurück. Etwas hatte den Jungen verärgert. Ziellos ging er stirnrunzelnd durchs Zimmer und trat gegen die Möbel.

Unsere Möbel sind schon so schäbig, dass man sie kaum noch mehr beschädigen kann, aber ich sah mich zu mildem Protest gezwungen.

«Tut mir Leid», sagte Dennis. Er schwieg einen Moment, dann platzte er heraus: «Klatsch ist so durch und durch niederträchtig!»

Ich war ein wenig überrascht. «Was ist los?»

«Ich weiß nicht, ob ich es dir erzählen soll.»

Meine Überraschung stieg.

«So niederträchtig», wiederholte Dennis. «Man geht herum und sagt Sachen. Sagt sie noch nicht einmal. Deutet sie nur an. Nein, verdammt will ich sein – entschuldige –, wenn ich es dir sage! Es ist zu absolut niederträchtig.»

Ich sah ihn neugierig an, drang jedoch nicht weiter in ihn. Aber ich war sehr erstaunt. Es passt so gar nicht zu Dennis, sich etwas zu Herzen zu nehmen.

In diesem Moment kam Griselda herein. «Miss Wetherby hat gerade angerufen. Mrs. Lestrange ist um Viertel nach acht ausgegangen und noch nicht zurückgekommen. Niemand weiß, wohin sie gegangen ist.»

«Warum sollten sie es wissen?»

«Aber bei Dr. Haydock ist sie nicht. Miss Wetherby weiß das, weil sie Miss Hartnell angerufen hat, die neben ihm wohnt und Mrs. Lestrange bestimmt gesehen hätte.»

«Es ist mir ein Rätsel», sagte ich, «wie sich die Menschen hier ernähren. Sie müssen ihre Mahlzeiten im Stehen am Fenster essen, damit ihnen auch bestimmt nichts entgeht.»

«Und das ist noch nicht alles», Griselda sprudelte vor Vergnügen. «Sie haben etwas über den Blauen Eber herausbekommen. Die Zimmer von Dr. Stone und Miss Cram sind nebeneinander, aber...», bedeutsam hob sie den Zeigefinger, «ohne Verbindungstür!»

«Das», sagte ich, «muss alle sehr enttäuschen.»

Und Griselda lachte.

Der Donnerstag fing schlecht an. Zwei Frauen aus meiner Pfarrgemeinde stritten sich wegen des Blumenschmucks in der Kirche. Ich wurde gerufen, um zwischen den beiden Damen mittleren Alters zu schlichten; beide zitterten buchstäblich vor Zorn. Wenn es nicht so schmerzlich gewesen wäre, hätte man von einem interessanten physischen Phänomen sprechen können.

Dann musste ich zwei Chorknaben wegen ständigen Bonbonlutschens während des Gottesdienstes tadeln, und ich hatte das unangenehme Gefühl, dass ich es nicht so überzeugt tat, wie es nötig gewesen wäre.

Dann fühlte sich unser Organist, der ausgesprochen empfindlich ist, beleidigt und musste besänftigt werden.

Und vier meiner ärmeren Pfarrkinder rebellierten offen gegen Miss Hartnell, die deshalb wutentbrannt zu mir kam.

Ich wollte gerade nach Hause, als ich Colonel Protheroe traf. Er war sehr gut gelaunt, weil er in seiner Eigenschaft als Richter drei Wilddiebe verurteilt hatte.

«Festigkeit», rief er mit seiner Stentorstimme. Er ist etwas taub und spricht entsprechend laut, wie man es bei Schwerhörigen häufig beobachten kann. «Das wird heute gebraucht – Festigkeit! Ein Exempel statuieren. Dieser Gauner Archer wurde gestern entlassen, und wie ich höre, schwört er mir Rache. Unverschämter Halunke. Bedrohte Männer leben lange, wie man so sagt. Wenn ich ihn nächstes Mal dabei ertappe, wie er meine Fasane fängt, werde ich ihm zeigen, was seine Rache wert ist. Lax! Wir sind zu lax heutzutage! Ich glaube daran, einen Mann als das zu entlarven, was er ist. Immer wird man gebeten, an Frau und Kinder des Angeklagten zu denken. Verdammter Unsinn. Quatsch. Warum sollte ein Mann den Konsequenzen seiner Taten entkommen, nur weil er über Frau und Kinder jammert? Mir ist das alles gleich – egal was ein Mann ist, Arzt, Anwalt, Pfarrer, Wilddieb, besoffener Tunichtgut – wenn man ihn auf der falschen Seite des Gesetzes erwischt, soll das Gesetz ihn bestrafen. Sie sind doch sicher meiner Meinung.»

«Sie vergessen», sagte ich, «dass mein Beruf mich dazu verpflichtet, einen Wert über alle anderen zu stellen – den Wert der Gnade.»

«Nun, ich bin ein gerechter Mann. Das kann niemand bestreiten.»

Ich schwieg, und er sagte scharf: «Warum antworten Sie nicht? Ich wüsste gern, was Sie denken, Mann.»

Ich zögerte, dann entschloss ich mich zu reden. «Ich dachte gerade, wenn mein letztes Stündlein schlägt, würde ich es bedauern, als Einziges zu meinen Gunsten die Gerechtigkeit vorzubringen. Denn das könnte bedeuten, dass auch mir nur Gerechtigkeit zugemessen wird ...»

«Pah! Was wir brauchen, ist ein bisschen militantes Christentum. Ich hoffe doch, dass ich immer meine Pflicht getan habe. Nun, genug davon. Ich komme, wie angekündigt, heute Abend vorbei. Sagen wir Viertel nach sechs statt sechs, wenn es Ihnen nichts ausmacht. Ich muss noch einen Mann im Dorf aufsuchen.»

«Das passt mir sehr gut.»

Er schwang seinen Stock und schritt davon. Als ich mich umdrehte, prallte ich mit Hawes zusammen. Ich fand, dass er heute Morgen ausgesprochen krank aussah. Ich hatte ihn wegen verschiedener Angelegenheiten auf seinem Gebiet, die vermasselt oder aufgeschoben worden waren, rügen wollen, aber als ich sein weißes, angespanntes Gesicht sah, hatte ich das Gefühl, dass der Mann litt.

Ich sagte so etwas und er stritt es ab, doch nicht sehr heftig. Schließlich gestand er, dass er sich nicht allzu wohl fühle, und schien meinen Rat, sich ins Bett zu legen, annehmen zu wollen.

Ich aß eilig zu Mittag und machte dann einige Hausbesuche.

Griselda war mit dem billigen Donnerstagszug nach London gefahren.

Um Viertel vor vier kam ich nach Hause und wollte das Konzept meiner Sonntagspredigt skizzieren, doch Mary sagte, dass Mr. Redding im Arbeitszimmer auf mich warte.

Er ging mit besorger Miene auf und ab. Er sah blass und verhärmt aus und drehte sich abrupt um, als ich hereinkam. «Hören Sie, Sir. Ich habe nachgedacht über das, was Sie gestern sagten. Ich hatte deshalb eine schlaflose Nacht. Sie haben Recht. Ich muss auf und davon.»

«Mein lieber Junge», sagte ich.

«Was Sie über Anne gesagt haben, war richtig. Wenn ich bleibe, hat sie meinetwegen nur Schwierigkeiten. Sie – sie ist zu gut für alles andere. Ich sehe ein, dass ich gehen muss. Ich habe schon jetzt die Situation schwer genug für sie gemacht, der Himmel stehe mir bei.»

«Ich finde, Sie haben die einzig mögliche Entscheidung getroffen», sagte ich. «Sie ist schwer, ich weiß, aber glauben Sie mir, sie wird letzten Endes zum Besten dienen.»

Er dachte offenbar, dass sich das leicht sagen ließ von jemandem, der nicht wusste, wovon er sprach.

«Sie werden sich um Anne kümmern? Sie braucht einen Freund.»

«Sie können sicher sein, dass ich alles tue, was in meiner Macht steht.»

«Danke, Sir.» Er drückte mir die Hand. «Sie sind ein guter Mensch, Padre. Ich werde ihr heute Abend Lebewohl sagen, und morgen werde ich wahrscheinlich packen und abreisen. Es hat keinen Sinn, den Schmerz zu verlängern. Danke, dass ich in Ihrem Schuppen malen durfte. Es tut mir Leid, dass ich mit Mrs. Clements Porträt nicht fertig geworden bin.»

«Machen Sie sich deshalb keine Sorgen, mein lieber Junge. Lebewohl, und Gott segne Sie.»

Als er gegangen war, versuchte ich mich auf meine Predigt zu konzentrieren, aber mit sehr wenig Erfolg. Unentwegt dachte ich an Lawrence und Anne Protheroe.

Ich trank eine ziemlich ungenießbare Tasse Tee, kalt und schwarz, und um halb sechs klingelte das Telefon: Mr. Abbott von der Lower Farm lag im Sterben, ob ich bitte gleich kommen könnte.

Ich rief sofort Old Hall an, weil die Lower Farm fast zwei Meilen entfernt ist und ich bis Viertel nach sechs unmöglich zurück sein konnte. Ich habe es nie geschafft, Rad fahren zu lernen.

Man sagte mir jedoch, Colonel Protheroe sei gerade mit dem Wagen weggefahren. Also bat ich Mary ihm auszurichten, dass ich fort musste, aber versuchen würde, bis halb sieben oder kurz danach zurück zu sein.

Fünftes Kapitel

Es war fast sieben, als ich wieder ans Gartentor des Pfarrhauses kam. Bevor ich es erreicht hatte, schwang es auf, und Lawrence Redding kam heraus. Als er mich bemerkte, blieb er wie angewurzelt stehen, und ich war sofort von seinem Aussehen alarmiert. Er wirkte wie ein Mann an der Schwelle zum Wahnsinn. Seine Augen waren sonderbar starr, er war totenbleich und zitterte und zuckte am ganzen Körper.

Einen Augenblick fragte ich mich, ob er getrunken hatte, verwarf jedoch den Gedanken sofort.

«Hallo», sagte ich, «wollten Sie mich wieder besuchen? Tut mir Leid, dass ich nicht da war. Aber kommen Sie jetzt mit. Ich muss Protheroe wegen einiger Konten sehen, aber es dauert wohl nicht lange.»

«Protheroe», sagte er und fing an zu lachen. «Protheroe? Sie wollen Protheroe sehen? Oh, Sie werden Protheroe sehen! Oh mein Gott – ja!»

Ich starrte ihn an. Instinktiv streckte ich die Hand nach ihm aus. Er wich sofort zur Seite.

«Nein», fast schrie er es. «Ich muss fort – nachdenken. Ich muss nachdenken. Ich muss nachdenken.»

Er fing an zu laufen und verschwand rasch auf der Straße zum Dorf. Ich schaute ihm nach und dachte wieder an die Möglichkeit, dass er betrunken sein könnte.

Schließlich schüttelte ich den Kopf und ging ins Pfarrhaus. Die Haustür bleibt immer offen, dennoch läutete ich. Mary kam, sie wischte sich gerade die Hände an der Schürze ab.

«Endlich sind Sie da!»

«Ist Colonel Protheroe hier?», fragte ich.

«Im Arbeitszimmer. Seit Viertel nach sechs.»

«Und Mr. Redding war auch hier?»

«Ist vor ein paar Minuten gekommen. Hat nach Ihnen gefragt. Ich habe ihm gesagt, Sie wären jede Minute zurück und dass Colonel Protheroe im Arbeitszimmer wartet, und er hat gesagte, er will auch warten und ist hineingegangen. Dort ist er jetzt.»

«Nein, dort ist er nicht», sagte ich. «Gerade habe ich ihn auf der Straße getroffen.»

«Ich habe ihn jedenfalls nicht weggehen hören. Er kann nicht länger als zwei Minuten geblieben sein. Die Gnädige ist noch nicht aus der Stadt zurück.»

Ich nickte zerstreut. Mary verschwand in der Küche, und ich ging durch den Gang und öffnete die Tür zum Arbeitszimmer.

Nach dem dunklen Gang blendete mich der Schein der Abendsonne, der ins Zimmer fiel. Ich ging ein oder zwei Schritte und blieb dann wie angewurzelt stehen.

Colonel Protheroe lag in einer schrecklich unnatürlichen Stellung ausgestreckt über meinem Schreibtisch. Eine dunkle Flüssigkeit breitete sich neben seinem Kopf aus und tropfte mit einem fürchterlichen Geräusch auf den Boden, tropf, tropf, tropf.

Ich riss mich zusammen und ging zu ihm. Seine Haut fühlte sich kalt an. Ich hob seine Hand, sie fiel leblos zurück. Der Mann war tot – durch den Kopf geschossen.

Ich ging zur Tür und rief Mary. Als sie kam, wies ich sie an, so schnell sie konnte, zu Dr. Haydock zu laufen, der gleich an der Straßenecke wohnt, und ihn zu holen. Ich sagte ihr, es habe einen Unfall gegeben.

Dann ging ich zurück, machte die Tür zu und wartete auf den Arzt.

Zum Glück traf Mary ihn zu Hause an. Haydock ist ein

netter Kerl, ein großer, gut aussehender, stämmiger Mann mit ehrlichem, zerfurchtem Gesicht.

Er zog die Augenbrauen hoch, als ich schweigend durchs Zimmer deutete. Aber als erfahrener Arzt zeigte er keine Gefühle. Er beugte sich über den Toten und betrachtete ihn kurz. Dann richtete er sich auf und schaute mich an.

«Nun?», fragte ich.

«Kein Zweifel, er ist tot – seit einer halben Stunde, würde ich sagen.»

«Selbstmord?»

«Kommt nicht in Frage, Mann. Sehen Sie sich die Lage der Wunde an. Außerdem – wenn er sich selbst erschossen hat, wo ist dann die Waffe?»

Es stimmte, nichts dergleichen war zu sehen.

«Wir sollten lieber nichts berühren», sagte Haydock. «Und ich rufe besser die Polizei an.»

Am Telefon schilderte er so kurz wie möglich die Tatsachen, dann legte er auf und kam zu mir herüber. «Das ist eine böse Sache. Wie haben Sie ihn gefunden?»

Ich erklärte es. «Ist – ist es Mord?», fragte ich ziemlich schwach.

«Sieht so aus. So gemein es klingt – was soll es sonst sein? Eine merkwürdige Angelegenheit. Ich frage mich, wer den armen alten Kerl auf dem Kieker hatte. Natürlich war er nicht beliebt, aber deshalb wird man selten ermordet – leider.»

«Da ist noch etwas Seltsames», sagte ich. «Am Nachmittag wurde ich telefonisch zu einem Sterbenden gerufen. Als ich dort ankam, waren alle sehr überrascht mich zu sehen. Dem Kranken ging es sehr viel besser als seit Tagen, und seine Frau bestritt energisch, mich überhaupt angerufen zu haben.»

Haydock runzelte die Stirn. «Das ist verdächtig – sehr. Man wollte Sie aus dem Weg haben. Wo ist Ihre Frau?»

«Den ganzen Tag in London.»

«Und das Mädchen?»

«In der Küche – auf der anderen Seite des Hauses.»

«Wo sie kaum hören konnte, was hier geschah. Eine böse Sache. Wer wusste, dass Protheroe heute Abend herkommen wollte?»

«Er hat es heute Morgen lauthals wie gewöhnlich auf der Dorfstraße angekündigt.»

«Was heißt, dass das ganze Dorf es wusste? Sie wissen sowieso immer alles. Kennen Sie jemanden, der einen Groll gegen ihn hatte?»

Lawrence Reddings weißes Gesicht und seine starren Augen fielen mir ein. Schlurfende Schritte auf dem Gang draußen ersparten mir die Antwort.

«Die Polizei», sagte mein Freund und stand auf.

Unsere örtliche Polizei wurde durch Wachtmeister Hurst vertreten, der sehr bedeutend, aber leicht nervös aussah.

«Guten Abend, meine Herren», begrüßte er uns. «Der Kommissar wird gleich da sein. Inzwischen befolge ich seine Anweisungen. Man hat mich unterrichtet, dass Colonel Protheroe erschossen aufgefunden wurde – im Pfarrhaus.»

Er machte eine Pause und sah mich mit kaltem Misstrauen an; ich versuchte angemessen zu reagieren, indem ich eine bewusst unschuldige Haltung einnahm.

Er ging zum Schreibtisch und erklärte: «Nichts darf berührt werden, bis der Kommissar kommt.»

Zur Unterrichtung meiner Leser füge ich eine Skizze des Zimmers bei.

Er zog sein Notizbuch heraus, leckte seinen Bleistift an und schaute uns beide erwartungsvoll an.

Ich wiederholte meinen Bericht von der Entdeckung der Leiche. Nachdem er alles aufgeschrieben hatte, was einige Zeit dauerte, wandte er sich an den Arzt. «Dr. Haydock, was war Ihrer Meinung nach die Todesursache?»

«Kopfschuss aus geringer Entfernung.»

«Und die Waffe?»

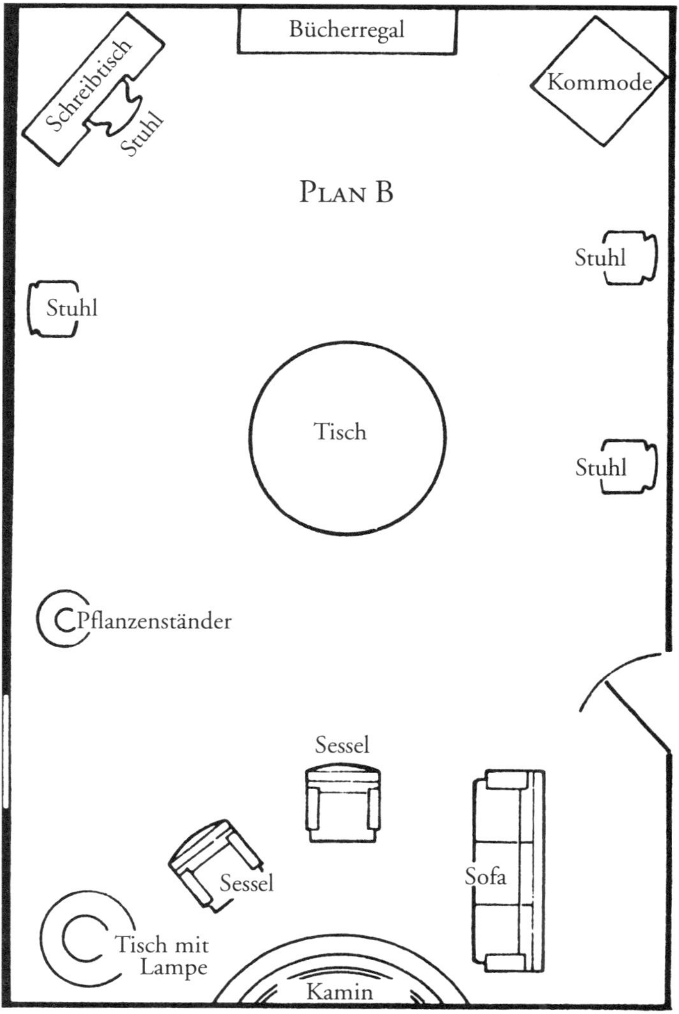
Bücherregal
Schreibtisch
Stuhl
Kommode
Plan B
Stuhl
Stuhl
Tisch
Stuhl
Pflanzenständer
Sessel
Sessel
Sofa
Tisch mit
Lampe
Kamin

«Bevor wir die Kugel haben, kann ich das nicht mit Sicherheit sagen. Aber aller Wahrscheinlichkeit nach wurde die Kugel aus einer kleinkalibrigen Pistole abgefeuert – sagen wir eine Mauser .25.»

Ich zuckte zusammen, weil mir unser Gespräch vom Vorabend einfiel, als Lawrence Redding eingeräumt hatte, eine solche Pistole zu besitzen. Der Polizist richtete seine kalten Fischaugen auf mich.

«Haben Sie etwas gesagt, Sir?»

Ich schüttelte den Kopf. Mein Verdacht war schließlich nur eine Vermutung, deshalb behielt ich ihn besser für mich.

«Wann hat sich Ihrer Meinung nach die Tragödie ereignet?»

Der Arzt zögerte eine Minute. Dann sagte er: «Der Mann war wenig länger als eine halbe Stunde tot, schätze ich. Auf keinen Fall viel länger.»

Hurst wandte sich an mich. «Hat das Mädchen etwas gehört?»

«Soviel ich weiß, nichts. Aber Sie sollten sie lieber selbst fragen.»

Doch in diesem Moment traf Kommissar Slack ein, er war mit dem Wagen aus Much Benham zwei Meilen entfernt gekommen.

Slack bedeutet im Englischen so viel wie schlaff, lasch, und von dem Kommissar kann ich nur sagen, dass sich noch nie ein Mann entschlossener bemüht hat, seinen Namen zu widerlegen. Er war dunkelhaarig, nervös und energisch, mit schwarzen Augen, die ständig in Bewegung waren. Er benahm sich äußerst unverschämt und anmaßend.

Er erwiderte unsere Begrüßung mit einem knappen Nicken, riss das Notizbuch seines Untergebenen an sich, las darin, wechselte mit Hurst kurz ein paar leise Worte und schritt dann zur Leiche. «Wahrscheinlich ist alles durcheinander gebracht und herumgezerrt worden.»

«Ich habe nichts berührt», sagte Haydock.

«Ich auch nicht», sagte ich.

Der Kommissar beäugte eine Zeit lang die Gegenstände auf dem Schreibtisch und die Blutlache. «Ah!», sagte er dann triumphierend. «Hier ist, was wir suchen. Er hat die Uhr umgeworfen, als er vornüber fiel. Das verrät uns die Tatzeit. Zweiundzwanzig Minuten nach sechs. Wann, sagten Sie, Doktor, ist der Tod eingetreten?»

«Ich sagte, vor etwa einer halben Stunde, aber...»

Der Inspektor schaute auf seine Uhr. «Fünf Minuten nach sieben. Ich bekam die Nachricht vor etwa zehn Minuten, um fünf vor sieben. Entdeckung der Leiche war etwa Viertel vor sieben. Wie ich höre, wurden Sie sofort geholt. Sagen wir, Sie haben die Leiche um zehn vor untersucht – nun, dann haben wir fast auf die Sekunde die identische Zeit.»

«Ich kann die Zeit nicht absolut garantieren», sagte Haydock. «Das ist eine ungefähre Schätzung.»

«Gut genug, Sir, gut genug.»

Ich hatte versucht, etwas zu sagen. «Was die Uhr angeht...»

«Falls Sie entschuldigen, Sir, ich werde Sie schon fragen, wenn ich etwas wissen will. Die Zeit ist knapp. Ich wünsche absolute Ruhe.»

«Ja, aber ich würde Ihnen gern sagen...»

«Absolute Ruhe.» Der Kommissar starrte mich böse an. Ich tat ihm den Gefallen.

Er schaute immer noch auf dem Schreibtisch herum. «Warum hat er hier gesessen?», knurrte er. «Wollte er eine Nachricht schreiben – hallo – was haben wir denn da?»

Triumphierend hielt er einen Notizzettel hoch. Er war über seinen Fund so erfreut, dass er uns erlaubte, zu ihm zu kommen und ihn mit ihm zu betrachten.

Es war ein Notizzettel des Pfarrhauses, und oben stand 6.20 Uhr.

«Lieber Clement», hatte Protheroe geschrieben, «tut mir Leid, dass ich nicht länger warten kann, aber ich muss...» Hier wurde aus der Schrift ein Gekrakel.

«Sonnenklar», sagte Kommissar Slack triumphierend. «Er setzt sich hierher, um das zu schreiben, ein Feind kommt leise durch die Glastür und erschießt ihn dabei. Was will man mehr?»

«Ich möchte nur sagen …», fing ich wieder an.

«Aus dem Weg, bitte, Sir, ich will sehen, ob es hier Fußspuren gibt.»

Auf allen vieren kroch er zur offenen Glastür.

«Ich finde, Sie sollten wissen …», sagte ich hartnäckig.

Der Kommissar stand auf. Er redete nicht heftig, aber entschieden. «Damit beschäftigen wir uns später. Ich wäre den Herren verbunden, wenn sie den Raum verlassen würden. Hinaus bitte.»

Wir ließen uns hinausscheuchen wie Kinder.

Stunden schienen vergangen zu sein – doch es war erst Viertel nach sieben.

«Schön», sagte Haydock. «Das wäre das. Wenn dieser eingebildete Esel mich sucht, können Sie ihn in die Praxis schicken. Bis dann.»

«Die Gnädige ist zurück.» Mary war kurz aus der Küche gekommen. Sie machte große Augen und gierte nach weiterer Aufregung. «Kam vor fünf Minuten.»

Ich fand Griselda im Salon. Sie sah ängstlich, aber erregt aus. Ich erzählte ihr alles, und sie hörte aufmerksam zu.

«Auf der Notiz steht 6.20 Uhr», schloss ich. «Und die Uhr ist umgefallen und um 6.22 stehen geblieben.»

«Ja», sagte Griselda. «Aber diese Uhr – hast du ihm nicht gesagt, dass sie immer eine Viertelstunde vorgeht?»

«Nein. Das habe ich nicht. Er hat es mir nicht erlaubt. Ich habe mein Bestes versucht.»

Griselda runzelte erstaunt die Stirn. «Aber Len, das macht alles ganz merkwürdig. Denn wenn diese Uhr auf 6.20 stand, war es in Wirklichkeit erst fünf nach sechs, und um fünf nach sechs war Colonel Protheroe vermutlich noch gar nicht im Haus.»

Sechstes Kapitel

Wir rätselten eine Zeit lang über diese Sache mit der Uhr, aber wir konnten sie uns nicht erklären. Griselda sagte, ich sollte noch einmal versuchen, Kommissar Slack davon zu erzählen, doch in diesem Punkt hatte ich inzwischen eine Einstellung, die ich nur als störrisch bezeichnen kann.

Kommissar Slack war abscheulich und völlig unnötig unverschämt gewesen. Ich freute mich auf den Moment, in dem ich meinen wertvollen Beitrag leisten und ihm damit Ärger machen konnte. Dann würde ich mit mildem Tadel sagen: «Wenn Sie mir nur zugehört hätten, Kommissar Slack ….» Ich erwartete, dass er wenigstens mit mir reden würde, bevor er das Haus verließ, aber zu unserer Überraschung erfuhren wir von Mary, dass er schon gegangen war. Er hatte das Arbeitszimmer abgeschlossen und hinterlassen, dass niemand versuchen durfte, den Raum zu betreten.

Griselda schlug vor, nach Old Hall zu gehen.

«Es muss so schrecklich für Anne Protheroe sein – mit der Polizei und allem», sagte sie. «Vielleicht kann ich etwas für sie tun.»

Ich stimmte von Herzen zu, und Griselda ging mit der Anweisung, mich sofort anzurufen, wenn sie fand, ich könnte irgendwie einer der Damen beistehen oder Trost spenden.

Ich telefonierte inzwischen mit den Betreuerinnen der Sonntagsschule, die um Viertel vor acht zu ihrer wöchentlichen Vorbereitung kommen wollten. Unter den gegebenen Umständen hielt ich es für besser, ihnen abzusagen.

Dennis erschien als Nächster, er war gerade von einer Tennisparty zurückgekehrt. Dass sich ein Mord im Pfarrhaus ereignet hatte, schien ihn ungemein zu befriedigen.

«Toll, in einem Mordfall direkt am Tatort zu sein», rief er. «Bei so etwas wollte ich schon immer mal mittendrin stecken. Warum hat die Polizei das Arbeitszimmer abgeschlossen? Passt nicht ein anderer Schüssel?»

Ich weigerte mich, Versuche dieser Art zu erlauben. Dennis gab ungnädig nach. Nachdem er alle Einzelheiten aus mir herausgelockt hatte, ging er in den Garten, um Fußspuren zu suchen, wobei er munter bemerkte, dass es zum Glück nur den alten Protheroe erwischt hatte, den keiner leiden konnte.

Seine muntere Gefühllosigkeit ging mir gegen den Strich, aber ich überlegte, dass ich vielleicht zu streng mit dem Jungen war. In seinem Alter gehört eine Kriminalgeschichte zu den besten Dingen im Leben, und eine wirkliche Kriminalgeschichte komplett mit Leiche sozusagen an der eigenen Haustür muss einen Jungen mit gesunden Instinkten in den siebten Himmel schicken. Der Tod bedeutet einem Jungen von sechzehn sehr wenig.

Griselda kam nach etwa einer Stunde zurück. Der Kommissar hatte Anne Protheroe gerade die Nachricht überbracht, als Griselda in Old Hall eintraf.

Als Slack hörte, dass Mrs. Protheroe ihren Mann zuletzt um Viertel vor sechs im Dorf gesehen hatte und keinerlei Licht in die Sache bringen konnte, hatte er angekündigt, am Morgen zu einem längeren Gespräch zurückzukommen, und war gegangen.

«Er war auf seine Art ziemlich anständig», gab Griselda widerwillig zu.

«Wie hat Mrs. Protheroe es aufgenommen?», fragte ich.

«Nun – sie war sehr ruhig – aber das ist sie schließlich immer.»

«Ja», sagte ich. «Dass Anne Protheroe hysterisch wird, kann ich mir nicht vorstellen.»

«Natürlich war es ein großer Schock. Das konnte man sehen. Sie hat mir für mein Kommen gedankt und gesagt, sie wisse es sehr zu schätzen, aber es gebe nichts, was ich für sie tun könne.»

«Und Lettice?»

«Sie hat irgendwo Tennis gespielt und war noch nicht nach Hause gekommen.» Nach einer Pause sagte Griselda:

«Weißt du, Len, sie war wirklich sehr ruhig – es war sehr seltsam.»

«Der Schock», gab ich zu bedenken.

«Ja – wahrscheinlich. Und dennoch …» Griselda zog verwundert die Brauen zusammen. «Irgendwie wirkte es nicht so. Die Nachricht schien sie weniger umzuwerfen als – nun – zu entsetzen.»

«Entsetzen?»

«Ja – sie zeigte es nicht, weißt du. Wenigstens wollte sie es nicht zeigen. Aber sie hatte einen merkwürdigen, wachsamen Blick. Ich frage mich, ob sie irgendeine Ahnung hat, wer ihn tötete. Immer wieder wollte sie wissen, ob jemand verdächtigt wird.»

«Wirklich?», sagte ich nachdenklich.

«Ja. Natürlich hat Anne eine wunderbare Selbstbeherrschung, aber man konnte sehen, dass sie schrecklich verstört war. Mehr als ich gedacht hätte, denn schließlich hat sie ihn nicht so sehr geliebt. Ich würde sagen, sie hatte eher eine Abneigung gegen ihn.»

«Manchmal ändert der Tod die Gefühle», sagte ich.

«Ja, wahrscheinlich.»

Dennis kam herein, er war ganz aufgeregt wegen eines Fußabdrucks, den er in einem Blumenbeet entdeckt hatte. Er war überzeugt, dass die Polizei ihn übersehen hatte und dass er ein Wendepunkt bei der Aufklärung des Falls sein würde.

Ich verbrachte eine sorgenvolle Nacht. Dennis war lange vor dem Frühstück schon wieder auf den Beinen und außer Haus, um «die neuesten Entwicklungen zu untersuchen», wie er sagte.

Trotzdem war nicht er es, sondern Mary, die uns die Morgensensation mitteilte.

Wir hatten uns gerade zum Frühstück gesetzt, als sie mit roten Backen und glänzenden Augen hereinplatzte und uns wie gewohnt ohne jede Förmlichkeit ansprach.

«Das ist doch nicht zu glauben! Der Bäcker hat es mir gerade erzählt. Sie haben den jungen Mr. Redding verhaftet.»

«Lawrence verhaftet», rief Griselda ungläubig. «Unmöglich. Das muss irgendein dummer Irrtum sein.»

«Da gibts keinen Irrtum, Gnädige», sagte Mary mit einer Art hämischem Jubel. «Mr. Redding ist selbst hingegangen und hat sich gestellt. Spät gestern Abend. Geht einfach hinein, wirft die Pistole auf den Tisch und sagt: ‹Ich war es.› Einfach so.»

Sie schaute uns beide an, nickte heftig und zog sich zufrieden über ihren wirkungsvollen Auftritt zurück. Griselda und ich starrten einander an.

«Oh! Das ist nicht wahr», sagte Griselda. «Es kann nicht wahr sein.»

Sie bemerkte mein Schweigen und sagte: «Len, du denkst doch nicht, dass es wahr ist?»

Es fiel mir schwer, ihr zu antworten. Gedanken wirbelten mir durch den Kopf, während ich schweigend dasaß.

«Er muss verrückt geworden sein», sagte Griselda. «Total verrückt. Oder glaubst du, sie haben sich zusammen die Pistole angesehen, und sie ging plötzlich los?»

«Das klingt sehr unwahrscheinlich.»

«Aber es muss irgendeine Art Unfall gewesen sein. Weil es nicht den Schatten eines Motivs gibt. Welchen Grund auf der Welt könnte Lawrence haben, Colonel Protheroe zu töten?»

Diese Frage hätte ich sehr entschieden beantworten können, aber ich wollte Anne Protheroe so weit wie möglich schonen. Vielleicht gab es immer noch eine Chance, ihren Namen herauszuhalten.

«Erinnere dich, sie hatten einen Streit», sagte ich.

«Über Lettice und ihren Badeanzug. Ja, aber das ist absurd. Und selbst wenn er und Lettice heimlich verlobt wären – das ist kein Grund, ihren Vater umzubringen.»

«Wir kennen nicht die wahren Umstände des Falls, Griselda.»

«Du glaubst es also, Len! Oh! Wie kannst du nur! Ich sage dir, ich bin überzeugt, dass Lawrence ihm nie ein Haar gekrümmt hat.»

«Vergiss nicht, dass ich ihn direkt vor dem Gartentor getroffen habe. Er sah aus wie ein Irrer.»

«Ja, aber – oh! Es ist unmöglich.»

«Und da ist noch die Uhr», sagte ich. «Das erklärt die Uhr. Lawrence muss sie auf 6.20 zurückgestellt haben, damit er ein Alibi hat. Und Inspektor Slack ist sofort in die Falle gegangen.»

«Du irrst dich, Len. Lawrence wusste, dass die Uhr vorgeht. ‹Damit der Pfarrer mit der Zeit geht!›, pflegte er zu sagen. Lawrence hätte nie den Fehler begangen, die Uhr auf 6.22 zurückzustellen. Er hätte die Zeiger auf eine mögliche Zeit gerückt – wie Viertel vor sieben.»

«Er hat vielleicht nicht gewusst, wann Protheroe hier ankam. Oder vielleicht hat er einfach vergessen, dass die Uhr vorgeht.»

Griselda war anderer Meinung. «Nein, wenn du einen Mord begehst, achtest du genau auf solche Sachen.»

«Das weißt du nicht, mein Liebes», sagte ich mild. «Du hast noch nie gemordet.»

Bevor Griselda antworten konnte, fiel ein Schatten auf den Frühstückstisch, und eine sehr sanfte Stimme sagte: «Ich hoffe, ich störe nicht. Sie müssen mir verzeihen. Aber unter den traurigen Umständen – den sehr traurigen Umständen ...»

Es war unsere Nachbarin Miss Marple. Als wir höflich ihre Bedenken zerstreuten, kam sie herein, und ich zog einen Stuhl für sie heran. Sie schien sehr erregt und ihr Gesicht war leicht gerötet.

«Schrecklich, nicht wahr? Der arme Colonel Protheroe. Kein

sehr angenehmer Mann vielleicht und nicht gerade beliebt, aber dennoch ist es traurig. Und wirklich im Arbeitszimmer des Pfarrhauses erschossen?»

Ich sagte, das sei in der Tat der Fall.

«Aber der liebe Pfarrer war zu der Zeit nicht da?», fragte Miss Marple Griselda. Ich erklärte, wo ich gewesen war.

«Mr. Dennis ist heute Morgen nicht bei Ihnen?» Miss Marple schaute sich um.

«Dennis», sagte Griselda, «fühlt sich als Amateurdetektiv. Er ist ganz aus dem Häuschen wegen eines Fußabdrucks, den er in einem Blumenbeet gefunden hat, und ich nehme an, er ist zur Polizei gegangen und erzählt ihr davon.»

«Oje, oje», sagte Miss Marple. «so ein Theater, nicht wahr? Und Mr. Dennis glaubt, er weiß, wer das Verbrechen begangen hat. Nun, vermutlich denken wir alle, dass wir es wissen.»

«Sie meinen, es ist offenkundig?», sagte Griselda.

«Nein, meine Liebe. Das meine ich ganz und gar nicht. Ich möchte wetten, jeder denkt, es ist jemand anders. Deshalb ist es so wichtig, Beweise zu haben. Ich zum Beispiel bin ganz überzeugt, dass ich weiß, wer es war. Aber ich muss zugeben, dass ich nicht den Schatten eines Beweises habe. Ich weiß, man muss sehr vorsichtig sein mit dem, was man in solchen Zeiten sagt – Verleumdung, heißt es nicht so? Ich habe beschlossen, höchst vorsichtig mit Kommissar Slack umzugehen. Er hat mir ausrichten lassen, dass er mich heute Morgen aufsuchen will, aber jetzt hat er gerade angerufen und gesagt, es wäre doch nicht nötig.»

«Wahrscheinlich ist es wegen der Festnahme nicht nötig», sagte ich.

«Festnahme?» Miss Marple beugte sich vor, ihre Wangen waren rosig vor Erregung. «Ich wusste nicht, dass es eine Festnahme gegeben hat.»

Miss Marple ist so selten schlechter informiert als wir, dass ich davon ausgegangen war, sie wüsste Bescheid über die neuesten Entwicklungen.

«Es sieht so aus, als hätten wir aneinander vorbeigeredet», sagte ich. «Ja, es hat eine Festnahme gegeben – Lawrence Redding.»

«Lawrence Redding?» Miss Marple schien sehr überrascht. «Also ich hätte nicht gedacht ...»

Griselda unterbrach sie heftig. «Ich kann es auch nicht glauben. Nein, obwohl er tatsächlich gestanden hat.»

«Gestanden?», fragte Miss Marple. «Sie sagen, er hat gestanden? Oje, ich begreife, dass ich ganz auf dem Holzweg war – ja, ganz auf dem Holzweg.»

«Ich kann mir nicht helfen, ich glaube, es muss eine Art Unfall gewesen sein», sagte Griselda. «Glaubst du nicht auch, Len? Ich meine, dass er sich freiwillig stellt, sieht ganz danach aus.»

Miss Marple beugte sich eifrig vor. «Er hat sich gestellt, sagen Sie?»

«Ja.»

«Oh!» Miss Marple seufzte tief. «Ich bin so froh – so überaus froh.»

Ich schaute sie überrascht an. «Es beweist wahre Reue, nehme ich an.»

«Reue?» Miss Marple sah sehr überrascht aus. «Oh, aber bestimmt, mein lieber, lieber Pfarrer, halten Sie ihn doch nicht für schuldig?»

Jetzt starrte ich sie an. «Aber da er gestanden hat ...»

«Ja, aber das beweist es doch gerade, nicht wahr? Ich meine, dass er nichts damit zu tun hatte.»

«Nein», sagte ich. «Vielleicht bin ich schwer von Begriff, aber das verstehe ich nicht. Wenn Sie einen Mord nicht begangen haben, sehe ich nicht ein, warum Sie es behaupten sollten.»

«Oh, natürlich gibt es dafür einen Grund!», erwiderte Miss Marple. «Selbstverständlich. Es gibt immer einen Grund, nicht wahr? Und junge Männer sind so hitzköpfig und neigen oft dazu, das Schlimmste anzunehmen.»

Sie wandte sich an Griselda. «Stimmen Sie mir nicht zu, meine Liebe?»

«Ich – ich weiß nicht», sagte Griselda. «Es ist schwer zu wissen, was man denken soll. Ich sehe keinen Grund dafür, dass Lawrence sich wie ein Idiot benimmt.»

«Wenn Sie gestern Abend sein Gesicht gesehen hätten …», fing ich an.

«Erzählen Sie», bat Miss Marple.

Ich beschrieb meine Heimkehr, und sie hörte aufmerksam zu.

Als ich fertig war, sagte sie: «Ich weiß, dass ich oft ziemlich töricht bin und die Dinge nicht so sehe, wie ich sollte, aber ich verstehe wirklich nicht, worauf Sie hinauswollen. Mir scheint, wenn ein junger Mann sich zu der großen Niedertracht entschlossen hätte, einen Mitmenschen umzubringen, dann würde er hinterher nicht verwirrt wirken. Es wäre eine vorbedachte und kaltblütige Tat, und obwohl der Mörder ein wenig aufgeregt sein könnte und vielleicht einen kleinen Fehler machen würde, halte ich es für unwahrscheinlich, dass er so aufgewühlt wäre, wie Sie es beschreiben. Es ist schwer, sich in eine solche Lage zu versetzen, aber ich kann mir nicht vorstellen, dass ich selbst in einen solchen Zustand geriete.»

Ich widersprach. «Wir kennen die Umstände nicht. Wenn es einen Streit gab, könnte der Schuss in einem plötzlichen Wutanfall abgegeben worden sein, und Lawrence wäre hinterher vielleicht entsetzt über das, was er getan hat. In der Tat ziehe ich vor zu glauben, dass es so geschehen ist.»

«Ich weiß, lieber Mr. Clement, dass es viele Möglichkeiten gibt, die wir bei der Betrachtung der Dinge vorziehen. Aber man muss doch den Tatsachen ins Gesicht sehen, oder nicht? Und mir scheint, die Tatsachen vertragen Ihre Interpretation nicht. Ihr Mädchen hat eindeutig ausgesagt, dass Mr. Redding nur ein paar Minuten im Haus war, bestimmt nicht lange genug für einen Streit, wie Sie ihn beschreiben. Und außerdem höre ich, dass der Colonel in den Hinterkopf geschossen wurden, während er einen Brief schrieb – jedenfalls hat mir das mein Mädchen erzählt.»

«Das stimmt», sagte Griselda. «Er hat offenbar geschrieben, dass er nicht länger warten kann. Auf der Nachricht stand die Uhrzeit 6.20, und die Uhr auf dem Schreibtisch war umgefallen und um 6.22 stehen geblieben, und das hat Len und mich so schrecklich irritiert.»

Sie erklärte unsere Gewohnheit, die Uhr immer eine Viertelstunde vorzustellen.

«Sehr merkwürdig», sagte Miss Marple. «Tatsächlich sehr merkwürdig. Aber die Nachricht kommt mir sogar noch merkwürdiger vor. Ich meine ...»

Sie schaute sich um. Lettice Protheroe stand vor der Glastür. Sie kam herein, nickte uns zu und murmelte: «Morgen.»

Sie ließ sich auf einen Stuhl fallen und sagte wesentlich lebhafter als üblich: «Wie ich höre, haben sie Lawrence verhaftet.»

«Ja», sagte Griselda. «Es hat uns sehr überrascht.»

«Ich hätte wirklich nie gedacht, dass jemand Vater ermorden würde.» Lettice war offenbar stolz darauf, sich weder Kummer oder sonst eine Gefühlsregung anmerken zu lassen. «Viele Leute wollten es, davon bin ich überzeugt. Es gab Zeiten, in denen ich es selbst gern getan hätte.»

«Möchten Sie nicht etwas essen oder trinken, Lettice?», fragte Griselda.

«Nein, danke. Ich bin nur vorbeigekommen, um zu sehen, ob Sie meine Baskenmütze haben – eine komische kleine gelbe. Ich glaube, ich habe sie gestern im Arbeitszimmer liegen lassen.»

«Wenn, dann ist sie noch da», sagte Griselda. «Mary räumt nie etwas auf.»

«Dann schau ich mal nach.» Lettice stand auf. «Tut mir Leid, so zu stören, aber ich habe anscheinend alles verloren, was ich mir auf den Kopf setzen könnte.»

«Ich fürchte, Sie können nicht hinein», sagte ich. «Kommissar Slack hat das Zimmer abgeschlossen.»

«Oh, wie lästig! Können wir nicht durch das Fenster einsteigen?»

«Leider nein. Es ist von innen verriegelt. Aber eine gelbe Baskenmütze nützt Ihnen im Moment doch sicher nicht viel?»

«Sie meinen, Trauer tragen und so? Darum kümmere ich mich nicht. Ich finde, das ist eine schrecklich altmodische Idee. Das mit Lawrence ist so ein Ärgernis – ja, es ist ein Ärgernis.»

Sie stand auf und runzelte zerstreut die Stirn. «Ich nehme an, es ist alles meinetwegen und wegen meines Badeanzugs. So dumm, das Ganze ...»

Griselda öffnete den Mund und wollte etwas sagen, aber aus irgendeinem Grund schloss sie ihn wieder.

Lettice lächelte merkwürdig. «Ich glaube», sagte sie leise, «ich gehe nach Hause und erzähle Anne, dass Lawrence verhaftet worden ist.»

Sie ging wieder durch die Glastür hinaus. Griselda wandte sich an Miss Marple. «Warum haben Sie mir auf den Fuß getreten?»

Die alte Dame lächelte. «Ich dachte, Sie wollten etwas sagen, meine Liebe. Und es ist oft so viel besser, wenn man die Dinge sich ungestört entwickeln lässt. Wissen Sie, ich glaube nicht, dass das Kind nur halb so geistesabwesend ist, wie sie tut. Sie hat sehr entschiedene Ideen im Kopf, und sie handelt danach.»

Mary klopfte laut an die Esszimmertür und trat sofort ein.

«Was ist?», fragte Griselda. «Und Mary, Sie sollten daran denken, nicht anzuklopfen. Ich habe es Ihnen schon oft gesagt.»

«Ich dachte, Sie sind beschäftigt», sagte Mary. «Colonel Melchett ist da. Will den Herrn sehen.»

Colonel Melchett ist der Polizeichef des Bezirks. Ich stand sofort auf.

«Ich dachte, es ist Ihnen nicht Recht, wenn ich ihn in der

Diele warten lasse, deshalb habe ich ihn in den Salon gebracht», fuhr Mary fort. «Soll ich abräumen?»

«Noch nicht», sagte Griselda. «Ich werde läuten.»

Sie wandte sich Miss Marple zu, und ich ging hinaus.

Siebtes Kapitel

Colonel Melchett ist ein eleganter kleiner Mann mit der Angewohnheit, plötzlich und unerwartet zu schnauben. Er hat rotes Haar und ziemlich durchdringende blaue Augen.

«Guten Morgen, Pfarrer», sagte er. «Scheußliche Sache, was? Armer alter Protheroe. Nicht dass ich ihn gemocht hätte, von wegen. Niemand mochte ihn, was das angeht. Scheußliches Stück Arbeit auch für Sie. Hoffentlich hat es Ihre Frau nicht zu sehr beunruhigt?»

Ich sagte, Griselda hätte es mit Fassung getragen.

«Ein Glück. Widerlich, wenn so etwas im eigenen Haus passiert. Ich muss sagen, der junge Redding hat mich überrascht – es auf diese Weise zu machen. Ohne jede Rücksicht auf die Gefühle der Leute.»

Eine wilde Lachlust überkam mich, doch Colonel Melchett fand offenbar nichts Absurdes an dem Gedanken, dass ein Mörder rücksichtsvoll sein sollte, also hielt ich mich zurück.

«Ich muss sagen, ich war ziemlich überrascht, als ich hörte, dass der Bursche hereinmarschiert war und sich gestellt hatte.» Colonel Melchett ließ sich auf einen Stuhl fallen.

«Wie ist das denn genau passiert?»

«Gestern Abend. Etwa um zehn. Der Bursche kommt herein, wirft eine Pistole auf den Tisch und sagt: ‹Hier bin ich. Ich wars.› Einfach so.»

«Was hat er über die Sache berichtet?»

«Ziemlich wenig. Er wurde natürlich vor einer Aussage gewarnt. Aber er hat bloß gelacht. Sagte, dass er hierher kam, um

Sie zu treffen – und auf Protheroe stieß. Sie stritten sich, und er erschoss ihn. Wollte nicht sagen, weshalb sie stritten. Hören Sie, Clement – nur unter uns beiden, wissen Sie etwas darüber? Ich habe Gerüchte gehört – dass ihm das Haus verboten wurde und das alles. Worum gings – hat er die Tochter verführt, oder was? Wir wollen das Mädchen nicht weiter hineinziehen, als es im Interesse aller sein muss. War das das Problem?»

«Nein», sagte ich. «Sie können mir glauben, dass es etwas ganz anderes war, aber mehr kann ich zum gegenwärtigen Zeitpunkt nicht sagen.»

Er nickte und stand auf. «Ich bin froh, das zu wissen. Es gibt viel Gerede. Zu viele Frauen in diesem Teil der Welt. Nun, ich muss weiter. Ich muss Haydock aufsuchen. Er wurde zu irgendeinem Fall gerufen, aber inzwischen sollte er zurück sein. Ich kann Ihnen sagen, dass Redding mir Leid tut. Er ist mir immer wie ein anständiger junger Mann vorgekommen. Vielleicht denken sie sich eine gute Verteidigung für ihn aus. Nachwirkungen des Kriegs, Bombenneurose, etwas in der Art. Vor allem, wenn kein angemessenes Motiv auftaucht. Ich muss gehen. Wollen Sie mitkommen?»

Ich erwiderte, das würde ich gern, und wir gingen zusammen hinaus.

Haydock wohnt neben mir. Sein Diener sagte, der Doktor sei gerade gekommen, und führte uns ins Esszimmer, wo Haydock vor einem dampfenden Teller mit Eiern und Schinken saß. Er nickte mir freundschaftlich zu.

«Tut mit Leid, dass ich weg musste. Bettlägeriger Patient. Wegen Ihrer Sache war ich fast die ganze Nacht auf. Ich habe die Kugel für Sie.»

Er schob ein Kästchen über den Tisch. Melchett betrachtete den Inhalt. «Kaliber fünfundzwanzig?»

Haydock nickte.

«Die technischen Einzelheiten hebe ich mir für die gerichtliche Untersuchung auf», sagte er. «Alles, was Sie wissen wollen, ist, dass der Tod praktisch sofort eingetreten ist. Dummer junger Narr, weshalb hat er das getan? Erstaunlich übrigens, dass niemand den Schuss gehört hat.»

«Ja», sagte Melchett, «das überrascht mich.»

«Das Küchenfenster ist auf der anderen Seite des Hauses», sagte ich. «Wenn die Türen von Arbeitszimmer, Spülküche und Küche geschlossen sind, bezweifle ich, ob man etwas hören kann, und außer dem Mädchen war niemand im Haus.»

«Mhm. Es ist trotzdem merkwürdig», sagte Melchett. «Ich frage mich, ob die alte Dame – wie heißt sie noch – Marple, nichts gehört hat. Das Fenster im Arbeitszimmer war offen.»

«Vielleicht hat sie etwas gehört», vermutete Haydock.

«Ich glaube nicht», sagte ich. «Sie war gerade im Pfarrhaus, und sie hat nichts davon erwähnt. Ich bin sicher, das hätte sie getan, wenn sie etwas zu erzählen hätte.»

«Vielleicht hat sie es gehört und nicht darauf geachtet – hat es für die Fehlzündung eines Autos gehalten.»

Mir fiel auf, dass Haydock heute Morgen viel vergnügter und besser gelaunt war. Er kam mir vor wie ein Mann, der anstandshalber versucht, seine ungewöhnlich gute Stimmung zu verbergen.

«Oder was ist mit einem Schalldämpfer?», fügte er hinzu. «Das ist sehr wahrscheinlich. Dann hätte niemand etwas gehört.»

Melchett schüttelte den Kopf.

«Slack fand nichts in dieser Art, er hat Redding gefragt und Redding schien zuerst gar nicht zu wissen, wovon er sprach, und dann bestritt er schlankweg, so etwas benutzt zu haben. Und ich nehme an, das kann man ihm glauben.»

«Ja, wirklich, der arme Teufel.»

«Verdammter junger Narr», sagte Colonel Melchett. «Entschuldigung, Clement. Aber das ist er wirklich! Irgendwie kann man sich nicht daran gewöhnen, ihn für einen Mörder zu halten.»

«Irgendein Motiv?» Haydock trank den letzten Schluck Kaffee und schob seinen Stuhl zurück.

«Er sagt, sie stritten und er wurde wütend und hat ihn erschossen.»

«Er hofft auf Totschlag, was?» Der Arzt schüttelte den Kopf. «An dieser Geschichte ist nichts dran. Er schlich sich von hinten an, während Protheroe schrieb, und schoss ihn durch den Kopf. Hübscher kleiner ‹Streit›!»

«Jedenfalls wäre keine Zeit für einen Streit gewesen», sagte ich und dachte an Miss Marples Worte. «Um sich anzuschleichen, zu schießen, die Uhrzeiger auf 6.22 zurückzustellen und wieder zu gehen hätte er die ganze Zeit gebraucht, die er im Haus war. Ich werde nie sein Gesicht vergessen, als ich ihn am Gartentor traf, oder die Art, wie er sagte: ‹Sie wollen Protheroe sehen – oh, Sie werden ihn sehen!› Schon das hätte mich misstrauisch machen sollen im Hinblick auf das, was angeblich gerade vor ein paar Minuten geschehen war.»

Haydock starrte mich an. «Was soll das heißen – was gerade geschehen war? Wann glauben Sie, dass Redding ihn erschossen hat?»

«Ein paar Minuten bevor ich nach Hause kam.»

Der Arzt schüttelte den Kopf. «Unmöglich. Völlig unmöglich. Er war schon viel länger tot.»

«Aber mein lieber Mann!», rief Colonel Melchett. «Sie haben selbst gesagt, dass eine halbe Stunde nur eine ungefähre Schätzung sei.»

«Eine halbe Stunde, fünfunddreißig Minuten, fünfundzwanzig Minuten, zwanzig Minuten – möglich, aber weniger nicht. Die Leiche wäre ja noch warm gewesen, als ich sie sah.»

Wir starrten einander an. Haydocks Gesicht hatte sich verändert. Er sah plötzlich grau und alt aus. Ich fragte mich, was das zu bedeuten hatte.

«Aber hören Sie zu, Haydock.» Der Colonel hatte seine

Stimme wieder gefunden. «Wenn Redding zugibt, ihn um Viertel vor sieben erschossen zu haben ...»

Haydock sprang auf. «Ich sage Ihnen, es ist unmöglich», brüllte er. «Wenn Redding sagt, er hätte Protheroe um Viertel vor sieben erschossen, dann lügt Redding. Zum Henker damit, ich sage Ihnen, ich bin Arzt, und ich weiß es. Das Blut hatte angefangen zu gerinnen.»

«Wenn Redding lügt», fing Melchett an, dann hielt er inne und schüttelte den Kopf. «Wir gehen besser zur Polizeiwache und reden mit ihm.»

Achtes Kapitel

Wir waren ziemlich still auf dem Weg zur Polizeiwache. Haydock blieb ein bisschen zurück und murmelte mir zu: «Wissen Sie, mir gefällt das nicht. Ganz und gar nicht. Hier gibt es etwas, das wir nicht verstehen.»

Er sah sehr besorgt und verwirrt aus.

Kommissar Slack war auf der Polizeiwache, und gleich darauf standen wir Lawrence Redding gegenüber.

Er war blass und angespannt, aber sehr gefasst – bewundernswert gefasst, fand ich, unter diesen Umständen. Melchett schnaubte und summte vor sich hin, er war sichtlich nervös.

«Schauen Sie, Redding», sagte er, «wie ich höre, haben Sie gegenüber Kommissar Slack hier eine Erklärung abgegeben. Sie sagten aus, dass Sie etwa um Viertel vor sieben zum Pfarrhaus kamen, dort Protheroe begegneten, mit ihm stritten, ihn erschossen und davongingen. Ich lese es Ihnen nicht noch einmal vor, aber das ist das Wesentliche.»

«Ja.»

«Ich werde Ihnen einige Fragen stellen. Sie wurden bereits darauf hingewiesen, dass Sie nicht antworten müssen, wenn Sie nicht wollen. Ihr Anwalt …»

Lawrence unterbrach ihn. «Ich habe nichts zu verbergen. Ich habe Protheroe getötet.»

«Ah! Nun gut …» Melchett schnaubte. «Wieso hatten Sie eine Pistole dabei?»

Lawrence zögerte. «Sie war in meiner Tasche.»

«Sie haben sie ins Pfarrhaus mitgenommen?»

«Ja.»

«Warum?»

«Ich nehme sie immer mit.»

Er hatte wieder gezögert, bevor er antwortete, und ich war überzeugt, dass er nicht die Wahrheit sagte.

«Warum haben Sie die Uhr zurückgestellt?»

«Die Uhr?», fragte er verwirrt.

«Ja, die Zeiger deuteten auf 6.22.»

Er sah plötzlich ängstlich aus. «Oh! Das – ja, ich – ich habe sie zurückgestellt.»

Jetzt meldete sich Haydock. «Wohin haben Sie geschossen?»

«Auf Colonel Protheroe.»

«Ich meine, auf welchen Körperteil?»

«Oh – ich – durch den Kopf, glaube ich. Ja, durch den Kopf.»

«Sind Sie sich nicht sicher?»

«Da Sie es wissen, sehe ich nicht ein, warum Sie es für nötig halten, mich zu fragen.»

Es war ein schwächliches Aufbrausen. Draußen gab es einen Tumult. Ein Wachtmeister ohne Helm brachte einen Brief herein.

«Für den Pfarrer. ‹Eilt sehr› steht darauf.»

Ich riss den Umschlag auf und las:

> Bitte – bitte – kommen Sie zu mir. Ich weiß nicht, was ich tun soll. Das alles ist zu schrecklich. Ich möchte mit jemandem reden. Bitte kommen Sie sofort und bringen Sie mit, wen Sie wollen. – Anne Protheroe

Ich sah Melchett bedeutungsvoll an. Er verstand den Wink. Wir gingen alle zusammen hinaus. Als ich über die Schulter schaute, sah ich flüchtig Lawrence Reddings Gesicht. Sein Blick war auf den Brief in meiner Hand geheftet, und selten hatte ich bei einem Menschen einen so entsetzlichen Ausdruck von Angst und Verzweiflung gesehen.

Ich erinnerte mich an Anne Protheroe, wie sie auf meinem Sofa saß und sagte: «Ich bin eine verzweifelte Frau», und das Herz wurde mir schwer. Jetzt verstand ich den möglichen Grund für Lawrence Reddings heldenhafte Selbstbeschuldigung.

Melchett redete mit Slack. «Haben Sie irgendwelche Informationen über das, was Redding früher am Tag gemacht hat? Es gibt Grund zu der Annahme, dass er Protheroe früher erschossen hat, als er sagt. Kümmern Sie sich darum, bitte.»

Er wandte sich mir zu, und wortlos reichte ich ihm Anne Protheroes Brief. Er las ihn und schürzte erstaunt die Lippen. Dann schaute er mich fragend an. «Haben Sie darauf heute Morgen angespielt?»

«Ja. Da war ich mir nicht sicher, ob es meine Pflicht wäre, darüber zu reden. Jetzt weiß ich es.» Und ich erzählte ihm, was ich an jenem Abend im Atelier gesehen hatte.

Der Colonel wechselte ein paar Worte mit dem Kommissar, dann machten wir uns auf den Weg nach Old Hall. Dr. Haydock begleitete uns.

Ein sehr korrekter Butler öffnete die Tür mit genau dem richtigen Anteil Trauer in seiner Haltung.

«Guten Morgen», sagte Melchett. «Würden Sie Mrs. Protheroes Mädchen sagen, dass wir hier sind und Mrs. Protheroe sehen möchten? Dann kommen Sie bitte wieder und beantworten ein paar Fragen.»

Der Butler eilte davon und kam sofort wieder mit der Meldung, dass er seinen Auftrag erledigt habe.

«Jetzt möchten wir gern etwas über gestern wissen», sagte Colonel Melchett. «War Ihr Herr zum Mittagessen zu Hause?»

«Ja, Sir.»

«Und in seiner üblichen Stimmung?»

«Soweit ich sehen konnte, ja, Sir.»

«Was geschah danach?»

«Nach dem Lunch legte sich Mrs. Protheroe hin und der

Colonel ging in sein Arbeitszimmer. Miss Lettice fuhr im Zweisitzer zu einer Tennisparty. Der Colonel und Mrs. Protheroe nahmen um vier Uhr dreißig im Salon den Tee ein. Der Wagen wurde für fünf Uhr dreißig befohlen, um sie ins Dorf zu bringen. Sofort nach ihrer Abfahrt rief Mr. Clement an» – er verbeugte sich vor mir – «und ich sagte ihm, dass sie weggefahren waren.»

«Hm. Wann war Mr. Redding das letzte Mal hier?»

«Am Dienstagnachmittag, Sir.»

«Wie ich höre, hat es eine Meinungsverschiedenheit zwischen ihnen gegeben?»

«Ich glaube, ja, Sir. Der Colonel hat mich angewiesen, Mr. Redding künftig keinen Einlass mehr zu gewähren.»

«Haben Sie etwas von dem Streit gehört?», fragte Colonel Melchett direkt.

«Colonel Protheroe hatte eine sehr laute Stimme, Sir, besonders wenn er zornig war. Das eine oder andere Wort konnte ich gar nicht überhören.»

«Genug um den Grund des Wortwechels zu erfahren?»

«Soweit ich verstand, Sir, ging es um ein Porträt, das Mr. Lawrence gemalt hatte – ein Porträt von Miss Lettice.»

Melchett knurrte vor sich hin. «Haben Sie Mr. Redding gesehen, als er ging?»

«Ja, Sir, ich habe ihn zur Tür gebracht.»

«Wirkte er wütend?»

«Nein, Sir; wenn ich so sagen darf, schien er eher amüsiert.»

«Ah! Und gestern kam er nicht hierher?»

«Nein, Sir.»

«Kam sonst jemand?»

«Nicht gestern, Sir.»

«Und vorgestern?»

«Mr. Dennis Clement kam am Nachmittag. Und Dr. Stone war eine Zeit lang hier. Und am Abend kam eine Dame.»

«Eine Dame?» Melchett war überrascht. «Wer war sie?»

Der Butler konnte sich an den Namen nicht erinnern. Er hatte die Dame noch nie zuvor gesehen. Ja, sie hatte ihren Namen genannt, und als er sagte, die Familie sei beim Essen, hatte sie geantwortet, sie werde warten. Er hatte sie in das kleine Morgenzimmer geführt.

Sie hatte nach Colonel Protheroe gefragt, nicht nach Mrs. Protheroe. Er hatte sie dem Colonel gemeldet, und gleich nach dem Abendessen war der Colonel ins Morgenzimmer gegangen.

Wie lange war die Dame geblieben? Der Butler glaubte, etwa eine halbe Stunde. Der Colonel selbst hatte sie zur Tür gebracht. Ah! Ja, jetzt war ihm der Name wieder eingefallen. Die Dame war eine Mrs. Lestrange gewesen.

Das war eine Überraschung.

«Merkwürdig», sagte Melchett. «Wirklich sehr merkwürdig.»

Aber wir verfolgten das Thema nicht weiter, denn in diesem Moment wurde gemeldet, dass Mrs. Protheroe uns empfangen wolle.

Anne lag im Bett. Sie war blass, und ihre Augen glänzten. Ihr Gesichtsausdruck erstaunte mich – eine Art verbissene Entschlossenheit. Sie wandte sich an mich:

«Danke, dass Sie so rasch gekommen sind. Sie haben offenbar verstanden, was ich damit meinte, dass Sie mitbringen sollen, wen Sie wollen.» Nach einer Pause fuhr sie fort. «Am besten, man bringt es rasch hinter sich, nicht wahr?» Ihr Lächeln war seltsam, fast Mitleid erregend. «Wahrscheinlich muss ich es Ihnen sagen, Colonel Melchett. Verstehen Sie, ich war es, die meinen Mann getötet hat.»

Colonel Melchett sagte sanft: «Meine liebe Mrs. Protheroe.»

«Oh! Es stimmt. Ich habe es wohl sehr direkt gesagt, aber ich werde nie hysterisch wegen irgendetwas. Ich habe ihn schon lange gehasst, und gestern habe ich ihn erschossen.» Sie legte sich in die Kissen zurück und schloss die Augen. «Das ist alles.

Ich nehme an, Sie werden mich festnehmen und abführen. Sobald ich kann, stehe ich auf und kleide mich an. Im Moment fühle ich mich ziemlich schwach.»

«Wissen Sie, Mrs. Protheroe, dass Mr. Lawrence Redding sich bereits beschuldigt hat, dasselbe Verbrechen begangen zu haben?»

Anne öffnete die Augen und nickte strahlend.

«Ich weiß. Der törichte Junge. Er ist sehr verliebt in mich, wissen Sie. Es war ungeheuer edel von ihm – aber sehr töricht.»

«Wusste er, dass Sie das Verbrechen begangen haben?»

«Ja.»

«Woher wusste er es?»

Sie zögerte.

«Haben Sie es ihm gesagt?»

Sie zögerte immer noch. Dann schien sie sich endlich zu entscheiden. «Ja – ich habe es ihm gesagt ...»

Sie hob irritiert die Schultern. «Können Sie jetzt nicht gehen? Ich habe es Ihnen gesagt. Ich will nicht mehr darüber reden.»

«Woher hatten Sie die Pistole, Mrs. Protheroe?»

«Die Pistole! Oh, es war die meines Mannes. Ich habe sie aus der Schublade seiner Kommode geholt.»

«Ich verstehe. Und Sie haben sie mit ins Pfarrhaus genommen?»

«Ja. Ich wusste, dass er dort sein würde ...»

«Um welche Zeit war das?»

«Es muss nach sechs gewesen sein – fünfzehn – zwanzig Minuten nach – so etwa.»

«Sie nahmen die Pistole, um Ihren Mann zu erschießen?»

«Nein – ich – wollte mich töten.»

«Ich verstehe. Aber Sie gingen ins Pfarrhaus?»

«Ja. Ich ging an der Glastür vorbei. Ich hörte keine Stimmen. Ich schaute hinein. Ich sah meinen Mann. Etwas überkam mich – und ich habe geschossen.»

«Und dann?»

«Dann? Oh, dann ging ich weg.»

«Und erzählten Mr. Redding, was Sie getan hatten?»

Wieder fiel mir das Zögern in ihrer Stimme auf, bevor sie sagte: «Ja.»

«Hat jemand gesehen, wie Sie das Pfarrhaus betraten oder verließen?»

«Nein – oder doch. Die alte Miss Marple. Ich redete ein paar Minuten mit ihr. Sie war in ihrem Garten.»

Unruhig bewegte sie sich in ihren Kissen. «Reicht das nicht? Ich habe es Ihnen gesagt. Warum wollen Sie mich weiter belästigen?»

Haydock ging zu ihr und fühlte ihr den Puls. Er winkte Melchett.

«Ich bleibe bei ihr», flüsterte er, «während Sie die nötigen Vorkehrungen treffen. Sie sollte nicht allein gelassen werden. Könnte sich etwas antun.»

Melchett nickte.

Wir verließen das Zimmer und gingen die Treppe hinunter. Ein dünner, ausgezehrter Mann kam aus dem Nebenraum, und einem plötzlichen Einfall folgend kehrte ich um. «Sind Sie Colonel Protheroes Diener?»

Der Mann sah überrascht aus. «Ja, Sir.»

«Wissen Sie, ob Ihr verstorbener Herr irgendwo eine Pistole aufbewahrt hatte?»

«Nicht dass ich wüsste, Sir.»

«Nicht in einer Schublade seiner Kommode? Denken Sie nach, Mann.»

Der Diener schüttelte entschieden den Kopf. «Ich bin ganz sicher, dass er keine hatte. Wenn, dann hätte ich sie gesehen. Zwangsläufig.»

Ich eilte den anderen nach.

Mrs. Protheroe hatte gelogen, was die Pistole anging.

Warum?

Neuntes Kapitel

Nachdem Melchett eine Nachricht auf der Polizeiwache hinterlassen hatte, kündigte er an, er wolle Miss Marple besuchen.

«Sie kommen besser mit, Pfarrer», sagte er. «Ich will ein Schäfchen aus Ihrer Herde nicht zur Hysterie treiben. Also steuern Sie das Gewicht Ihrer tröstlichen Anwesenheit bei.»

Ich schmunzelte. Trotz ihres gebrechlichen Aussehens kann Miss Marple sich durchaus gegenüber jedem Polizisten oder Polizeichef behaupten.

«Wie ist sie?», fragte Melchett, als wir läuteten. «Kann man sich auf das, was sie sagt, verlassen oder nicht?»

Ich überlegte.

«Ich glaube, sie ist recht zuverlässig», sagte ich vorsichtig. «Das heißt, wenn sie über etwas redet, was sie tatsächlich gesehen hat. Darüber hinaus natürlich, wenn es darum geht, was sie meint – nun, das ist etwas anderes. Sie hat viel Phantasie und denkt grundsätzlich von jedem das Schlimmste.»

«Also die typische alte Jungfer.» Melchett lachte. «Nun, inzwischen sollte ich die Sorte kennen. Allmächtiger, die Teegesellschaften hier zu Lande!»

Wir wurden von einem winzigen Mädchen eingelassen und in einen kleinen Salon geführt.

«Ein bisschen überfüllt.» Colonel Melchett schaute sich um. «Aber viele gute Sachen. Ein Damenzimmer, was, Clement?»

Ich stimmte zu; in diesem Moment wurde die Tür geöffnet, und Miss Marple trat ein.

«Bedaure sehr, Sie zu belästigen, Miss Marple», sagte der

Colonel, als ich ihn vorgestellt hatte. Er gab sich auf die raue, aber herzliche militärische Art, die seiner Meinung nach bei älteren Damen gut ankam. «Muss meine Pflicht tun, wissen Sie.»

«Natürlich, natürlich», sagte Miss Marple. «Das sehe ich ein. Möchten Sie nicht Platz nehmen? Und darf ich Ihnen ein Gläschen Kirschlikör anbieten? Selbst gemacht. Ein Rezept meiner Großmutter.»

«Danke vielmals, Miss Marple. Sehr freundlich von Ihnen. Aber lieber nicht. Nie vor dem Mittagessen, das ist mein Motto. Jetzt möchte ich mit Ihnen über diese traurige Angelegenheit reden – sehr traurig, wirklich. Hat uns alle mitgenommen, ich weiß. Nun, möglicherweise können Sie uns dank der Lage Ihres Hauses und Gartens etwas mitteilen, was wir über gestern Abend wissen möchten.»

«Tatsächlich war ich gestern ab fünf Uhr in meinem kleinen Garten, und natürlich kann man von dort – nun, man kann einfach gar nicht vermeiden, alles zu sehen, was nebenan vorgeht.»

«Wie ich höre, Miss Marple, ging Mrs. Protheroe gestern Abend hier vorbei?»

«Ja. Ich sprach sie an, und sie bewunderte meine Rosen.»

«Könnten Sie uns sagen, um wie viel Uhr das etwa war?»

«Ich würde sagen, es war nur eine Minute oder zwei nach Viertel nach sechs. Ja, das stimmt. Die Kirchenuhr hatte gerade die Viertelstunde geschlagen.»

«Sehr gut. Was geschah dann?»

«Nun, Mrs. Protheroe sagte, sie hole ihren Mann im Pfarrhaus ab, damit sie zusammen nach Hause gehen könnten. Sie war den Weg entlang gekommen, und sie ging durch das hintere Gartentürchen und den Garten ins Pfarrhaus.»

«Sie kam vom Weg?»

«Ja, ich zeige es Ihnen.»

Eifrig führte Miss Marple uns in den Garten und deutete auf den Weg, der am Rand des Gartens vorbei führte.

«Der Pfad gegenüber mit dem Zauntritt führt nach Old Hall», erklärte sie. «Hier wollten sie zusammen nach Hause gehen. Mrs. Protheroe kam aus dem Dorf.»

«Vorzüglich, vorzüglich», sagte Colonel Melchett. «Und Sie sagen, Sie ging hinüber zum Pfarrhaus?»

«Ja, ich sah, wie sie um die Ecke des Hauses bog. Ich nehme an, der Colonel war noch nicht da, denn sie kam fast sofort zurück und ging über den Rasen zum Atelier – diesem Gebäude da. Der Pfarrer hat es Mr. Redding als Atelier überlassen.»

«Sehr gut. Und – und Sie haben keinen Schuss gehört, Miss Marple?»

«Zu dem Zeitpunkt habe ich keinen Schuss gehört.»

«Aber irgendwann hörten Sie einen?»

«Ja, ich glaube, der Schuss fiel irgendwo im Wald. Aber fünf oder zehn Minuten später – und, wie gesagt, im Wald. Wenigstens glaube ich das. Es könnte nicht… es könnte doch bestimmt nicht…»

Blass vor Erregung sprach sie nicht weiter.

«Ja, ja, dazu kommen wir gleich», sagte Colonel Melchett. «Bitte fahren Sie fort. Mrs. Protheroe ging zum Atelier?»

«Ja, sie ging hinein und wartete. Gleich darauf kam Mr. Redding den Weg vom Dorf entlang. Er ging zum Gartentor des Pfarrhauses, schaute sich um…»

«Und sah Sie, Miss Marple.»

«Tatsache ist, dass er mich nicht sah.» Miss Marple errötete leicht. «Weil ich mich in diesem Moment bückte, verstehen Sie – ich versuchte einen Löwenzahn auszureißen, sie sind so lästig. So hartnäckig. Und dann ging er durchs Törchen und zum Atelier.»

«Er ging nicht zum Haus?»

«Oh nein! Er ging direkt zum Atelier. Mrs. Protheroe kam ihm an der Tür entgegen, und dann gingen beide hinein.»

Hier legte Miss Marple eine einzigartig beredte Pause ein.

«Vielleicht hat er sie gemalt?», gab ich zu bedenken.

Plan C

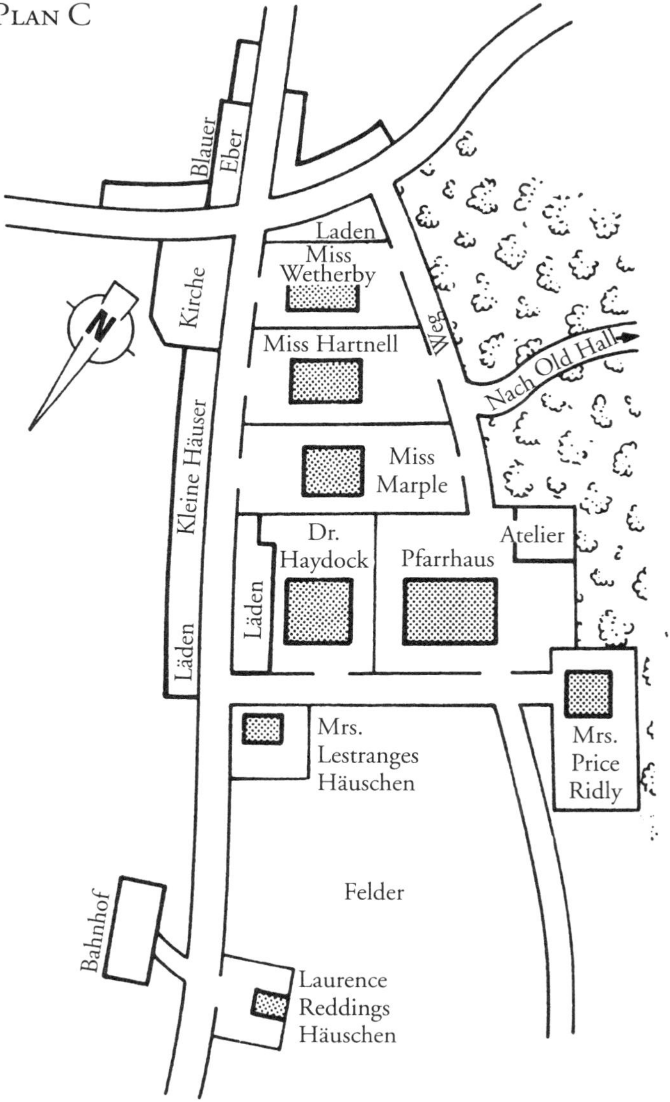
Blauer
Eber
Laden
Miss
Wetherby
Kirche
Miss Hartnell
Weg
Nach Old Hall
Miss
Marple
Kleine Häuser
Dr.
Haydock
Pfarrhaus
Atelier
Läden
Läden
Mrs.
Lestranges
Häuschen
Mrs.
Price
Ridly
Felder
Bahnhof
Laurence
Reddings
Häuschen
N

«Vielleicht», sagte Miss Marple.

«Und sie kamen heraus – wann?»

«Etwa zehn Minuten später.»

«Grob geschätzt?»

«Die Kirchenuhr hatte die halbe Stunde geschlagen. Sie gingen durchs Gartentor hinaus und den Weg entlang, und gerade in diesem Augenblick kam Dr. Stone über den Pfad von Old Hall, stieg über den Zauntritt und schloss sich ihnen an. Gemeinsam gingen sie zum Dorf. Am Ende des Wegs, glaube ich, aber ganz sicher bin ich nicht, stieß Miss Cram zu ihnen. Ich glaube, dass es Miss Cram gewesen sein muss, weil ihr Rock so kurz war.»

«Sie müssen sehr gute Augen haben, Miss Marple, wenn Sie das aus dieser Entfernung sehen können.»

«Ich habe einen Vogel beobachtet», sagte Miss Marple. «Ein Wintergoldhähnchen, glaube ich. Ein süßer kleiner Kerl. Ich hatte den Feldstecher geholt, und so sah ich zufällig Miss Cram (wenn es Miss Cram war, was ich glaube) zu ihnen stoßen.»

«Ah! Nun, das mag so gewesen sein», sagte Colonel Melchett. «Und wenn Sie schon so gut beobachten können, Miss Marple, haben Sie da auch zufällig den Gesichtsausdruck von Mrs. Protheroe und Mr. Redding sehen können, als sie den Weg entlang gingen?»

«Sie lächelten und unterhielten sich», sagte Miss Marple. «Sie schienen sehr glücklich miteinander zu sein, wenn Sie wissen, was ich meine.»

«Sie wirkten nicht aufgeregt oder irgendwie verstört?»

«Oh nein! Ganz im Gegenteil.»

«Verteufelt merkwürdig», sagte der Colonel. «Da ist etwas verteufelt Merkwürdiges an der ganzen Angelegenheit.»

Plötzlich verblüffte uns Miss Marple, als sie gelassen fragte: «Hat jetzt Mrs. Protheroe gesagt, dass sie den Mord begangen hat?»

«Bei meiner Seele», sagte der Colonel, «wie haben Sie das erraten, Miss Marple?»

«Nun, ich dachte mir schon, dass es geschehen könnte. Ich glaube, die liebe Lettice dachte das auch. Sie ist im Grunde ein sehr scharfsinniges Mädchen. Nicht immer sehr gewissenhaft, fürchte ich. Anne Protheroe sagt also, sie habe ihren Mann getötet. So so. Ich glaube nicht, dass das stimmt. Nein, ich bin fast sicher, dass es nicht stimmt. Nicht bei einer Frau wie Anne Protheroe. Obwohl man bei niemandem ganz sicher sein kann, nicht wahr? Wann will sie ihn denn erschossen haben?»

«Zwanzig Minuten nach sechs. Gleich nachdem sie mit Ihnen geredet hat.»

Mrs. Marple schüttelte langsam und mitleidig den Kopf. Das Mitleid galt, nehme ich an, zwei erwachsenen Männern, die so töricht waren, eine solche Geschichte zu glauben. Jedenfalls kam es uns so vor.

«Womit hat sie ihn erschossen?»

«Mit einer Pistole?»

«Woher hatte sie die?»

«Sie hat sie mitgebracht.»

«Nun, das stimmt nicht», sagte Miss Marple unerwartet entschieden. «Das kann ich beschwören. Sie hatte nichts dergleichen bei sich.»

«Vielleicht haben Sie sie nicht gesehen.»

«Natürlich hätte ich sie gesehen.»

«Wenn sie in ihrer Handtasche gewesen wäre?»

«Sie hatte keine Handtasche dabei.»

«Nun, die Waffe könnte versteckt gewesen sein – äh – an ihrem Körper.»

Miss Marples Blick war halb bedauernd, halb verächtlich. «Mein lieber Colonel Melchett, Sie wissen, wie die jungen Frauen heutzutage sind. Sie schämen sich nicht zu zeigen, wie der Schöpfer sie erschaffen hat. Sie trug noch nicht einmal ein Taschentuch oben in ihrem Strumpf.»

Melchett war hartnäckig. «Sie müssen zugeben, dass alles zusammenpasst: die Zeit, die umgeworfene Uhr, die auf 6.22 stehen blieb ...»

Miss Marple wandte sich an mich. «Soll das heißen, Sie haben ihm das von der Uhr noch nicht erzählt?»

«Was ist mit der Uhr, Clement?»

Ich sagte es ihm. Er war ziemlich verärgert. «Warum um alles in der Welt haben Sie das gestern Abend nicht Slack gesagt?»

«Weil er es nicht zuließ», sagte ich.

«Unsinn, Sie hätten darauf bestehen müssen.»

«Vielleicht. Kommissar Slack benimmt sich Ihnen gegenüber ganz anders als mir gegenüber. Ich hatte nicht die geringste Chance, zu Wort zu kommen.»

«Das Ganze ist eine sehr ungewöhnliche Angelegenheit», sagte Melchett. «Wenn jetzt noch ein Dritter kommt und behauptet, diesen Mord begangen zu haben, dann bin ich reif fürs Irrenhaus.»

«Wenn ich etwas vorschlagen dürfte ...», murmelte Miss Marple.

«Nun?»

«Wenn Sie Mr. Redding erzählen würden, was Mrs. Protheroe getan hat, und dann erklären würden, dass Sie ihr nicht glauben, und danach zu Mrs. Protheroe gingen und ihr sagen würden, dass Mr. Redding außer Verdacht ist – nun, dann könnten beide Ihnen die Wahrheit sagen. Und die Wahrheit ist hilfreich, obwohl ich behaupten möchte, sie wissen selbst nicht viel, die armen Dinger.»

«Das ist alles schön und gut, aber sie sind die beiden Einzigen, die ein Motiv hatten, Protheroe umzubringen.»

«Oh, das würde ich nicht behaupten, Colonel Melchett», sagte Miss Marple.

«Wieso, fällt Ihnen noch jemand ein?»

«Oh ja, ohne weiteres.» Sie zählte an ihren Fingern ab: «Einer, zwei, drei, vier, fünf, sechs – ja, und möglicherweise ein

Siebter. Sieben Leute fallen mir ein, die sehr froh sein dürften, dass Colonel Protheroe aus dem Weg geräumt ist.»

Der Colonel schaute sie zweifelnd an. «Sieben Leute? In St. Mary Mead?»

Miss Marple nickte strahlend.

«Wohlgemerkt, ich nenne keine Namen. Das wäre nicht richtig. Aber ich fürchte, es gibt viel Schlechtigkeit in der Welt. Ein netter, ehrbarer, aufrechter Soldat wie Sie weiß über diese Dinge nicht Bescheid, Colonel Melchett.»

Ich fürchtete, der Polizeichef würde einen Schlaganfall bekommen.

Zehntes Kapitel

Als wir das Haus verlassen hatten, waren seine Bemerkungen über Miss Marple alles andere als schmeichelhaft.

«Ich glaube wirklich, diese verschrumpelte alte Jungfer denkt, sie weiß alles, was es zu wissen gibt. Und dabei ist sie ihr Leben lang kaum aus diesem Dorf herausgekommen. Lächerlich. Was kann sie schon vom Leben wissen?»

Ich sagte milde, auch wenn Miss Marple zweifellos fast nichts über das LEBEN in Großbuchstaben wisse, so wisse sie doch praktisch alles, was in St. Mary Mead vorging.

Das musste Melchett widerwillig zugeben. Sie war eine wertvolle Zeugin – besonders wertvoll von Mrs. Protheroes Standpunkt.

«Wenn Miss Marple sagt, dass sie keine Pistole bei sich hatte, können Sie Gift darauf nehmen, dass es stimmt», sagte ich. «Wenn das auch nur im Geringsten möglich gewesen wäre, hätte Miss Marple es sofort spitz gekriegt.»

«Das stimmt allerdings. Wir schauen uns besser mal das Atelier an.»

Das so genannte Atelier war nur ein einfacher Schuppen mit einem Oberlicht. Es gab keine Fenster, die Tür war der einzige Ein- und Ausgang. Melchett war in dieser Hinsicht zufrieden und kündigte an, er werde später das Pfarrhaus mit dem Kommissar besuchen.

«Jetzt gehe ich zur Polizeiwache.»

Als ich durch die Haustür trat, hörte ich Stimmengemurmel. Ich öffnete die Tür zum Salon.

Auf dem Sofa neben Griselda saß Miss Gladys Cram und unterhielt sich angeregt. Die Beine in auffallend glänzenden rosa Strümpfen hatte sie übereinander geschlagen, und mir blieb ausreichend Gelegenheit wahrzunehmen, dass sie einen rosa gestreiften Schlüpfer trug.

«Hallo, Len», sagte Griselda.

«Guten Morgen, Mr. Clement», sagte Miss Cram. «Ist die Sache mit dem Colonel nicht wirklich zu schrecklich? Der arme alte Herr.»

«Miss Cram», erklärte meine Frau, «kam freundlicherweise vorbei, um ihre Hilfe bei den Pfadfinderinnen anzubieten. Wir sagten letzten Sonntag, dass wir Helferinnen brauchen, du wirst dich erinnern.»

Ich erinnerte mich und war ebenso überzeugt wie Griselda – das schloss ich aus ihrem Ton –, dass Miss Cram nie daran gedacht hätte, sich der Pfadfinderinnen anzunehmen, wenn der aufregende Vorfall im Pfarrhaus nicht gewesen wäre.

«Ich sagte gerade zu Mrs. Clement», fuhr Miss Cram fort, «ich war einfach platt, als ich davon hörte. Ein Mord?, sagte ich. In diesem ruhigen Dorf am Ende der Welt – denn ruhig ist es, das müssen Sie zugeben, noch nicht mal ein Stummfilmkino, von Tonfilmen ganz zu schweigen! Und dann die Sache mit Colonel Protheroe – wirklich, ich konnte es einfach nicht glauben. Irgendwie war er nicht der Typ, der ermordet wird.»

«Und deshalb», sagte Griselda, «kam Miss Cram vorbei, um alles darüber zu erfahren.»

Ich fürchtete, die junge Dame könnte wegen dieser deutlichen Worte beleidigt sein, aber sie warf lediglich den Kopf zurück und lachte schallend, wobei sie jeden ihrer Zähne zeigte.

«Das ist ja zu peinlich. Sie nehmen kein Blatt vor den Mund, was, Mrs. Clement? Aber es ist doch nur natürlich, wenn man alle Einzelheiten eines solchen Falles hören will, oder etwa nicht? Und ich bin bestimmt bereit, bei den Pfadfinderinnen zu helfen, wie immer Sie wollen. Aufregend ist das. Ich habe mich so nach ein bisschen Spaß gesehnt, wirklich. Nicht dass mein Job nicht hervorragend wäre, gut bezahlt, und Dr. Stone ist ein Gentleman in jeder Hinsicht. Aber ein Mädchen will außerhalb der Bürostunden auch ein bisschen was erleben, und mit wem als Ihnen, Mrs. Clement, kann man hier schon reden bei all diesen alten Schleiereulen?»

«Da wäre Lettice Protheroe», sagte ich.

Gladys Cram machte eine verächtliche Kopfbewegung. «Sie ist zu hochnäsig für unsereinen. Hält sich für den Landadel und würde sich nicht dazu herablassen, ein Mädchen zu bemerken, das für seinen Lebensunterhalt arbeiten muss. Dabei habe ich sie davon reden hören, selbst ihr Geld zu verdienen. Und wer würde sie schon einstellen, möchte ich wissen? In weniger als einer Woche wäre sie gefeuert. Es sei denn, sie ginge als Mannequin und würde aufgetakelt über den Laufsteg stolzieren. Das könnte sie machen, nehme ich an.»

«Sie wäre ein sehr gutes Mannequin», sagte Griselda. «Sie hat eine so gute Figur.» Griselda ist kein bisschen boshaft. «Wann hat sie davon geredet, ihr eigenes Geld zu verdienen?»

Miss Cram schien einen Moment verlegen, doch dann spielte sie die Schalkhafte.

«Das wüssten Sie gern, nicht wahr? Aber sie hat es wirklich gesagt. Bei ihr zu Hause ist nicht gerade alles in Butter, stelle ich mir vor. Für mich käme das nicht in Frage, zu Hause mit einer Stiefmutter zu leben. Keine Minute würde ich das aushalten.»

«Ja, aber Sie sind so unternehmungslustig und unabhängig», sagte Griselda ernst, und ich schaute sie misstrauisch an.

Miss Cram war sichtlich erfreut. «Das stimmt. So bin ich durch und durch. Mich kann man führen, aber nicht treiben. Eine Handleserin hat mir das vor kurzem gesagt. Nein, ich setze mich nicht hin und lasse mich herumkommandieren. Und ich habe Dr. Stone von Anfang an klar gemacht, dass ich meine geregelte Freizeit brauche. Diese Wissenschaftler, sie glauben, ein Mädchen ist eine Art Maschine – die halbe Zeit bemerken sie einen gar nicht oder vergessen, dass man da ist. Natürlich verstehe ich auch nicht viel davon», gestand sie.

«Finden Sie es angenehm, mit Dr. Stone zu arbeiten? Es muss ein interessanter Job sein, wenn Sie sich für Archäologie interessieren.»

«Trotzdem finde ich, Leute auszugraben, die tot sind und seit Hunderten von Jahren tot waren, ist nicht gerade – nun, es kommt mir ein bisschen neugierig vor, nicht wahr? Und Dr. Stone geht so darin auf, dass er seine Mahlzeiten vergessen würde, wenn ich nicht wäre.»

«Ist er heute Morgen bei der Ausgrabung?», fragte Griselda.

Miss Cram schüttelte den Kopf. «Heute früh ist er nicht ganz in Form», erklärte sie. «Er arbeitet nicht. Das bedeutet einen freien Tag für die kleine Gladys.»

«Das tut mir Leid für ihn», sagte ich.

«Oh, es ist nichts Besonderes. Einen zweiten Todesfall gibt es nicht. Aber sagen Sie, Mr. Clement, Sie waren den ganzen Morgen mit der Polizei zusammen. Was glaubt sie?»

«Nun», sagte ich zögernd, «es gibt immer noch ein wenig – Ungewissheit.»

«Ah!», rief Miss Cram. «Dann glauben sie doch nicht, dass Mr. Lawrence Redding es gewesen ist. So ein gut aussehender Mann, nicht wahr? Wie ein Filmstar. Und so ein hübsches Lächeln, wenn er einem guten Morgen wünscht. Ich habe meinen Ohren nicht getraut, als ich hörte, dass die Polizei ihn verhaftet hat. Schließlich hört man immer, dass sie ziemlich dumm sind – diese Landpolizisten.»

«In diesem Fall kann man ihnen kaum die Schuld geben», sagte ich. «Mr. Redding hat sich freiwillig gestellt.»

«Was?» Das Mädchen war sichtlich verblüfft. «Also – hat der Mensch Worte! Wenn ich einen Mord begangen hätte, würde ich doch nicht hingehen und mich stellen. Ich hätte

Lawrence Redding für klüger gehalten. Sich so aufzugeben! Warum hat er Protheroe getötet? Hat er das gesagt? War es nur ein Streit?»

«Es ist nicht ganz sicher, dass er ihn getötet hat», sagte ich.

«Aber bestimmt – wenn er sagt, er hats getan – wirklich, Mr. Clement, er sollte es wissen.»

«Das sollte er, sicher. Aber die Polizei ist von seiner Geschichte nicht überzeugt.»

«Aber warum sollte er sagen, er hats getan, wenn es nicht stimmt?»

Ich hatte nicht die Absicht, Miss Cram über diesen Punkt aufzuklären. Stattdessen sagte ich ziemlich unbestimmt: «Ich glaube, dass die Polizei bei allen spektakulären Mordfällen zahlreiche Briefe von Leuten bekommt, die sich des Verbrechens bezichtigen.»

Miss Crum reagierte auf diese Information mit einem erstaunten und verächtlichen: «Das müssen Idioten sein.» Dann sagte sie seufzend: «Nun, ich muss los.» Sie stand auf. «Dass Mr. Redding den Mord gestanden hat, wird eine Neuigkeit für Dr. Stone sein.»

«Interessiert er sich dafür?», fragte Griselda.

Miss Cram runzelte verwirrt die Stirn. «Er ist komisch. Man weiß bei ihm nie, woran man ist. Er geht völlig in der Vergangenheit auf. Er würde hundertmal lieber ein hässliches altes Bronzemesser aus diesen Erdhaufen anschauen als das Messer, mit dem Crippen seine Frau erstochen hat, wenn er die Gelegenheit dazu hätte.»

Ich sagte: «Ich muss gestehen, dass ich seiner Meinung bin.»

In Miss Crams Augen war Verständnislosigkeit und leichte Verachtung zu lesen. Dann ging sie, nachdem sie sich mehrfach verabschiedet hatte.

Als sich die Tür hinter ihr geschlossen hatte, sagte Griselda: «Eigentlich ist sie nicht übel. Schrecklich gewöhnlich natürlich, aber eines dieser strammen, munteren, gut gelaunten

Mädchen, gegen die man nichts haben kann. Ich frage mich, was sie wirklich hierher geführt hat?»

«Neugier.»

«Ja, wahrscheinlich. Jetzt erzähl mir alles, Len. Ich bin so gespannt.»

Ich setzte mich und berichtete getreulich alle Ereignisse des Morgens, wobei Griselda die Schilderung höchstens durch überraschte und interessierte kleine Ausrufe unterbrach.

«Also war Lawrence die ganze Zeit hinter Anne her! Nicht hinter Lettice. Wie blind wir gewesen sind! Das muss es gewesen sein, was die alte Miss Marple gestern angedeutet hat. Glaubst du nicht auch?»

«Ja.» Ich wich ihrem Blick aus.

Mary kam herein. «Da sind ein paar Männer – von einer Zeitung, sagen sie. Möchten Sie sie sehen?»

«Nein», sagte ich, «auf keinen Fall. Schicken Sie sie zu Kommissar Slack auf die Polizeiwache.»

Mary nickte und wollte gehen.

«Und wenn Sie die Männer los geworden sind», sagte ich, «kommen Sie wieder herein. Ich will Sie etwas fragen.»

Mary nickte wieder.

Es dauerte ein paar Minuten, bevor sie zurückkam. «Das war eine Arbeit, die los zu werden», sagte sie. «Hartnäckig. So was haben Sie noch nicht gesehen. Wollten kein Nein gelten lassen.»

«Wahrscheinlich haben wir noch viel Ärger mit ihnen», sagte ich. «Jetzt, Mary, möchte ich gern von Ihnen wissen: Sind Sie ganz sicher, dass Sie gestern Abend den Schuss nicht gehört haben?»

«Der Schuss, der ihn getötet hat? Nein, natürlich nicht. Wenn, dann wäre ich hineingegangen und hätte nachgesehen, was passiert ist.»

«Ja, aber…» Ich erinnerte mich an Miss Marples Äußerung, dass sie einen Schuss ‹im Wald› gehört hatte, und stellte die

Frage anders. «Haben Sie irgendeinen anderen Schuss gehört – im Wald zum Beispiel?»

«Oh! Das.» Mary überlegte. «Ja, wenn ich jetzt darüber nachdenke, glaube ich schon. Nicht viele Schüsse, nur einen. War ein komischer Knall.»

«Genau», sagte ich. «Wann war das?»

«Zeit?»

«Ja, Zeit.»

«Kann ich nicht sagen, bestimmt nicht. Irgendwann nach dem Tee. Das weiß ich.»

«Können Sie es nicht ein bisschen genauer sagen?»

«Nein, kann ich nicht. Ich habe zu arbeiten, oder? Ich kann nicht dauernd auf die Uhr schauen – und das würde sowieso nicht viel helfen – der Wecker geht jeden Tag gute drei Viertelstunden nach, und vor lauter Nachstellen und allem, was dazwischenkommt, weiß ich nie genau, wie viel Uhr es ist.»

Das erklärt vielleicht, warum unsere Mahlzeiten nie pünktlich auf den Tisch kommen. Manchmal essen wir zu spät und manchmal verblüffend früh.

«War es lange bevor Mr. Redding kam?»

«Nein, nicht lange. Zehn Minuten – eine Viertelstunde – nicht länger.»

Ich nickte zufrieden.

«Ist das alles?», fragte Mary. «Weil ich nämlich den Braten im Ofen habe und der Pudding wahrscheinlich schon anbrennt.»

«Ja, danke, Sie können gehen.»

Sie ging hinaus, und ich fragte Griselda: «Ist es ganz unmöglich, Mary die Worte Sir oder Ma'am beizubringen?»

«Ich habe es ihr gesagt. Sie vergisst es. Sie ist nur ein einfaches, ungebildetes Mädchen, denk daran.»

«Das ist mir sehr bewusst. Aber wer ungebildet ist, muss es doch nicht immer bleiben. Ich finde, ein bisschen pädagogischer Eifer könnte auf Mary einen guten Einfluss haben.»

«Nun, ich bin nicht deiner Meinung», sagte Griselda. «Du weißt, wie wenig wir ihr zahlen können. Sobald wir sie auf Trab gebracht hätten, würde sie uns verlassen. Natürlich. Und besseren Lohn bekommen. Aber solange Mary nicht kochen kann und so schreckliche Manieren hat – nun, so lange bleibt sie uns erhalten, niemand würde sie haben wollen.»

Ich erkannte, dass die Methoden meiner Frau bei der Haushaltsführung nicht ganz so willkürlich waren, wie ich gedacht hatte. Sie hatten eine gewisse gedankliche Grundlage. Ob es sich lohnte, eine Hausangestellte zu haben, wenn man dafür in Kauf nehmen musste, dass sie nicht kochen konnte und unversehens mit Geschirr und groben Bemerkungen um sich warf, darüber konnte man streiten.

«Und jedenfalls», sagte Griselda, «musst du momentan nachsichtig sein, wenn sie sich noch schlimmer als gewöhnlich benimmt. Du kannst nicht erwarten, dass sie große Anteilnahme am Tod von Colonel Protheroe zeigt, nachdem er ihren jungen Mann ins Gefängnis gebracht hat.»

«Hat er ihren jungen Mann ins Gefängnis gebracht?»

«Ja, wegen Wilderei. Du weißt schon, diesen Archer. Mary geht seit zwei Jahren mit ihm.»

«Das wusste ich nicht.»

«Len, Liebster, du weißt nie etwas.»

«Es ist merkwürdig, dass alle sagen, der Schuss sei im Wald gefallen.»

«Ich halte das gar nicht für merkwürdig», sagte Griselda. «Man hört schließlich oft Schüsse im Wald. Wenn man also einen Schuss hört, nimmt man ganz selbstverständlich an, dass es im Wald war. Wahrscheinlich klingt es nur ein bisschen lauter als gewöhnlich. Wenn man natürlich nebenan wäre, würde einem klar, dass es im Haus war. Aber da Marys Küchenfester an der anderen Seite des Hauses ist, glaube ich nicht, dass sie überhaupt daran gedacht hat.»

Die Tür wurde wieder geöffnet.

«Colonel Melchett ist zurück», sagte Mary. «Und dieser Polizeikommissar ist bei ihm, und sie sagen, sie würden sich freuen, wenn Sie zu ihnen kämen. Sie sind im Arbeitszimmer.»

Elftes Kapitel

Ich sah auf den ersten Blick, dass Colonel Melchett und Kommissar Slack nicht einer Meinung über den Fall waren. Melchett hatte einen roten Kopf und sah ärgerlich aus, der Kommissar wirkte mürrisch.

«Es tut mir Leid sagen zu müssen», fing Melchett an, «dass Kommissar Slack nicht mit mir darin übereinstimmt, dass der junge Redding unschuldig ist.»

«Wenn er es nicht getan hat, warum geht er dann hin und sagt, dass er es war?», fragte Slack skeptisch.

«Mrs. Protheroe hat sich genauso verhalten, Slack.»

«Das ist etwas anderes. Sie ist eine Frau, und Frauen benehmen sich oft so töricht. Ich sage keinen Moment, dass sie es getan hat. Sie hörte, dass er beschuldigt wurde, und sie dachte sich eine Geschichte aus. An solche Spiele bin ich gewöhnt. Sie würden nicht glauben, welche Verrücktheiten ich schon von Frauen erlebt habe. Aber Redding ist anders. Er ist nicht auf den Kopf gefallen. Und wenn er zugibt, dass er es getan hat, nun, dann sage ich, er hat es getan. Es ist seine Pistole – daran kommen Sie nicht vorbei. Und dank dieser Geschichte von Mrs. Protheroe kennen wir das Motiv. Das war zuvor der schwache Punkt, aber jetzt wissen wir es – wirklich, das Ganze ist sonnenklar.»

«Sie glauben, dass er ihn früher erschossen hat? Vielleicht um sechs Uhr dreißig?»

«Das kann er nicht gemacht haben.»

«Sie haben seine Aktivitäten überprüft?»

Der Kommissar nickte. «Er war um zehn nach sechs im Dorf beim Blauen Eber. Von dort kam er den hinteren Weg entlang, wo, wie Sie sagen, die alte Dame von nebenan ihn sah – ihr entgeht nicht viel, glaube ich – und hielt seine Verabredung mit Mrs. Protheroe im Atelier im Garten ein. Dort gingen sie kurz nach sechs Uhr dreißig weg und über den Weg zum Dorf, Dr. Stone begleitete sie. Er bestätigt das – ich habe mit ihm gesprochen. Ein paar Minuten lang standen sie an der Post und redeten, dann ging Mrs. Protheroe zu Miss Hartnell und lieh sich von ihr eine Gartenzeitschrift. Das stimmt auch. Ich war bei Miss Hartnell. Mrs. Protheroe blieb dort und unterhielt sich mit ihr bis sieben, dann rief sie überrascht, es sei schon spät, sie müsse nach Hause.»

«Wie verhielt sie sich?»

«Sehr unbeschwert und heiter, sagte Miss Hartnell. Sie schien gut gelaunt – Miss Hartnell ist überzeugt, dass nichts sie bedrückte.»

«Gut, fahren Sie fort.»

«Redding ging mit Dr. Stone zum Blauen Eber, dort tranken sie zusammen etwas. Er verließ das Lokal um zwanzig vor sieben, ging rasch durch die Dorfstraße und zum Pfarrhaus. Viele Leute sahen ihn.»

«Diesmal kam er nicht über den Weg?», fragte der Colonel.

«Nein – er kam zur Haustür, fragte nach dem Pfarrer, hörte, dass Colonel Protheroe da war, ging hinein – und erschoss ihn – genau wie er sagte! Das ist der wahre Hergang, und wir brauchen nicht weiter zu suchen.»

Melchett schüttelte den Kopf. «Dagegen steht die Aussage des Arztes. Darüber können Sie sich nicht hinwegsetzen. Protheroe wurde nicht später als sechs Uhr dreißig erschossen.»

«Ach, Ärzte!», sagte Kommissar Slack verächtlich. «Wer glaubt schon Ärzten! Zuerst ziehen sie ihnen alle Zähne – das machen sie heutzutage – und dann sagen sie, es tut ihnen schrecklich Leid, denn es war die ganze Zeit der Blinddarm. Ärzte!»

«Das ist keine Frage der Diagnose. Dr. Haydock war sich in diesem Punkt ganz sicher. Den medizinischen Beweis können Sie nicht außer Acht lassen, Slack.»

Ich sagte: «Und da ist meine unmaßgebliche Aussage.» Plötzlich war mir ein vergessener Umstand eingefallen. «Ich berührte die Leiche, und sie war kalt. Das kann ich beschwören.»

«Sehen Sie, Slack?», sagte Melchett.

«Na schön, wenn es so ist. Aber da hatten wir einen wunderschönen Fall. Mr. Redding konnte es sozusagen gar nicht erwarten, gehängt zu werden.»

«Schon das kommt mir etwas unnatürlich vor», entgegnete Colonel Melchett.

«Nun, jeder nach seinem Geschmack», meinte der Kommissar. «Nach dem Krieg sind viele Gentlemen ein bisschen übergeschnappt. Jetzt heißt das wohl, dass wir wieder am Anfang beginnen müssen.» Er wandte sich an mich. «Warum Sie sich die Mühe gemacht haben, mich wegen der Uhr in die Irre zu führen, Sir, kann ich mir nicht denken. Behinderung der Wahrheitsfindung war das.»

«Ich habe bei drei verschiedenen Gelegenheiten versucht, es Ihnen zu sagen», widersprach ich. «Und jedes Mal haben Sie mich zum Schweigen gebracht und sich geweigert zuzuhören.»

«Das sind nur Ausreden, Sir. Sie hätten mir das sehr gut sagen können, wenn Sie nur gewollt hätten. Die Uhr und die Nachricht schienen perfekt zusammenzupassen. Nun ging nach Ihrer Aussage die Uhr falsch. So einen Fall habe ich noch nie erlebt. Was hat es überhaupt für einen Sinn, eine Uhr eine Viertelstunde vorzustellen?»

«Das soll für Pünktlichkeit sorgen.»

«Ich glaube, es ist nicht nötig, das zu vertiefen, Kommissar», sagte Colonel Melchett taktvoll. «Was wir jetzt brauchen, ist die wahre Geschichte von Mrs. Protheroe und dem jungen Redding. Ich habe mit Haydock telefoniert und ihn gebeten, mit Mrs. Protheroe herzukommen. Sie sollten in einer Viertelstunde hier sein. Ich glaube, es wäre gut, Redding zuerst hier zu haben.»

«Ich rufe die Wache an.» Kommissar Slack griff nach dem Telefon.

«Und jetzt», sagte er, als er den Hörer zurücklegte, «machen wir uns in diesem Zimmer an die Arbeit.» Er schaute mich bedeutungsvoll an.

«Vielleicht wollen Sie mich aus dem Weg haben?», fragte ich.

Der Kommissar öffnete mir sofort die Tür. Melchett rief: «Kommen Sie zurück, wenn der junge Redding da ist, bitte, Pfarrer. Sie sind sein Freund und haben vielleicht genügend Einfluss, ihn zu überreden, die Wahrheit zu sagen.»

Nebenan steckten meine Frau und Miss Marple die Köpfe zusammen.

«Wir haben verschiedene Möglichkeiten diskutiert», sagte Griselda. «Ich wünschte, Miss Marple, Sie würden den Fall lösen wie damals, als Miss Wetherbys Glas Garnelen verschwunden war. Und nur weil Sie das an etwas ganz anderes mit einem Sack Kohlen erinnerte.»

«Sie lachen, meine Liebe», sagte Miss Marple, «aber diese Methode ist schließlich ein sehr vernünftiger Weg, die Wahrheit zu finden. Es geht eigentlich um das, was die Leute Intuition nennen, und darum wird viel Wirbel gemacht. Intuition ist das Gleiche, wie wenn man ein Wort liest, ohne es buchstabieren zu müssen. Ein Kind kann das nicht, weil es so wenig Erfahrung hat. Aber Erwachsene kennen das Wort, weil sie es schon oft zuvor gesehen haben. Verstehen Sie, was ich meine, Pfarrer?»

«Ja», sagte ich zögernd, «ich glaube schon. Sie meinen, wenn eine Sache Sie an eine andere erinnert – nun, dann handelt es sich wahrscheinlich um das Gleiche.»

«So ist es.»

«Und an was genau erinnert Sie die Ermordung von Colonel Protheroe?»

Miss Marple seufzte. «Das ist gerade die Schwierigkeit. So viele Parallelen kommen mir in den Sinn. Zum Beispiel war da Major Hargreaves, Kirchenvorsteher und in jeder Hinsicht hoch respektiert. Und die ganze Zeit unterhielt er einen getrennten zweiten Haushalt – mit einem früheren Dienstmädchen, denken Sie nur! Und hatte fünf Kinder – tatsächlich fünf Kinder – ein schrecklicher Schock für seine Frau und Tochter.»

Ich versuchte angestrengt, mir Colonel Protheroe in der Rolle des heimlichen Sünders vorzustellen; es gelang mir nicht.

«Und dann war da diese Geschichte mit der Wäscherei», fuhr Miss Marple fort. «Miss Hartnells Opalbrosche – höchst unvorsichtig an einer Rüschenbluse gelassen und mit in die Wäscherei gegeben. Und die Frau, die sie nahm, wollte sie nicht im Geringsten und war keineswegs eine Diebin. Sie versteckte sie einfach im Haus einer anderen Frau und sagte der Polizei, sie hätte gesehen, wie diese andere Frau sie stahl. Bosheit, verstehen Sie, reine Bosheit. Das ist ein erstaunliches Motiv – Bosheit. Natürlich spielte ein Mann eine Rolle – wie immer.»

Diesmal konnte ich nicht die entfernteste Parallele sehen.

«Und dann war da die Tochter des armen Elwell – so ein hübsches, ätherisches Mädchen –, sie versuchte ihren kleinen Bruder zu ersticken. Und dann das Geld für den Ausflug der Chorknaben (vor Ihrer Zeit, Pfarrer), das tatsächlich der Organist genommen hatte. Seine Frau war bis über die Ohren verschuldet. Ja, dieser Fall lässt einen an so vieles denken – zu vieles. Es ist sehr schwierig, die Wahrheit zu finden.»

«Ich wünschte, Sie würden mir sagen, wer die sieben Verdächtigen sind», sagte ich.

«Die sieben Verdächtigen?»

«Sie sagten, Sie könnten sich sieben Personen vorstellen, die – nun – froh wären über Colonel Protheroes Tod.»

«Das habe ich gesagt? Ja, ich erinnere mich.»

«Stimmte das?»

«Oh! Sicher stimmte das. Aber ich kann keine Namen nennen. Bestimmt fallen sie Ihnen ohne weiteres auch nicht ein.»

«Mir fallen sie tatsächlich nicht ein. Da ist vermutlich Lettice Protheroe, weil sie wahrscheinlich durch den Tod ihres Vaters reich wird. Aber es ist einfach absurd, in diesem Zusammenhang an sie zu denken, und außer ihr kommt mir niemand in den Sinn.»

«Und Sie, meine Liebe?», fragte Miss Marple Griselda.

Zu meiner Überraschung wurde Griselda rot. Ihre Augen glänzten verdächtig wie von Tränen, und sie ballte die beiden kleinen Hände.

«Oh!», rief sie entrüstet. «Die Leute sind gehässig – gehässig. Was sie alles sagen! Die Gemeinheiten, die sie sagen …»

Ich schaute sie erstaunt an. Es sieht Griselda gar nicht ähnlich, sich so aufzuregen. Sie bemerkte meinen Blick und versuchte zu lächeln.

«Schau mich nicht an, als wäre ich ein interessantes Exemplar, das du nicht verstehst, Len. Wir sollten uns nicht ereifern und vom Thema abschweifen. Ich glaube nicht, dass es Lawrence oder Anne waren, und Lettice kommt nicht in Frage. Es muss irgendeinen Hinweis geben, der uns helfen wird.»

«Die Nachricht natürlich», sagte Miss Marple. «Sie werden sich daran erinnern, dass ich heute Morgen sagte, sie kommt mir ausnehmend sonderbar vor.»

«Sie scheint den Zeitpunkt seines Todes mit bemerkenswerter Präzision anzugeben», sagte ich. «Und trotzdem, ist das möglich? Mrs. Protheroe hätte gerade das Arbeitszimmer verlassen. Sie hätte kaum Zeit gehabt, bis zum Atelier zu kommen. Ich kann mir das nur so erklären, dass Protheroe seine eigene Uhr zu Rate zog und dass seine Uhr nachging. Das könnte eine plausible Erklärung sein.»

«Ich habe eine andere Idee», sagte Griselda. «Angenommen, Len, dass die Uhr schon zurückgestellt worden war – nein, das kommt aufs Gleiche raus – wie dumm von mir!»

«Sie war nicht zurückgestellt worden, als ich ging. Ich erinnere mich, dass ich sie mit meiner Armbanduhr verglichen habe. Aber, wie du sagst, das hat keine Bedeutung in dieser Sache.»

«Was glauben Sie, Miss Marple?», fragte Griselda.

«Meine Liebe, ich gestehe, dass ich aus dieser Sicht nicht darüber nachgedacht habe. Was mir von Anfang an so merkwürdig vorkam, ist der Inhalt des Briefes.»

«Das verstehe ich nicht», erwiderte ich. «Colonel Protheroe schrieb lediglich, dass er nicht länger warten könne ...»

«Um zwanzig Minuten nach sechs?», sagte Miss Marple. «Ihr Mädchen, Mary, hatte ihm schon gesagt, dass Sie vor halb sieben frühestens nicht zurück sein würden, und er schien ganz bereit zu sein, bis dann zu warten. Und doch setzt er sich um zwanzig nach sechs hin und schreibt: ‹Kann nicht länger warten.›»

Ich schaute die alte Dame mit wachsendem Respekt für ihre Geisteskräfte an. Ihr scharfer Verstand hatte erkannt, was uns allen entgangen war. Es war merkwürdig – sehr merkwürdig.

«Wenn nur», sagte ich, «die Zeitangabe nicht gewesen wäre ...»

Miss Marple nickte. «Genau. Wenn sie nicht gewesen wäre!»

Ich versuchte mir das Notizblatt mit dem verwischten Gekritzel und den ordentlich darüber gemalten Zahlen 6.20 ins Gedächtnis zurückzurufen. Zweifellos passten diese Zahlen nicht zum übrigen Brief. Ich hielt den Atem an.

«Angenommen», sagte ich dann, «die Zeitangabe stand nicht darauf. Angenommen, um etwa 6.30 wurde Colonel Protheroe ungeduldig und setzte sich, um mitzuteilen, dass er nicht länger warten könne. Und während er da saß und schrieb, kam jemand durch die Glastür ...»

«Oder die andere Tür», sagte Griselda.

«Er hörte ein Geräusch und schaute auf.»

«Colonel Protheroe war ziemlich taub, vergessen Sie das nicht», bemerkte Miss Marple.

«Ja, das stimmt. Er hätte es nicht gehört. Wie der Mörder

auch gekommen sein mag, er schlich sich von hinten an den Colonel heran und erschoss ihn. Dann sah er den Brief und die Uhr und hatte einen Einfall. Er schrieb 6.20 oben auf das Blatt und stellte die Uhr auf 6.22. Das war eine kluge Idee. Sie gab ihm, so glaubte er wenigstens, ein perfektes Alibi.»

«Und wen wir suchen müssen», sagte Griselda, «ist jemand, der für 6.20 ein wasserdichtes Alibi hat, aber gar kein Alibi für – nun, das ist nicht so einfach. Man kann die Zeit nicht festlegen.»

«Wir können sie innerhalb sehr enger Grenzen bestimmen», sagte ich. «Haydock nennt 6.30 als den spätesten Zeitpunkt. Ich nehme an, wir könnten ihn auf 6.35 verschieben. Nach den Überlegungen, die wir gerade angestellt haben, scheint klar, dass Protheroe vor 6.30 nicht ungeduldig geworden wäre. Ich glaube, das wissen wir ziemlich gut.»

«Dann dieser Schuss, den ich gehört habe – ja, ich glaube, es ist möglich. Und ich dachte mir nichts dabei – überhaupt nichts. Höchst irritierend. Und doch, wenn ich mich jetzt zu erinnern versuche, kommt es mir vor, als wäre er anders gewesen als die Schüsse, die man sonst hört. Ja, da war ein Unterschied.»

«Lauter?», fragte ich.

Nein, Miss Marple glaubte nicht, dass er lauter gewesen war. Sie fand es schwierig zu sagen, inwiefern er anders gewesen war, aber anders war er gewesen, darauf beharrte sie.

Ich dachte, sie würde sich das vermutlich eher einreden, als dass sie sich daran erinnerte, aber sie hatte gerade eine so wertvolle neue Betrachtungsweise des Problems beigesteuert, dass ich größten Respekt vor ihr hatte.

Sie stand auf, wobei sie murmelte, sie müsse jetzt wirklich nach Hause – es war so verlockend gewesen, einfach herüberzulaufen und den Fall mit der lieben Griselda zu besprechen. Ich begleitete sie zur Grenzmauer und dem Hintertörchen. Als ich zurückkam, war Griselda in Gedanken versunken.

«Zerbrichst du dir immer noch den Kopf über diesen Zettel?», fragte ich.

«Nein.» Sie schauderte plötzlich und zuckte ungeduldig die Schultern. «Len, ich habe nachgedacht. Wie sehr muss jemand Anne Protheroe gehasst haben?»

«Gehasst?»

«Ja. Begreifst du nicht? Es gibt keine wirklichen Beweise gegen Lawrence – alle Beweise gegen ihn sind eher zufällig. Es fiel ihm einfach ein, hierher zu kommen. Wenn er nicht gekommen wäre – nun, dann hätte niemand daran gedacht, ihn mit dem Verbrechen in Verbindung zu bringen. Aber bei Anne ist es anders. Angenommen, jemand wusste, dass sie genau um 6.20 hier war – die Uhr und die Zeit in dem Brief – alles deutet auf sie. Ich glaube nicht, dass die Uhr wegen eines Alibis auf genau diese Zeit gestellt wurde – ich glaube, dahinter steckt mehr – ein direkter Versuch, die Schuld auf sie zu schieben. Wenn Miss Marple nicht gesagt hätte, dass Anne die Pistole nicht bei sich hatte und dass sie nur einen Moment zuvor ins Atelier ging… Ja, wenn das nicht gewesen wäre…» Sie schauderte wieder. «Len, ich habe das Gefühl, dass jemand Anne Protheroe sehr hasst. Mir – mir gefällt das nicht.»

Zwölftes Kapitel

Als Lawrence Redding kam, wurde ich ins Arbeitszimmer gerufen. Er sah abgespannt aus und, fand ich, misstrauisch. Colonel Melchett begrüßte ihn beinahe herzlich.

«Wir wollten Ihnen ein paar Fragen stellen – hier, am Tatort», sagte er.

Lawrence lächelte spöttisch. «Ist das nicht eine französische Methode? Rekonstruktion des Verbrechens?»

«Mein lieber Junge», sagte Colonel Melchett, «reden Sie nicht in diesem Ton mit uns. Wissen Sie, dass jemand anders ebenfalls das Verbrechen gestanden hat, zu dem Sie sich bekannt haben?»

Das traf Lawrence unvermittelt und schmerzhaft.

«Je- jemand anders?», stammelte er. «Wer – wer?»

«Mrs. Protheroe.» Colonel Melchett ließ ihn nicht aus den Augen.

«Absurd. Sie hat es nie getan. Sie konnte es gar nicht. Es ist unmöglich.»

Melchett unterbrach ihn. «Es mag seltsam klingen, aber wir haben ihre Geschichte nicht geglaubt. Ebenso wenig, will ich hinzufügen, glauben wir Ihre. Dr. Haydock sagt definitiv, dass der Mord nicht zu der Zeit begangen worden sein kann, die Sie angeben.»

«Das sagt Dr. Haydock?»

«Ja, und deshalb sind Sie außer Verdacht, ob es Ihnen gefällt oder nicht. Und jetzt möchten wir, dass Sie uns helfen, indem Sie uns genau erzählen, was geschehen ist.»

Lawrence zögerte immer noch. «Sagen Sie mir wirklich die Wahrheit – über Mrs. Protheroe? Sie verdächtigen Sie tatsächlich nicht?»

«Ich gebe Ihnen mein Ehrenwort», betonte Colonel Melchett.

Lawrence holte tief Luft. «Ich war ein Idiot», sagte er. «Ein völliger Idiot. Wie konnte ich nur eine Minute glauben, dass sie es war …»

«Wie wäre es, wenn Sie uns alles darüber erzählen?», schlug der Polizeichef vor.

«Da gibt es nicht viel zu erzählen. Ich – ich traf Mrs. Protheroe an diesem Nachmittag …»

«Darüber wissen wir Bescheid», bekannte Melchett. «Vielleicht glauben Sie, dass Ihre Gefühle für Mrs. Protheroe und die ihren für Sie ein absolutes Geheimnis waren, aber in Wirklichkeit waren sie bekannt und wurden kommentiert. Jedenfalls kommt jetzt zwangsläufig alles heraus.»

«Nun gut. Ich nehme an, Sie haben Recht. Ich hatte dem Pfarrer versprochen», sagte Lawrence mit einem Blick auf mich, «zu gehen – sofort wegzugehen. Ich traf Mrs. Protheroe an diesem Abend um Viertel nach sechs im Atelier. Ich sagte ihr, wozu ich mich entschlossen hatte. Auch sie war der Meinung, es sei die einzige Lösung. Wir – wir nahmen Abschied voneinander. Wir verließen das Atelier, und fast sofort stieß Dr. Stone zu uns. Anne brachte es fertig, wunderbar natürlich zu wirken. Ich nicht. Ich ging mit Stone in den Blauen Eber und trank etwas. Dann wollte ich nach Hause, aber als ich an die Ecke kam, überlegte ich es mir anders und beschloss, herzukommen und den Pfarrer aufzusuchen. Ich hatte das Bedürfnis, mit jemandem über die Sache zu reden.»

«An der Tür erklärte mir das Mädchen, der Pfarrer sei ausgegangen, werde aber bald zurückkommen, und Colonel Protheroe warte im Arbeitszimmer auf ihn. Nun, ich wollte nicht wieder weggehen – es würde aussehen, als wollte ich mich drücken. Deshalb sagte ich, dass ich ebenfalls warten würde, und ging ins Arbeitszimmer.»

Er schwieg.

«Nun?», fragte Colonel Melchett.

«Protheroe saß am Schreibtisch – genau wie Sie ihn gefunden haben. Ich ging zu ihm – berührte ihn. Er war tot. Dann schaute ich hinunter und sah die Pistole auf dem Boden neben ihm. Ich hob sie auf – und sah sofort, dass es meine Pistole war.»

«Das erschreckte mich», fuhr Redding fort. «Meine Pistole! Und dann zog ich einen voreiligen Schluss: Anne musste meine Pistole irgendwann eingesteckt haben – um sie auf sich zu richten, wenn sie die Situation nicht mehr ertragen konnte. Vielleicht hatte sie die Waffe heute bei sich gehabt. Nachdem wir uns im Dorf getrennt hatten, musste sie hierher zurückgekommen sein, und – und – oh, ich muss wohl verrückt gewesen sein, daran zu denken. Aber das dachte ich eben. Ich steckte die Pistole in die Tasche und ging weg. Direkt vor dem Gartentor des Pfarrhauses traf ich den Pfarrer. Er sagte etwas Freundliches und Beiläufiges darüber, dass er Protheroe treffen wolle – plötzlich hatte ich den wilden Wunsch loszulachen. Er benahm sich so normal und alltäglich, und meine Nerven waren zum Zerreißen gespannt. Ich weiß noch, dass ich etwas Absurdes schrie und sah, wie sich sein Gesichtsausdruck veränderte. Ich war, glaube ich, völlig außer mir. Ich ging und ging – schließlich konnte ich es nicht mehr aushalten. Wenn Anne diese schreckliche Tat begangen hatte, war ich mindestens moralisch verantwortlich. Ich ging zur Wache und stellte mich.»

Als er geendet hatte, herrschte Stille. Dann sagte der Colonel sachlich: «Ich möchte Ihnen nur eine oder zwei Fragen stellen. Zuerst: Haben Sie die Leiche berührt oder irgendwie bewegt?»

«Nein, ich habe sie gar nicht berührt. Man konnte auch so sehen, dass er tot war.»

«Haben Sie einen Brief auf dem Löschblatt liegen sehen, der von dem Körper des Toten halb verborgen war?»

«Nein.»

«Haben Sie sich an der Uhr zu schaffen gemacht?»

«Ich habe die Uhr nie angefasst. Es kommt mir vor, als hätte sie umgeworfen auf dem Tisch gelegen, aber ich habe sie nie berührt.»

«Jetzt zu Ihrer Pistole. Wann haben Sie sie zuletzt gesehen?»

Lawrence Redding überlegte. «Das lässt sich schwer genau sagen.»

«Wo bewahren Sie sie auf?»

«Oh, in einem Durcheinander von Krimskrams im Wohnzimmer meines Häuschens. Auf einem Bord des Bücherregals.»

«Sie haben die Waffe achtlos herumliegen lassen?»

«Ja. Ich habe wirklich nicht daran gedacht. Sie war einfach da.»

«Und jeder, der in Ihr Häuschen kam, konnte sie gesehen haben?»

«Ja.»

«Und Sie wissen nicht mehr, wann Sie sie zuletzt gesehen haben?»

Lawrence zog die Augenbrauen zusammen bei der Anstrengung, sich zu erinnern. «Ich bin fast sicher, dass sie vorgestern da war. Ich weiß noch, dass ich sie zur Seite geschoben habe, um an eine alte Pfeife heranzukommen. Ich glaube, es war vorgestern – aber es kann der Tag davor gewesen sein.»

«Wer war in letzter Zeit in Ihrem Häuschen?»

«Oh! Jede Menge Leute. Irgendjemand schaut immer herein. Vorgestern hatte ich eine Art Teegesellschaft. Lettice Protheroe, Dennis und ihre Clique. Und dann kommt die eine oder andere der alten Damen hin und wieder vorbei.»

«Schließen Sie das Häuschen ab, wenn Sie ausgehen?»

«Nein, warum um alles in der Welt sollte ich? Bei mir gibt es nichts zu stehlen. Und in dieser Gegend schließt niemand sein Haus ab.»

«Wer sorgt hier für Ihre Bedürfnisse?»

«Eine alte Mrs. Archer kommt jeden Morgen und kümmert sich, wie man so sagt.»

«Glauben Sie, dass sie sich erinnert, wann die Pistole zuletzt dort war?»

«Ich weiß nicht. Vielleicht. Aber ich habe nicht den Eindruck, dass gewissenhaftes Abstauben ihre Stärke ist.»

«Es läuft also darauf hinaus, dass fast jeder diese Pistole genommen haben könnte?»

«Es scheint so – ja.»

Die Tür wurde geöffnet und Dr. Haydock kam mit Anne Protheroe herein.

Sie zuckte zusammen, als sie Lawrence sah. Er machte einen zaghaften Schritt auf sie zu.

«Vergib mir, Anne», sagte er. «Es war abscheulich von mir, so etwas zu denken.»

«Ich ...» Sie stockte, dann schaute sie bittend Colonel Melchett an. «Stimmt es, was Dr. Haydock mir gesagt hat?»

«Dass Mr. Redding außer Verdacht ist? Ja. Und wie ist das jetzt mit Ihrer Geschichte, Mrs. Protheroe? Nun, was ist damit?»

Sie lächelte ziemlich beschämt. «Ich nehme an, Sie finden das schrecklich von mir?»

«Nun, sagen wir lieber – sehr töricht? Aber das ist vorbei. Was ich jetzt will, Mrs. Protheroe, ist die Wahrheit – die reine Wahrheit.»

Sie nickte ernst. «Ich werde sie Ihnen sagen. Ich nehme an, Sie wissen Bescheid über – über alles.»

«Ja.»

«Ich sollte Lawrence – Mr. Redding – an diesem Abend im Atelier treffen. Um Viertel nach sechs. Mein Mann und ich fuhren zusammen ins Dorf. Ich hatte Einkäufe zu erledigen. Als wir uns trennten, erwähnte er nebenbei, dass er den Pfarrer aufsuchen werde. Ich konnte Lawrence nicht mehr verständigen und war ziemlich unruhig. Ich – nun, es war gefährlich, ihn im Garten des Pfarrhauses zu treffen, während mein Mann beim Pfarrer war.»

Ihre Wangen brannten, als sie das sagte. Das war kein angenehmer Moment für sie.

«Ich überlegte, dass mein Mann vielleicht nicht sehr lange bleiben würde. Um das herauszufinden, kam ich über den hinteren Weg in den Garten. Ich hoffte, niemand würde mich sehen, aber natürlich musste die alte Miss Marple in ihrem Garten sein! Sie sprach mich an, wir wechselten ein paar Worte und ich erklärte, ich wolle meinen Mann abholen. Ich hatte das Gefühl, irgendwas sagen zu müssen. Ich weiß nicht, ob sie mir glaubte. Sie sah mich ziemlich – komisch an.»

«Als ich sie verließ, ging ich direkt zum Pfarrhaus und um die Hausecke zur Glastür des Arbeitszimmers. Ich näherte mich sehr leise und erwartete, Stimmen zu hören. Aber zu meiner Überraschung war alles still. Ich warf nur einen Blick hinein, sah, dass das Zimmer leer war, und lief über den Rasen zum Atelier, wo Lawrence fast sofort zu mir stieß.»

«Sie sagten, das Zimmer war leer, Mrs. Protheroe?»

«Ja, mein Mann war nicht da.»

«Höchst sonderbar.»

«Sie meinen, Ma'am, dass Sie ihn nicht gesehen haben?», fragte der Kommissar.

«Nein, ich habe ihn nicht gesehen.»

Kommissar Slack flüsterte mit dem Polizeichef, der nickte.

«Würde es Ihnen etwas ausmachen, Mrs. Protheroe, uns zu zeigen, was genau Sie getan haben?»

«Nein, gar nicht.»

Sie stand auf, Kommissar Slack stieß die Glastür für sie auf und sie trat hinaus auf die Terrasse und ging links ums Haus.

Kommissar Slack winkte mir gebieterisch, mich an den Schreibtisch zu setzen.

Irgendwie gefiel mir das nicht. Ich hatte ein unbehagliches Gefühl. Aber natürlich fügte ich mich.

Gleich darauf hörte ich draußen Schritte, sie setzten eine Minute aus und entfernten sich dann. Kommissar Slack bedeutete mir, dass ich auf die andere Seite des Zimmers zurückgehen könne. Mrs. Protheroe kam durch die Glastür wieder herein.

«War es genau so?», fragte Colonel Melchett.

«Ich glaube ja.»

«Können Sie uns dann sagen, Mrs. Protheroe, wo der Pfarrer war, als Sie ins Zimmer schauten?»

«Der Pfarrer? Ich – nein, ich fürchte, das kann ich nicht. Ich habe ihn nicht gesehen.»

Kommissar Slack nickte. «Genauso haben Sie Ihren Mann nicht gesehen. Er saß um die Ecke am Schreibtisch.»

«Oh!» Sie überlegte. Plötzlich wurden ihre Augen rund vor Schreck. «Es war doch nicht dort, dass … dass …»

«Doch, Mrs. Protheroe. Es geschah, während er dort saß.»

«Oh.» Sie zitterte.

Er fuhr fort mit seinen Fragen. «Wussten Sie, Mrs. Protheroe, dass Mr. Redding eine Pistole hatte?»

«Ja. Er hat es mir einmal erzählt.»

«Hatten Sie diese Pistole je in Ihrem Besitz?»

Sie schüttelte den Kopf. «Nein.»

«Wussten Sie, wo er sie aufbewahrte?»

«Ich bin mir nicht sicher. Ich glaube – ja, ich glaube, ich habe sie auf dem Regal in seinem Häuschen gesehen. Hast du sie nicht dort hingelegt, Lawrence?»

«Wann waren Sie zum letzten Mal in dem Häuschen, Mrs. Protheroe?»

«Oh! Etwa vor drei Wochen. Mein Mann und ich waren zum Tee dort.»

«Und seither nicht?»

«Nein. Ich bin nie dort hingegangen. Verstehen Sie, es hätte wahrscheinlich im Dorf viel Klatsch deshalb gegeben.»

«Zweifellos», sagte Colonel Melchett trocken. «Wo pflegten Sie Mr. Redding zu treffen, wenn ich fragen darf?»

«Er kam regelmäßig nach Old Hall. Er malte Lettice. Wir – wir haben uns oft hinterher im Wald getroffen.»

Colonel Melchett nickte.

«Reicht das nicht?» Plötzlich schien ihr die Stimme zu versagen. «Es ist so schrecklich – alle diese Dinge erzählen zu müssen. Und – und es war nichts Unrechtes dabei. Da war nichts – wirklich, da war nichts. Wir waren nur Freunde. Wir – wir konnten nichts dagegen tun, dass wir uns mochten.»

Flehend schaute sie Dr. Haydock an, und dieser weichherzige Mann sprang ihr sofort zu Hilfe.

«Ich glaube wirklich, Melchett», sagte er, «dass es jetzt reicht. Mrs. Protheroe hat eine große Erschütterung erlebt – in mehr als einer Hinsicht.»

Der Polizeichef nickte.

«Es gibt wirklich nichts mehr, was ich Sie fragen wollte, Mrs. Protheroe», sagte er. «Danke, dass Sie meine Fragen so offen beantwortet haben.»

«Dann – dann kann ich gehen?»

«Ist Ihre Frau da?», fragte Haydock mich. «Ich glaube, Mrs. Protheroe würde sie gern sehen.»

«Ja, Griselda ist da. Sie finden sie im Salon.»

Mrs. Protheroe und Haydock verließen zusammen das Zimmer, Lawrence Redding schloss sich ihnen an.

Colonel Melchett hatte die Lippen geschürzt und spielte mit einem Brieföffner. Slack betrachtete den Brief. Jetzt erzählte ich von Miss Marples Theorie. Slack sah sich die Nachricht genau an.

«Donnerwetter», rief er, «ich glaube, die alte Dame hat Recht. Schauen Sie hier, Sir, sehen Sie – ich fresse einen Besen, wenn diese Zahlen nicht mit anderer Tinte geschrieben wurden. Und mit einem Füllfederhalter.»

Wir waren alle ziemlich aufgeregt.

«Sie haben natürlich den Brief nach Fingerabdrücken untersucht», sagte der Polizeichef.

«Was denken Sie, Colonel? Keine Fingerabdrücke auf dem Papier. Die Fingerabdrücke auf der Pistole sind von Mr. Lawrence Redding. Vielleicht gab es noch andere, bevor er damit gespielt und sie in der Tasche herumgetragen hat, aber nichts ist deutlich genug für unsere Zwecke.»

«Zuerst sah die Geschichte sehr schwarz für Mrs. Protheroe aus», sagte der Colonel nachdenklich. «Viel schwärzer als für den jungen Redding. Zwar hat die alte Miss Marple bezeugt, dass sie keine Pistole bei sich hatte, aber diese älteren Damen irren sich oft.»

Ich schwieg, doch ich war anderer Meinung. Ich war überzeugt davon, dass Anne Protheroe ohne Pistole gekommen war, weil Miss Marple das gesagt hatte. Miss Marple gehört nicht zu dem Typ alter Damen, die sich irren. Sie hat ein nachtwandlerisches Gespür dafür, immer Recht zu behalten.

«Was ich nicht kapiere, ist, dass niemand den Schuss gehört hat. Wenn er zu dieser Zeit abgefeuert wurde – muss ihn jemand gehört haben – egal wo sie glauben, dass er abgegeben wurde. Slack, Sie reden besser mit dem Mädchen.»

Kommissar Slack ging eifrig zur Tür.

«Ich würde sie nicht fragen, ob sie einen Schuss im Haus gehört hat», sagte ich. «Denn wenn ja, wird sie es abstreiten. Reden Sie von einem Schuss im Wald. Das ist die einzige Art von Schuss, die sie zugeben wird.»

«Ich weiß, wie man mit ihnen umgeht», knurrte Kommissar Slack und verschwand.

«Miss Marple sagte, dass sie später einen Schuss hörte», sagte Colonel Melchett nachdenklich. «Wir müssen herausfinden, ob sie die Zeit präzise nennen kann. Natürlich kann es ein zufälliger Schuss gewesen sein, der nichts mit dem Fall zu tun hatte.»

«Das ist natürlich möglich», gab ich zu.

Der Colonel ging ein- oder zweimal durchs Zimmer. «Wissen Sie, Clement», sagte er plötzlich, «ich habe das Gefühl, dass es sich um eine sehr viel verworrenere und schwierigere Sache handelt, als wir glauben. Verflixt noch mal, da steckt etwas dahinter.» Er schnaubte. «Etwas, wovon wir nichts wissen. Wir stehen erst am Anfang, Clement. Denken Sie an meine Worte, wir stehen erst am Anfang. Alle diese Dinge, die Uhr, der Brief, die Pistole – sie machen so, wie sie sind, keinen Sinn.»

Ich schüttelte den Kopf. Wirklich nicht.

«Aber ich gehe der Sache auf den Grund. Scotland Yard brauchen wir nicht zu Hilfe zu rufen. Slack ist ein kluger Mann. Er ist ein sehr kluger Mann. Er ist eine Art Spürhund. Er wird sich zur Wahrheit durcharbeiten. Er hat schon einige sehr gute Sachen gemacht, und dieser Fall wird sein *chef d'œuvre* werden. Andere würden Scotland Yard hinzuziehen. Ich nicht. Wir werden hier in Downshire den Dingen auf den Grund gehen.»

«Ich hoffe es wirklich», sagte ich, wobei ich versuchte, enthusiastisch zu klingen. Aber ich hatte bereits eine solche Abneigung gegen Kommissar Slack gefasst, dass die Aussicht auf seinen Erfolg mir wenig zusagte. Ein erfolgreicher Slack würde wohl noch unausstehlicher sein als ein ratloser.

«Wer wohnt im Nachbarhaus?», fragte plötzlich der Colonel.

«Sie meinen, am Ende der Straße? Mrs. Price Ridley.»

«Wir gehen zu ihr, wenn Slack mit Ihrem Mädchen fertig ist. Möglicherweise hat sie etwas gehört. Sie ist doch nicht taub, oder?»

«Ich würde sagen, ihr Gehör ist erstaunlich scharf. Ich schließe das aus der Anzahl von Skandalen, die sie ausgelöst hat, weil sie ‹ganz zufällig etwas mitgehört hat›.»

«Das ist die Frau, die wir brauchen. Oh, hier ist Slack!»

Der Kommissar wirkte wie jemand, der eine schwere Auseinandersetzung hinter sich hat.

«Puh», sagte er. «Da haben Sie vielleicht einen Drachen, Sir.»

«Mary ist vor allem ein Mädchen mit starkem Charakter», antwortete ich.

«Kann die Polizei nicht leiden», sagte er. «Ich habe sie gewarnt – tat, was ich konnte, um ihr Ehrfurcht vor dem Gesetz beizubringen, aber es half nichts. Sie ließ sich nicht einschüchtern.»

«Temperamentvoll», sagte ich und hegte plötzlich freundlichere Gefühle gegenüber Mary.

«Aber ich habe sie festgenagelt. Sie hörte einen Schuss – und nur einen. Und das war ziemlich lange nachdem Colonel Protheroe kam. Ich konnte sie nicht dazu bringen, die Zeit zu nennen, aber wir haben sie schließlich mit Hilfe des Fischs eingegrenzt. Der Fisch kam spät, und sie pfiff den Jungen an, der ihn brachte, und er sagte, es sei kaum halb sieben, und direkt danach hörte sie den Schuss. Natürlich ist das nicht exakt, aber es gibt uns einen Anhaltspunkt.»

«Hm», machte Melchett.

«Ich glaube doch nicht, dass Mrs. Protheroe etwas mit der Geschichte zu tun hat», sagte Slack nicht ohne Bedauern. «Erstens hätte sie nicht die Zeit dafür gehabt, und dann spielen Frauen nie mit Feuerwaffen herum. Arsen liegt ihnen mehr. Nein, ich glaube nicht, dass sie es getan hat. Zu schade!» Er seufzte.

Melchett kündigte an, dass er zu Mrs. Price Ridley gehe, und Slack stimmte zu.

«Darf ich mitkommen? Es fängt an mich zu interessieren», sagte ich.

Sie waren einverstanden, und wir machten uns auf den Weg. Ein lautes «Hei!» begrüßte uns hinter dem Gartentor, und mein Neffe Dennis lief auf der Straße vom Dorf auf uns zu.

«Hören Sie», sagte er zum Kommissar, «was ist mit diesem Fußabdruck, von dem ich Ihnen erzählt habe?»

«Gärtner», sagte Slack lakonisch.

«Glauben Sie nicht, dass es jemand anders war, der die Stiefel des Gärtners trug?»

«Nein, das glaube ich nicht!», gab Kommissar Slack zurück. Es sollte entmutigend klingen.

Aber so leicht ließ sich Dennis nicht entmutigen. Er hielt ein paar abgebrannte Steichhölzer hoch. «Die habe ich am Gartentor des Pfarrhauses gefunden.»

«Danke», sagte Slack und steckte sie in die Tasche.

Jetzt schien der Austausch am toten Punkt angelangt zu sein.

«Sie verhaften doch nicht etwa Onkel Len, oder?», fragte Dennis scherzhaft.

«Warum sollte ich?»

«Es spricht viel gegen ihn. Fragen Sie Mary. Nur einen Tag vor dem Mord hat er Colonel Protheroe den Tod gewünscht, stimmts, Onkel Len?»

«Äh …», begann ich.

Kommissar Slack schaute mich lange misstrauisch an, und mir wurde heiß. Dennis kann außerordentlich lästig sein. Er sollte wissen, dass ein Polizist selten Sinn für Humor hat.

«Rede keinen Unsinn, Dennis», sagte ich gereizt.

Das unschuldige Kind riss erstaunt die Augen auf. «Also, das war doch nur ein Witz. Onkel Len sagte lediglich, dass jeder, der Colonel Protheroe umbringt, der Welt einen Dienst erweisen würde.»

«Ah! Das erklärt eine Aussage des Mädchens.»

Auch Dienstboten haben sehr selten Sinn für Humor. Innerlich verfluchte ich Dennis von Herzen dafür, dass er die Sache zur Sprache gebracht hatte. Diese Bemerkung und die Uhr würden mich dem Kommissar lebenslang verdächtig machen.

«Kommen Sie, Clement», drängte Colonel Melchett.

«Wohin gehen Sie? Kann ich auch mitkommen?», fragte Dennis.

«Nein, das kannst du nicht», fuhr ich ihn an.

Er schaute uns gekränkt nach. Wir gingen zu Mrs. Price Ridleys schmucker Haustür, und der Kommissar klopfte und läutete auf eine Art, die ich nur als offiziell beschreiben kann. Ein hübsches Dienstmädchen öffnete.

«Ist Mrs. Price Ridley zu Hause?», fragte Melchett.

«Nein, Sir.» Nach einer Pause fügte das Mädchen hinzu: «Sie ist gerade zur Polizeiwache gegangen.»

Das war eine völlig unerwartete Entwicklung. Als wir zurückgingen, nahm Melchett mich am Arm und murmelte: «Wenn sie jetzt auch noch das Verbrechen gesteht, verliere ich wirklich den Verstand.»

Dreizehntes Kapitel

Ich hielt es für unwahrscheinlich, dass Mrs. Price Ridley etwas so Dramatisches vorhatte, aber ich fragte mich doch, warum sie zur Polizeiwache gegangen war. Hatte sie wirklich wichtige oder in ihren Augen wichtige Hinweise anzubieten? Sicherlich würden wir es bald wissen.

Bei unserer Ankunft redete Mrs. Price Ridley mit großer Geschwindigkeit auf einen etwas verwirrt aussehenden Polizeiwachtmeister ein. Dass sie äußerst ungehalten war, erkannte ich an der Art, wie die Schleife auf ihrem Hut zitterte. Mrs. Price Ridley trägt, was meines Wissens als «Hüte für reifere Damen» bezeichnet wird – eine Spezialität unserer Nachbarstadt Much Benham. Sie thronen locker auf einem Haaraufbau und sind ziemlich überladen mit großen Bandschleifen. Griselda droht immer, einen Hut für die reifere Dame zu kaufen.

Bei unserem Eintritt unterbrach Mrs. Price Ridley ihren Redefluss.

«Mrs. Price Ridley?», fragte Colonel Melchett und lüftete den Hut.

«Darf ich Ihnen Colonel Melchett vorstellen, Mrs. Price Ridley», sagte ich. «Colonel Melchett ist unser Polizeichef.»

Mrs. Price Ridley schaute mich kühl an, brachte für den Colonel aber so etwas wie ein huldvolles Lächeln zustande.

«Wir waren gerade bei Ihnen, Mrs. Price Ridley», erklärte der Colonel, «und haben erfahren, dass Sie hier sind.»

Mrs. Price Ridley taute völlig auf. «Ah! Ich bin froh, dass der

Vorfall wenigstens eine gewisse Beachtung findet. Schändlich nenne ich das. Einfach schändlich.»

Es gibt keinen Zweifel daran, dass Mord schändlich ist, aber mit diesem Wort würde ich ihn nicht gerade beschreiben. Ich sah, dass es auch Melchett überraschte.

«Können Sie in irgendeiner Form Licht auf die Angelegenheit werfen?», fragte er.

«Das ist Ihre Sache. Es ist Sache der Polizei. Wofür zahlen wir denn Steuern und Abgaben, möchte ich wissen?»

Ich wüsste gern, wie oft diese Frage im Lauf eines Jahres gestellt wird!

«Wir tun unser Bestes, Mrs. Price Ridley», sagte der Polizeichef.

«Aber der Mann hier hatte noch nicht einmal davon gehört, bis ich es ihm erzählte!», rief die Dame.

Wir schauten alle den Wachtmeister an.

«Die Dame wurde telefonisch angerufen», sagte er. «Belästigt. Ging um Obszönitäten, soviel ich verstanden habe.»

«Oh! Jetzt begreife ich.» Die Miene des Colonels hellte sich auf. «Wir haben aneinander vorbeigeredet. Sie sind hergekommen, um Anzeige zu erstatten, nicht wahr?»

Melchett ist ein kluger Mann. Er weiß, wenn es um eine gereizte Dame mittleren Alters geht, dann hilft nur eins – ihr zuzuhören. Wenn sie alles gesagt hat, was sie sagen will, besteht eine Chance, dass sie zuhört.

Mrs. Price Ridley stürzte sich in einen neuen Redeschwall.

«Solche schändlichen Vorfälle sollten verhindert werden. Sie sollten nicht geschehen. Im eigenen Haus angerufen und beleidigt zu werden – ja, beleidigt. Ich bin solche Dinge nicht gewohnt. Seit dem Krieg hat sich die Moral gelockert. Niemand bedenkt, was er sagt, und was die Kleider angeht, die heutzutage getragen werden …»

«Ganz recht», sagte Colonel Melchett schnell. «Was genau ist passiert?»

Mrs. Price Ridley holte Luft und fing wieder an.

«Ich wurde angerufen …»

«Wann?»

«Gestern Nachmittag – Abend, um genau zu sein. Etwa halb sieben. Ich ging ans Telefon und dachte an nichts Schlimmes. Sofort wurde ich unflätig angegriffen, bedroht …»

«Was genau wurde gesagt?»

Mrs Price Ridley errötete leicht. «Darüber verweigere ich die Aussage.»

«Obszönitäten», murmelte der Wachtmeister in einem rauen Bass.

«Fielen unanständige Ausdrücke?», fragte Colonel Melchett.

«Das hängt davon ab, was Sie unter unanständigen Ausdrücken verstehen.»

«Haben Sie es verstanden?», fragte ich.

«Natürlich habe ich es verstanden.»

«Dann kann es nicht unanständig gewesen sein.»

Mrs. Price Ridley schaute mich misstrauisch an.

«Eine kultivierte Dame», erklärte ich, «ist von Natur aus mit unanständigen Ausdrücken nicht vertraut.»

«Solche Sachen waren es nicht», sagte Mrs. Price Ridley. «Ich muss zugeben, dass ich zuerst sogar darauf reingefallen bin. Ich dachte, es wäre eine richtige Nachricht. Dann wurde die – äh – Person ausfallend.»

«Ausfallend?»

«Sehr ausfallend. Ich war sehr beunruhigt.»

«Es wurden Drohungen geäußert, wie?»

«Ja, ich bin es nicht gewohnt, bedroht zu werden.»

«Womit wurden Sie bedroht? Mit Körperverletzung?»

«Nicht direkt.»

«Ich fürchte, Mrs. Price Ridley, Sie müssen deutlicher werden. Inwiefern wurden Sie bedroht?»

Das schien Mrs. Price Ridley sonderbar ungern zu beantworten.

«Ich kann mich nicht genau erinnern. Es war alles so beängstigend. Aber ganz am Ende – als ich wirklich sehr aufgeregt war – lachte dieses – dieses Ungeheuer.»

«War es eine Männer- oder eine Frauenstimme?»

«Es war eine degenerierte Stimme», sagte Mrs. Price Ridely würdevoll. «Ich kann sie nur als eine Art perverse Stimme beschreiben. Eben noch rau, dann wieder kreischend. Wirklich eine sehr seltsame Stimme.»

«Wahrscheinlich ein schlechter Scherz», sagte der Colonel beruhigend.

«Wenn, dann war es eine Gemeinheit. Ich hätte einen Herzanfall bekommen können.»

«Wir werden uns darum kümmern», sagte der Colonel. «Nicht wahr, Kommissar? Dem Anruf nachgehen. Genauer können Sie mir nicht wiedergeben, was gesagt wurde, Mrs. Price Ridley?»

In Mrs. Price Ridleys fülligem Busen kämpften der Wunsch nach Zurückhaltung mit dem Wunsch nach Rache. Die Rache triumphierte.

«Das bleibt selbstverständlich unter uns», fing sie an.

«Natürlich.»

«Dieses Geschöpf sagte als Erstes – ich kann mich kaum überwinden, es zu wiederholen ...»

«Doch, doch», ermunterte Melchett sie.

«‹Sie sind ein boshaftes altes Lästermaul!› Ich, Colonel Melchett – ein altes Lästermaul. ‹Aber diesmal sind Sie zu weit gegangen. Scotland Yard ist wegen Verleumdung hinter Ihnen her.›»

«Da waren Sie natürlich beunruhigt.» Melchett biss sich auf den Schnurrbart, um ein Lächeln zu verbergen.

«‹Falls Sie künftig nicht den Mund halten, wird es böse für Sie enden – in mehr als einer Hinsicht.› Ich kann Ihnen gar nicht beschreiben, wie bedrohlich das klang. Ich fragte mit schwacher Stimme: ‹Wer sind Sie?› – so, und das Ungeheuer antwortete: ‹Der Rächer›. Ich stieß einen kleinen Schrei aus. Es hatte so schrecklich geklungen, und dann – lachte die Person. Lacht! Ganz deutlich. Und das war alles. Ich hörte, wie aufgelegt wurde. Natürlich fragte ich die Vermittlung, von welcher Nummer der Anruf gekommen war, aber man sagte, man wisse es nicht. Sie kennen ja diese Telefonistinnen. Unverschämt und ohne Mitgefühl.»

«Ganz richtig», sagte ich.

«Mir war ganz schwach», fuhr Mrs. Price Ridley fort. «Ich war so aufgewühlt und mit den Nerven am Ende, dass ich tatsächlich zusammenfuhr, als ich dann auch noch einen Schuss im Wald hörte. Da können Sie mal sehen!»

«Einen Schuss im Wald?», fragte Kommissar Slack aufmerksam.

«In meiner Erregung kam es mir vor, als würde eine Kanone abgefeuert. Oh!, sagte ich und sank erschöpft auf mein Sofa. Clara musste mir ein Glas Pflaumenschnaps bringen.»

«Entsetzlich», sagte Melchett. «Entsetzlich. Alles sehr unangenehm für Sie. Und der Schuss klang sehr laut, sagen Sie? Als ob er nahebei fiel?»

«Das lag nur an meinen Nerven.»

«Natürlich. Natürlich. Und um welche Zeit war das alles? Damit wir dem Telefonanruf nachgehen können, wissen Sie.»

«Etwa halb sieben.»

«Genauer können Sie es nicht sagen?»

«Nun, die kleine Uhr auf meinem Kaminsims hatte gerade die halbe Stunde geschlagen, und ich sagte noch: ‹Bestimmt geht die Uhr wieder vor.› (Das macht sie nämlich im Lauf des Tages, diese Uhr.) Und dann verglich ich sie mit meiner Armbanduhr, und darauf war es erst zehn Minuten nach, aber dann legte ich sie ans Ohr, und sie war stehen geblieben. Da dachte ich, falls die Uhr vorgeht, werde ich in einer Minute oder zwei die Kirchenuhr hören. Und dann läutete das Telefon, und ich vergaß das alles natürlich.» Atemlos schwieg sie.

«Nun, das ist ziemlich genau», sagte Colonel Melchett. «Wir werden uns darum kümmern, Mrs. Price Ridley.»

«Denken Sie einfach, es sei ein dummer Witz gewesen, und machen Sie sich keine Sorgen, Mrs. Price Ridley», meinte ich.

Sie schaute mich kalt an. Offenbar nagte der Vorfall mit der Pfundnote immer noch an ihr.

«Sehr seltsame Dinge sind neuerdings in diesem Dorf geschehen», sagte sie zu Melchett. «Wirklich sehr seltsame Dinge. Colonel Protheroe wollte nachforschen, und was geschah mit dem Ärmsten? Vielleicht soll ich die Nächste sein?»

Und damit verabschiedete sie sich, wobei sie bedenklich und melancholisch den Kopf schüttelte. Melchett murmelte leise: «Das Glück werden wir nicht haben.» Dann wurde sein Gesicht ernst, und er schaute fragend Kommissar Slack an.

Der Wackere nickte langsam. «Damit ist die Sache eindeutig, Sir. Das sind jetzt drei Leute, die den Schuss gehört haben. Jetzt müssen wir herausfinden, wer ihn abgegeben hat. Diese Sache mit Mr. Redding hat uns aufgehalten. Aber wir haben mehrere Ausgangspunkte. Weil ich Mr. Redding für schuldig hielt, habe ich mich nicht damit beschäftigt. Aber das ist jetzt anders. Und jetzt ist eine der ersten Aufgaben, diesem Anruf nachzugehen.»

«Dem bei Mrs. Price Ridley?»

Der Kommissar grinste.

«Nein – obwohl ich glaube, wir machen darüber besser ein Protokoll, sonst haben wir das alte Mädchen gleich wieder auf dem Hals. Nein, ich meine diesen fingierten Anruf, der dafür gesorgt hat, dass der Pfarrer aus dem Weg war.»

«Ja», sagte Melchett, «das ist wichtig.»

«Und danach müssen wir feststellen, was jeder an diesem Abend zwischen sechs und sieben getan hat. Jeder in Old Hall, meine ich, und am besten auch jeder im Dorf.»

Ich seufzte. «Sie haben eine wunderbare Energie, Kommissar Slack.»

«Ich glaube an harte Arbeit. Fangen wir doch gleich mit Ihnen an, Mr. Clement.»

«Gern. Der Anruf kam um halb sechs.»

«Die Stimme eines Mannes oder einer Frau?»

«Einer Frau. Wenigstens klang es wie eine Frauenstimme. Aber natürlich ging ich davon aus, dass ich mit Mrs. Abbott sprach.»

«Sie haben also Mrs. Abbotts Stimme nicht erkannt?»

«Nein, eigentlich nicht. Ich habe die Stimme überhaupt nicht sonderlich beachtet oder darüber nachgedacht.»

«Und Sie machten sich sofort auf den Weg? Zu Fuß? Haben Sie kein Fahrrad?»

«Nein.»

«Aha. Wie lange haben Sie gebraucht?»

«Welchen Weg man auch nimmt, es ist fast zwei Meilen entfernt.»

«Der kürzeste Weg führt durch den Wald bei Old Hall, nicht wahr?»

«Eigentlich ja. Aber er ist nicht sehr angenehm. Ich bin hin und zurück den Pfad durch die Felder gegangen.»

«Der gegenüber dem Pfarrhausgarten endet?»

«Ja.»

«Und Mrs. Clement?»

«Meine Frau war in London. Sie kam mit dem Zug um 6.50 zurück.»

«Gut. Mit dem Mädchen habe ich gesprochen. Damit ist das Pfarrhaus erledigt. Als Nächstes gehe ich nach Old Hall. Und dann will ich mit Mrs. Lestrange reden. Merkwürdig, dass sie Protheroe am Abend vor seinem Tod aufgesucht hat. Bei diesem Fall gibt es viel Merkwürdiges.»

Ich stimmte zu.

Ein Blick auf die Uhr sagte mir, dass es fast Zeit zum Mittagessen war. Ich lud Melchett ein, unser Mahl zu teilen, doch er entschuldigte sich unter dem Vorwand, in den Blauen Eber zu müssen. Im Blauen Eber bekommt man ein erstklassiges Essen vom Typ Braten und zwei Gemüse. Ich hielt seine Entscheidung für weise. Nach ihrem Gespräch mit der Polizei war Mary wahrscheinlich noch temperamentvoller als üblich.

Vierzehntes Kapitel

Auf dem Heimweg lief ich Miss Hartnell in die Arme, und sie hielt mich mindestens zwanzig Minuten damit auf, dass sie in ihrem tiefen Bass gegen die Verschwendungssucht und Undankbarkeit der unteren Klassen herzog. Der springende Punkt schien dabei zu sein, dass die Armen Miss Hartnell nicht in ihren Häusern haben wollten. Alle meine Sympathien lagen auf der anderen Seite. Nur meine gesellschaftliche Stellung hindert mich daran, meine Ansichten so energisch zu vertreten wie sie.

Ich beruhigte Miss Hartnell, so gut ich konnte, und flüchtete.

Haydock überholte mich in seinem Wagen an der Straßenecke vor dem Pfarrhaus. «Ich habe gerade Mrs. Protheroe nach Hause gebracht», rief er.

An seinem Gartentor wartete er auf mich. «Kommen Sie eine Minute herein», bat er, und ich willigte ein.

«Das ist eine ungewöhnliche Angelegenheit», sagte er, während er seinen Hut auf einen Stuhl warf und die Tür zum Sprechzimmer öffnete. Er ließ sich in einen schäbigen Ledersessel fallen und starrte ins Leere. Er sah mitgenommen und ratlos aus.

Ich sagte ihm, dass es uns gelungen war, die Zeit des Schusses festzulegen. Er hörte beinah zerstreut zu.

«Dann kommt Anne Protheroe nicht in Frage», sagte er. «Gut, gut, ich bin froh, dass es keiner von beiden war. Ich mag sie beide.»

Ich glaubte ihm, und dennoch fragte ich mich, wieso ihre Entlastung von jedem Verdacht ihn offenbar in Schwermut versetzte, wenn er sie doch beide mochte. Heute Morgen hatte er wie ein Mann ausgesehen, dem eine Last von der Seele genommen ist, jetzt kam er mir völlig bestürzt und fassungslos vor.

Und doch war ich überzeugt, dass er meinte, was er sagte. Er konnte Anne Protheroe und Lawrence Redding gut leiden. Warum dann diese düstere Stimmung?

Mit Mühe raffte er sich auf. «Ich wollte Ihnen etwas über Hawes sagen. Diese ganze Angelegenheit hat ihn fast um den Verstand gebracht.»

«Ist er wirklich krank?»

«Grundsätzlich fehlt ihm nichts. Sie wissen natürlich, dass er Encephalitis Lethargica hatte, die Schlafkrankheit, wie sie fälschlicherweise gemeinhin genannt wird?»

«Nein.» Ich war sehr überrascht. «Ich hatte keine Ahnung. Er hat mir nie etwas davon gesagt. Wann war das?»

«Vor etwa einem Jahr. Er wurde wieder gesund – soweit man das je überwindet. Es ist eine seltsame Krankheit – mit einer merkwürdigen Nachwirkung. Die ganze Persönlichkeit kann sich dadurch verändern.»

Er schwieg ein paar Minuten, dann sagte er: «Heute denken wir mit Entsetzen an die Zeit, in der wir Hexen verbrannt haben. Ich glaube, der Tag wird kommen, an dem wir schaudern bei dem Gedanken, dass wir je Verbrecher gehenkt haben.»

«Sie glauben nicht an die Todesstrafe?»

«Darum geht es eigentlich nicht.» Er überlegte. «Wissen Sie», sagte er langsam, «mein Beruf ist mir lieber als Ihrer.»

«Warum?»

«Weil Ihrer vor allem mit dem zu tun hat, was wir richtig und falsch nennen – und ich bin überhaupt nicht sicher, ob es so etwas gibt. Angenommen, das alles ist eine Frage der Drüsensekretion. Zu viel von einer Drüse, zu wenig von einer anderen – und schon haben sie Ihren Mörder, Ihren Dieb, Ihren Gewohnheitsverbrecher. Clement, ich glaube, eines Tages werden wir entsetzt an die langen Jahrhunderte denken, in denen wir Menschen wegen ihrer Krankheit bestraft haben – gegen die sie nichts machen können, die armen Teufel. Man henkt doch auch keinen Menschen, weil er Tuberkulose hat.»

«Er ist auch nicht gefährlich für die Gemeinschaft.»

«In gewissem Sinn doch. Er steckt andere Menschen an. Oder nehmen Sie einen Mann, der glaubt, er sei der Kaiser von China. Sie sagen nicht, wie boshaft von ihm. Ich bin Ihrer Ansicht, was die Gemeinschaft angeht. Die Gemeinschaft muss geschützt werden. Dann soll man diese Leute dort hinbringen, wo sie keinen Schaden anrichten – sie sogar friedlich aus dem Weg räumen – ja, so weit würde ich gehen. Aber dann darf man das nicht Strafe nennen. Und keine Schande über sie und ihre unschuldigen Familien bringen.»

Ich sah ihn neugierig an.

«So habe ich Sie noch nie reden hören.»

«Gewöhnlich gehe ich mit meinen Theorien nicht hausieren. Heute reite ich mein Steckenpferd. Sie sind ein intelligenter Mensch, Clement, und das ist mehr, als man von manchen Pfarrern sagen kann. Sie werden zwar sehr wahrscheinlich nicht zugeben, dass es die so genannte ‹Sünde› nicht gibt, aber Sie sind tolerant genug, eine solche Möglichkeit zu bedenken.»

«Das geht an die Wurzel aller geltenden Ideen», sagte ich.

«Ja, wir sind ein engstirniger, selbstgerechter Haufen, nur zu begierig, Dinge zu beurteilen, von denen wir nichts verstehen. Ich glaube aufrichtig, dass Verbrechen eine Angelegenheit für den Arzt ist, nicht für den Polizisten und nicht für den Pfarrer. In der Zukunft wird es so etwas vielleicht nicht mehr geben.»

«Weil es geheilt wird?»

«Wir werden es heilen. Ein wunderbarer Gedanke. Haben Sie sich je mit Verbrechensstatistiken befasst? Nein – sehr wenige Menschen beschäftigen sich damit. Ich aber schon. Sie würden staunen, wie viele Verbrechen Heranwachsender es gibt, wieder die Drüsen, verstehen Sie. Der junge Neil, der Mörder aus Oxfordshire – tötete fünf kleine Mädchen, bevor er in Verdacht geriet. Ein netter junger Mann – hatte nie irgendwelchen Ärger gemacht. Lily Rose, das kleine Mädchen aus Cornwall – tötete ihren Onkel, weil er ihr Süßigkeiten wegnahm. Als er schlief, erschlug sie ihn mit einem Kohlehammer. Ging nach Hause und tötete vierzehn Tage später ihre ältere Schwester, die sie wegen irgendeiner Kleinigkeit geärgert hatte. Wurden natürlich beide nicht gehenkt. In ein Heim geschickt. Sind vielleicht später in Ordnung – vielleicht auch nicht. Bei dem Mädchen bezweifle ich es. Sie interessiert sich lediglich dafür, beim Schweineschlachten zuzuschauen. Wissen Sie, wann Selbstmord am häufigsten vorkommt? Zwischen fünfzehn und sechzehn. Vom Selbstmord zur Ermordung eines anderen ist kein sehr großer Schritt. Aber es ist kein moralischer Defekt – es ist ein physischer.»

«Was Sie sagen, ist fürchterlich!»

«Nein – es ist Ihnen nur neu. Mit neuen Wahrheiten muss man sich auseinander setzen. Seine Gedanken entsprechend korrigieren. Aber manchmal – machen sie das Leben schwierig.»

Er saß stirnrunzelnd da und wirkte dennoch merkwürdig erschöpft.

«Haydock», sagte ich, «wenn Sie vermuten würden – wenn Sie wüssten –, dass eine bestimmte Person gemordet hat, würden Sie diese Person dem Gesetz ausliefern, oder wären Sie versucht, sie zu beschützen?»

Auf die Wirkung meiner Frage war ich nicht vorbereitet. Wütend und argwöhnisch fuhr er mich an: «Warum sagen Sie das, Clement? Woran denken Sie? Heraus damit, Mann!»

«Oh, an nichts Besonderes», erwiderte ich ziemlich verblüfft. «Nur – nun, im Moment denken wir ständig an Mord. Wenn Sie ganz zufällig die Wahrheit entdeckt hätten – ich fragte mich, wie Sie sich dann verhalten würden, das war alles.»

Sein Zorn legte sich. Er schaute wieder vor sich ins Leere wie ein Mann, der versucht, die Antwort auf ein Rätsel zu finden, das ihn verwirrt, aber nur in seinem eigenen Hirn existiert.

«Wenn ich es vermuten würde – wenn ich es wüsste –, dann würde ich meine Pflicht tun, Clement. Wenigstens hoffe ich das.»

«Die Frage ist nur – worin würden Sie Ihre Pflicht sehen?»

Er schaute mich undurchdringlich an. «Diese Frage stellt sich jedem Menschen irgendwann im Leben, nehme ich an, Clement. Und jeder Mensch muss sie für sich beantworten.»

«Sie wissen es nicht?»

«Nein, ich weiß es nicht …»

Ich hielt es für das Beste, das Thema zu wechseln. «Mein Neffe genießt diesen Fall von Herzen. Er verbringt Stunden damit, Fußabdrücke und Zigarettenasche zu suchen.»

Haydock lächelte. «Wie alt ist er?»

«Gerade sechzehn. In diesem Alter nimmt man Tragödien nicht ernst. Sie sind nur Fälle für Sherlock Holmes und Arsène Lupin.»

Haydock sagte nachdenklich. «Er ist ein gut aussehender Junge. Was haben Sie mit ihm vor?»

«Ein Studium kann ich ihm leider nicht bezahlen. Der Junge selbst will zur Handelsschifffahrt. Zur Kriegsmarine hat er es nicht geschafft.»

«Nun – das ist kein leichtes Leben – aber es gibt Schlimmeres. Ja, es gibt Schlimmeres.»

Ich sah, wie spät es war, und rief: «Ich muss gehen. Ich komme schon eine halbe Stunde zu spät zum Mittagessen.»

Meine Familie setzte sich gerade zu Tisch, als ich kam. Sie verlangten einen ausführlichen Bericht über meine morgendlichen Aktivitäten, den ich ihnen mit dem Gefühl gab, dass er zu großen Teilen enttäuschend war.

Dennis amüsierte sich jedoch königlich über die Geschichte von Mrs. Price Ridleys Telefonanruf und bekam einen Lachanfall, als ich ausführlich auf den Nervenschock einging, den sie erlitten und mit Pflaumenschnaps bekämpft hatte.

«Geschieht der alten Hexe recht!», rief er. «Sie hat das schlimmste Mundwerk im Dorf. Ich wollte, ich hätte daran gedacht, sie anzurufen und ihr Angst einzujagen. Wirklich, Onkel Len, wie wärs, wenn ich ihr eine zweite Dosis verpassen würde?»

Ich bat ihn hastig, nichts Derartiges zu tun. Nichts ist gefährlicher als die gut gemeinten Anstrengungen der jüngeren Generation, einem zu helfen und ihre Sympathie zu zeigen.

Seine Laune änderte sich plötzlich. Er runzelte die Stirn und gab sich wieder mal als Mann von Welt.

«Ich war fast den ganzen Morgen mit Lettice zusammen», sagte er. «Weißt du, Griselda, sie ist wirklich sehr unglücklich. Sie will es nicht zeigen, aber so ist es. Sehr unglücklich.»

«Das hoffe ich doch.» Griselda warf den Kopf zurück. Sie mochte Lettice Protheroe nicht besonders.

«Ich finde, du bist nicht ganz fair gegenüber Lettice.»

«Wirklich?», fragte Griselda.

«Viele Leute tragen keine Trauer.»

Griselda schwieg, ich ebenfalls. Dennis fuhr fort: «Mit den meisten Leuten redet sie nicht, mit mir aber schon. Sie ist furchtbar besorgt über die ganze Angelegenheit und findet, etwas sollte getan werden.»

«Sie wird feststellen», sagte ich, «dass Kommissar Slack ganz ihrer Meinung ist. Heute Nachmittag geht er nach Old Hall und macht vermutlich bei seiner Suche nach der Wahrheit allen das Leben schwer.»

«Was hältst du für die Wahrheit, Len?», fragte meine Frau plötzlich.

«Das ist schwer zu sagen, mein Liebes. Ich kann nicht behaupten, dass ich momentan auch nur eine Ahnung hätte.»

«Hast du gesagt, dass Kommissar Slack diesem Telefonanruf nachgehen will – dem, der dich zu den Abbotts rief?»

«Ja.»

«Aber kann er das? Ist das nicht sehr schwierig?»

«Das kann ich mir nicht vorstellen. Die Vermittlung wird eine Aufstellung der Anrufe haben.»

«Oh!» Meine Frau versank in Gedanken.

«Onkel Len», fragte mein Neffe, «warum warst du heute Morgen so bissig zu mir, als ich im Spaß erzählte, wie du Colonel Protheroe den Tod gewünscht hast?»

«Alles zu seiner Zeit, Dennis. Kommissar Slack hat keinen Sinn für Humor. Er nahm deine Worte sehr ernst, wird wahrscheinlich Mary ins Kreuzverhör nehmen und einen Haftbefehl für mich beantragen.»

«Weiß er nicht, wann jemand einen Witz macht?»

«Nein», sagte ich, «das weiß er nicht. Er hat seine jetzige Position durch harte Arbeit und eifrige Pflichterfüllung erreicht. Da blieb ihm keine Zeit für die kleineren Wohltaten des Lebens.»

«Magst du ihn, Onkel Len?»

«Nein. Vom ersten Moment an hatte ich eine intensive Abneigung gegen ihn. Aber ich zweifle nicht daran, dass er in seinem Beruf höchst erfolgreich ist.»

«Glaubst du, er bekommt heraus, wer den alten Protheroe erschossen hat?»

«Wenn nicht, dann auf keinen Fall, weil er es nicht versucht hätte», sagte ich.

Mary kam und verkündete:

«Mr. Hawes will Sie sehen. Ich habe ihn in den Salon gesetzt, und hier ist eine Nachricht. Auf Antwort wird gewartet. Mündlich reicht.»

Ich riss den Briefumschlag auf und las:

Lieber Mr. Clement, ich wäre Ihnen so sehr dankbar, wenn Sie heute Nachmittag so früh wie möglich zu mir kommen könnten. Ich bin in großen Schwierigkeiten und hätte gern Ihren Rat.
Mit besten Grüßen
Estelle Lestrange

«Sagen Sie, ich komme in etwa einer halben Stunde», trug ich Mary auf. Dann ging ich in den Salon zu Hawes.

Fünfzehntes Kapitel

Hawes' Aussehen beunruhigte mich sehr. Seine Hände zitterten, und sein Gesicht zuckte nervös. Meiner Meinung nach gehörte er ins Bett, und das sagte ich ihm auch. Er bestand darauf, dass es ihm ausgezeichnet gehe.

«Ich versichere Ihnen, Sir, ich habe mich nie besser gefühlt. Nie im Leben.»

Das war so offensichtlich unwahr, dass ich kaum wusste, was ich antworten sollte. Ich habe eine gewisse Bewunderung für einen Menschen, der sich bei einer Krankheit nicht gleich geschlagen gibt, doch Hawes übertrieb bei weitem.

«Ich bin gekommen, weil ich Ihnen sagen wollte, wie Leid es mir tut – dass so etwas im Pfarrhaus geschehen konnte.»

«Ja», sagte ich. «es ist nicht sehr erfreulich.»

«Es ist schrecklich – ganz schrecklich. Anscheinend ist Mr. Redding jetzt doch nicht verhaftet worden?»

«Nein. Das war ein Irrtum. Er machte eine – äh – ziemlich törichte Aussage.»

«Und die Polizei ist jetzt völlig überzeugt, dass er unschuldig ist?»

«Absolut.»

«Wie kommt das, wenn ich fragen darf? Ist es – ich meine, verdächtigen sie jemand anders?»

Ich hätte nie vermutet, dass sich Hawes so lebhaft für die Einzelheiten eines Mordfalls interessieren würde. Vielleicht weil er im Pfarrhaus geschehen war? Hawes kam mir so eifrig vor wie ein Reporter.

«Ich weiß nicht, ob Kommissar Slack mich völlig ins Vertrauen zieht. Soviel ich weiß, verdächtigt er niemanden besonders. Gegenwärtig ist er mit Ermittlungen beschäftigt.»

«Ja. Ja – natürlich. Aber wer kommt für so eine furchtbare Tat in Frage?»

Ich schüttelte den Kopf.

«Colonel Protheroe war nicht beliebt, das weiß ich. Aber Mord! Für Mord – müsste man ein sehr starkes Motiv haben.»

«Das ist anzunehmen», sagte ich.

«Wer könnte ein solches Motiv haben? Hat die Polizei irgendeine Vorstellung?»

«Ich kann es nicht sagen.»

«Er könnte Feinde gehabt haben, wissen Sie. Je mehr ich darüber nachdenke, umso mehr bin ich davon überzeugt, dass ein Mann wie er Feinde hatte. Im Gericht galt er als sehr streng.»

«Das lässt sich denken.»

«Wissen Sie nicht mehr, Sir? Gestern Morgen hat er Ihnen erzählt, dass ihn dieser Archer bedrohte.»

«Richtig, das hat er getan», sagte ich. «Natürlich erinnere ich mich daran. Sie standen in dem Moment ganz in der Nähe.»

«Ja, ich habe gehört, was er sagte. Das war bei Colonel Protheroe fast unumgänglich. Er hatte so eine laute Stimme, nicht wahr? Ich weiß noch, dass ich von Ihren eigenen Worten beeindruckt war. Dass ihm, wenn seine Stunde gekommen sei, Gerechtigkeit zugemessen werden könne statt Gnade.»

«Habe ich das gesagt?», fragte ich stirnrunzelnd. In meiner Erinnerung hatten meine eigenen Worte etwas anders geklungen.

«Sie sagten es sehr eindrucksvoll, Sir. Ich war von Ihren Worten tief berührt. Gerechtigkeit ist eine schreckliche Sache. Und zu denken, dass der Arme wenig später niedergeschossen wurde. Es ist fast, als hätten Sie eine Vorahnung gehabt.»

«Nicht im Geringsten», sagte ich kurz. Hawes' Tendenz zum

Mystizismus gefällt mir nicht. Er hat etwas von einem Phantasten.

«Haben Sie der Polizei von diesem Archer erzählt, Sir?»

«Ich weiß nichts über ihn.»

«Ich meine, haben Sie ihr gegenüber wiederholt, was Colonel Protheroe sagte – dass Archer ihn bedroht hat?»

«Nein», sagte ich zögernd, «das habe ich nicht.»

«Aber Sie werden es noch?»

Ich schwieg. Ich habe etwas dagegen, einen Mann zur Strecke zu bringen, der schon die Ordnungs- und Gesetzeshüter gegen sich hat. Ich habe nicht viel übrig für Archer. Er ist ein unverbesserlicher Wilderer – einer dieser fröhlichen Tunichtgute, die es in jeder Pfarrgemeinde gibt. Was immer er auch in der Hitze des Gefechtes bei seiner Verurteilung gesagt haben mochte – ich wusste schließlich nicht mit Gewissheit, ob er noch genauso empfinden würde, wenn er aus dem Gefängnis kam.

«Sie haben das Gespräch gehört», sagte ich endlich. «Wenn Sie es für Ihre Pflicht halten, damit zur Polizei zu gehen, dann müssen Sie es tun.»

«Es wäre besser, wenn es von Ihnen käme, Sir.»

«Vielleicht – aber um ehrlich zu sein – nun, ich habe keine Lust, das zu tun. Ich könnte dazu beitragen, den Strick um den Hals eines Unschuldigen zu legen.»

«Aber wenn er Colonel Protheroe erschossen hat ...»

«Ach, wenn! Es gibt keinerlei Beweise dafür, dass er es getan hat.»

«Seine Drohungen.»

«Genau genommen waren es nicht seine Drohungen, sondern die von Colonel Protheroe. Er hat damit gedroht, Archer zu zeigen, was Rache wert ist, wenn er ihn das nächste Mal erwischen sollte.»

«Ich kann Ihre Einstellung nicht verstehen, Sir.»

«So, so», sagte ich müde. «Nun, Sie sind ein junger Mann.

Sie ereifern sich für das Recht. Wenn Sie in mein Alter kommen, werden Sie feststellen, dass Sie im Zweifelsfall gern zu Gunsten des Angeklagten entscheiden würden.»

«Es ist nicht – ich meine …»

Er unterbrach sich, und ich sah ihn erstaunt an.

«Sie haben keine – keine eigenen Vorstellungen – wer der Mörder sein könnte, meine ich?»

«Großer Himmel, nein.»

Hawes blieb hartnäckig. «Oder was die Motive angeht?»

«Nein. Sie vielleicht?»

«Ich? Nein, überhaupt nicht. Ich frage mich nur… Wenn Colonel Protheroe – Ihnen irgendetwas anvertraut hätte – etwas erwähnt hätte …»

«Seine vertraulichen Mitteilungen, sofern es welche waren, wurden gestern Morgen von der ganzen Dorfstraße gehört», sagte ich trocken.

«Ja. Ja, natürlich. Und Sie glauben nicht – wegen Archer?»

«Die Polizei wird bald genug alles über Archer wissen», sagte ich. «Wenn ich selbst gehört hätte, wie er Colonel Protheroe gedroht hat, wäre es etwas anderes. Aber Sie können sicher sein, wenn er ihm tatsächlich gedroht hat, wird die Hälfte der Dorfbevölkerung ihn gehört haben, und die Polizei wird davon erfahren. Sie natürlich müssen tun, was Sie für richtig halten.»

Aber Hawes schien sonderbar unwillig, selbst etwas zu tun.

Die ganze Haltung des Mannes war nervös und eigenartig. Ich erinnerte mich an das, was Haydock über seine Krankheit gesagt hatte. Darin lag wohl die Erklärung.

Er verabschiedete sich schließlich widerstrebend, als hätte er noch mehr zu sagen und wüsste nicht wie.

Bevor er ging, vereinbarte ich mit ihm, dass er den Gottesdienst für die Mütterunion übernahm, anschließend das Treffen der Bezirksbesucher. Ich hatte am Nachmittag verschiedene eigene Projekte.

Dann verdrängte ich Hawes und seine Probleme aus meinen Gedanken und machte mich auf den Weg zu Mrs. Lestrange.

Auf dem Tisch in der Diele lagen ungeöffnet der *Guardian* und die *Church Times*.

Unterwegs fiel mir ein, dass Mrs. Lestrange am Abend vor Colonel Protheroes Tod eine Unterredung mit ihm gehabt hatte. Möglicherweise war dabei etwas zur Sprache gekommen, das ein Licht auf seinen Mord werfen konnte.

Ich wurde direkt in den kleinen Salon geführt, und Mrs. Lestrange stand auf, um mich zu begrüßen. Wieder wurde ich von der wunderbaren Atmosphäre beeindruckt, die diese Frau schaffen konnte. Sie trug ein Kleid aus einem stumpfen, schwarzen Stoff, das die außerordentliche Blässe ihrer Haut hervorhob. Ihr Gesicht hatte etwas seltsam Totes. Nur die Augen waren brennend lebendig. Heute hatten sie einen wachsamen Blick. Sonst zeigte sie keine Anzeichen von Lebhaftigkeit.

«Es ist sehr freundlich von Ihnen, dass Sie vorbeikommen, Mr. Clement», sagte sie, während sie mir die Hand reichte. «Gestern wollte ich mit Ihnen reden. Dann entschied ich mich anders. Das war falsch.»

«Wie ich Ihnen schon sagte, werde ich gern alles tun, um Ihnen behlflich zu sein.»

«Ja, das sagten Sie. Und Sie sagten es, als würden Sie es meinen. Sehr wenige Menschen auf dieser Welt, Mr. Clement, haben jemals aufrichtig gewünscht, mir zu helfen.»

«Das kann ich kaum glauben, Mrs. Lestrange.»

«Es stimmt aber. Die meisten Menschen – die meisten Männer jedenfalls sind auf ihren eigenen Vorteil bedacht.» Es klang bitter.

Ich antwortete nicht, und sie fuhr fort: «Setzen Sie sich doch.»

Ich gehorchte, und sie nahm mir gegenüber Platz. Sie zögerte einen Moment, dann fing sie sehr langsam und nachdenklich an zu reden, wobei sie jedes Wort beim Sprechen abzuwägen schien.

«Ich bin in einer sehr seltsamen Lage, Mr. Clement, und ich möchte Sie um Ihren Rat bitten. Das heißt, ich möchte Sie bitten mir zu raten, was ich als Nächstes tun soll. Die Vergangenheit ist vergangen und kann nicht ungeschehen gemacht werden. Verstehen Sie?»

Bevor ich etwas entgegnen konnte, öffnete das Mädchen, das mich hereingelassen hatte, die Tür und sagte ängstlich: «Oh! Bitte, Ma'am, da ist ein Polizeikommissar, und er sagt, er muss mit Ihnen reden, bitte.»

Eine Pause entstand. Mrs. Lestrange verzog keine Miene. Sie schloss nur sehr langsam die Augen und öffnete sie wieder. Ein- oder zweimal schien sie zu schlucken, dann sagte sie mit genau der gleichen klaren, ruhigen Stimme: «Führen Sie ihn herein, Hilda.»

Ich wollte aufstehen, aber sie hielt mich mit einer herrischen Handbewegung zurück.

«Wenn es Ihnen nichts ausmacht – ich wäre Ihnen sehr verbunden, wenn Sie bleiben würden.»

Ich setzte mich wieder.

«Sicher, wenn Sie es wünschen», murmelte ich, als Slack mit schnellem dienstlichem Schritt eintrat.

«Guten Tag, Madam», sagte er.

«Guten Tag, Kommissar.»

In diesem Augenblick sah er mich und verzog das Gesicht. Kein Zweifel, Slack mag mich nicht.

«Sie haben nichts gegen die Anwesenheit des Pfarrers, hoffe ich?»

Slack konnte wohl nicht gut sagen, dass ich ihn störte.

«Nein», knurrte er. «Obwohl es vielleicht besser wäre …»

Mrs. Lestrange beachtete den Wink nicht. «Was kann ich für Sie tun, Kommissar?»

«Es geht um Folgendes, Madam. Der Mord an Colonel

Protheroe. Ich leite die Untersuchung und stelle Ermittlungen an.»

Mrs. Lestrange nickte.

«Es ist nur eine Formalität, dass ich jeden frage, wo er gestern Abend zwischen sechs und sieben Uhr war. Reine Formsache, Sie verstehen.»

«Sie wollen wissen, wo ich gestern Abend zwischen sechs und sieben war?»

«Wenn Sie so freundlich sein wollen, Madam.»

«Lassen Sie mich nachdenken.» Sie überlegte einen Moment. «Ich war hier. In diesem Haus.»

«Oh!» Die Augen des Kommissars funkelten. «Und Ihr Mädchen – Sie haben nur ein Dienstmädchen, glaube ich – kann diese Aussage bestätigen?»

«Nein, Hilda hatte ihren freien Nachmittag.»

«Ah ja.»

«Unglücklicherweise müssen Sie also auf mein Wort vertrauen», sagte Mrs. Lestrange freundlich.

«Sie behaupten im Ernst, dass Sie den ganzen Nachmittag zu Hause waren?»

«Sie sagten, zwischen sechs und sieben, Kommissar. Früh am Nachmittag machte ich einen Spaziergang. Ich kam vor fünf Uhr zurück.»

«Und wenn eine Dame – Miss Hartnell zum Beispiel – behaupten würde, dass sie um etwa sechs Uhr hierher kam, läutete, was aber niemand hörte, so dass sie gezwungen war, wieder wegzugehen – dann würden Sie sagen, dass sie sich irrt, wie?»

«Oh nein.» Mrs. Lestrange schüttelte den Kopf.

«Aber…»

«Wenn das Mädchen da ist, kann sie sagen, es sei niemand zu Hause. Wenn man allein ist und zufällig keine Besucher sehen will – nun, dann bleibt einem nichts übrig, als sie läuten zu lassen.»

Kommissar Slack sah leicht verwirrt aus.

«Ältere Frauen langweilen mich entsetzlich», sagte Mrs. Lestrange. «Und Miss Hartnell ist besonders langweilig. Sie muss mindestens ein halbes Dutzend Mal geläutet haben, bevor sie wegging.» Sie lächelte Kommissar Slack freundlich an.

Der Kommissar schwenkte um. «Wenn dann jemand sagen würde, er hätte Sie unterwegs gesehen, dann ...»

«Oh! Aber niemand hat mich gesehen, oder?» Sie erkannte schnell seine schwache Stelle. «Niemand sah mich, weil ich hier war, verstehen Sie?»

«Gewiss, Madam.»

Der Kommissar rückte seinen Stuhl ein wenig näher heran.

«Nun habe ich gehört, Mrs. Lestrange, dass Sie Colonel Protheroe in Old Hall am Abend vor seinem Tod einen Besuch abgestattet haben.»

Mrs. Lestrange sagte ruhig: «Das stimmt.»

«Können Sie mir etwas über die Art dieser Unterredung sagen?»

«Es ging um eine Privatangelegenheit, Kommissar.»

«Ich muss Sie leider bitten, sich etwas deutlicher über diese Privatangelegenheit zu äußern.»

«Ich werde Ihnen nichts darüber sagen. Ich werde Ihnen nur versichern, dass nichts, was bei diesem Gespräch geredet wurde, in irgendwelcher Beziehung zu dem Verbrechen stehen könnte.»

«Ich glaube nicht, dass Sie das am besten beurteilen können.»

«Jedenfalls werden Sie sich auf mein Wort verlassen müssen.»

«Das heißt, ich muss mich bei allem auf Ihr Wort verlassen.»

«Es sieht so aus», räumte sie mit der immer noch gleichen lächelnden Gelassenheit ein.

Kommissar Slack wurde sehr rot.

«Das ist eine ernste Angelegenheit, Mrs. Lestrange. Ich will die Wahrheit wissen ...» Er schlug mit der Faust auf den Tisch. «Und ich beabsichtige, sie zu erfahren.»

Mrs. Lestrange sagte gar nichts.

«Sehen Sie nicht ein, Madam, dass Sie sich in eine sehr zweifelhafte Lage bringen?»

Mrs. Lestrange sagte immer noch nichts.

«Man wird Sie auffordern, bei der gerichtlichen Untersuchung auszusagen.»

«Ja.»

Nur diese eine Silbe. Unbeteiligt, uninteressiert. Der Kommissar änderte seine Taktik.

«Sie waren mit Colonel Protheroe bekannt?»

«Ja, ich war mit ihm bekannt.»

«Gut bekannt?»

Eine Pause entstand, bevor sie sagte: «Ich hatte ihn mehrere Jahre lang nicht gesehen.»

«Waren Sie mit Mrs. Protheroe bekannt?»

«Nein.»

«Entschuldigen Sie, aber war es nicht eine sehr ungewöhnliche Zeit für einen Besuch.»

«Nicht aus meiner Sicht.»

«Was soll das heißen?»

«Ich wollte Colonel Protheroe allein sehen. Ich wollte weder Mrs. Protheroe noch Miss Protheroe sehen. Ich fand es so am besten, mein Vorhaben durchzuführen.»

«Warum wollten Sie weder Mrs. noch Miss Protheroe sehen?»

«Das, Kommissar, ist meine Sache.»

«Dann weigern Sie sich, mehr zu sagen?»

«Absolut.»

Kommissar Slack stand auf.

«Sie bringen sich in eine üble Lage, Madam, wenn Sie nicht vorsichtig sind. Das alles sieht schlimm aus – es sieht sehr schlimm aus.»

Sie lachte. Ich hätte Kommissar Slack sagen können, dass sie nicht zu den Frauen gehörte, die sich leicht ins Bockshorn jagen lassen.

«Nun», würdevoll leitete er seinen Rückzug sein, «sagen Sie nicht, ich hätte Sie nicht gewarnt, das ist alles. Schönen Nachmittag, Madam, und denken Sie daran, wir werden die Wahrheit erfahren.»

Er ging.

Mrs. Lestrange stand auf und reichte mir die Hand. «Ich schicke Sie weg – ja, es ist besser so. Verstehen Sie, jetzt ist es zu spät für Ratschläge. Ich habe meine Rolle gewählt.»

In ziemlich hoffnungslos klingendem Ton wiederholte sie: «Ich habe meine Rolle gewählt.»

Sechzehntes Kapitel

Beim Hinausgehen traf ich an der Tür Haydock. Misstrauisch schaute er Slack nach, der gerade durchs Gartentor ging, und wollte wissen: «Hat er sie befragt?»

«Ja.»

«Ich hoffe, er war höflich?»

Höflichkeit ist meiner Meinung nach eine Kunst, die Kommissar Slack nie gelernt hat, aber ich nahm an, dass er für seine Verhältnisse höflich gewesen war, und jedenfalls wollte ich Haydock nicht noch mehr beunruhigen. Er sah sowieso schon sehr besorgt und erregt aus. Also sagte ich, er sei recht höflich gewesen.

Haydock nickte und eilte ins Haus, und ich ging die Dorfstraße entlang, wo ich bald den Kommissar einholte. Ich nehme an, dass er absichtlich langsam gegangen war. Er mag mich zwar nicht, aber das ist für einen Mann kein Hindernis, wenn er hofft, eine nützliche Information zu bekommen.

«Wissen Sie etwas über die Dame?», fragte er mich rundheraus.

Ich sagte, ich wisse gar nichts.

«Sie hat Ihnen nie etwas darüber erzählt, warum sie hierher gekommen ist?»

«Nein.»

«Aber Sie besuchen sie?»

«Es gehört zu meinen Pflichten, meine Gemeindemitglieder aufzusuchen.» Ich erwähnte nicht, dass sie nach mir geschickt hatte.

«Hm, wahrscheinlich.» Er schwieg ein paar Minuten, dann konnte er doch nicht widerstehen, seine Niederlage zu diskutieren. «Üble Geschichte, finde ich.»

«Wirklich?»

«Wenn Sie mich fragen, sage ich: ‹Erpressung›. Kommt einem komisch vor, wenn man bedenkt, wer Colonel Protheroe zu sein schien. Aber schließlich weiß man nie.»

Eine schwache Erinnerung an Miss Marples Bemerkungen zum gleichen Thema kam mir in den Sinn. «Sie halten das wirklich für möglich?»

«Nun, es passt zu den Tatsachen, Sir. Warum zieht eine kluge, elegante Dame in dieses stille kleine Nest? Warum besucht sie ihn zu dieser ungewöhnlichen Tageszeit? Warum geht sie Mrs. und Miss Protheroe aus dem Weg? Ja, es hängt alles zusammen. Peinlich für sie, das zuzugeben – Erpressung ist ein strafbares Vergehen. Aber wir werden die Wahrheit aus ihr herausbekommen. Nach allem, was wir wissen, kann sie eine sehr wichtige Rolle in diesem Fall spielen. Wenn Colonel Protheroe irgendein schlimmes Geheimnis in seinem Leben hatte – etwas Beschämendes – nun, Sie sehen selbst, was sich da für ein weites Feld auftut.»

Das stimmte wohl.

«Ich habe versucht, den Butler zum Reden zu bringen. Er könnte etwas von dem Gespräch zwischen Colonel Protheroe und Lestrange gehört haben. Manchmal machen Butler das. Aber er schwört, er habe nicht die geringste Ahnung, worum es dabei ging. Übrigens hat er deshalb seinen Job verloren. Der Colonel hat ihn angeschnauzt, er war sauer, weil er sie hereingelassen hatte. Der Butler hat daraufhin gekündet. Sagt, es hat ihm sowie nicht gefallen, und er dachte schon lange daran, wegzugehen.»

«Wirklich.»

«Da haben wir also noch jemanden, der etwas gegen den Colonel hatte.»

«Sie verdächtigen doch nicht im Ernst den Mann – wie heißt er übrigens?»

«Reeves, und ich sage nicht, dass ich ihn verdächtige. Ich sage nur, man kann nie wissen. Ich mag seine seifige, schmierige Art nicht.»

Ich fragte mich, was Reeves wohl über Kommissar Slacks Art sagen würde.

«Jetzt gehe ich nach Old Hall und befrage den Chauffeur.»

«Vielleicht könnten Sie mich dann in Ihrem Wagen mitnehmen? Ich will kurz mit Mrs. Protheroe sprechen», sagte ich.

«Worüber?»

«Die Beerdigung.»

«Oh!» Kommissar Slack war etwas erschrocken. «Die gerichtliche Untersuchung ist morgen, am Samstag.»

«Trotzdem. Die Beerdigung wird vielleicht auf Dienstag festgesetzt.»

Kommissar Slack schien sich ein bisschen für seine Schroffheit zu schämen. Statt eines Ölzweigs bot er mir an, bei seinem Gespräch mit dem Chauffeur Manning anwesend zu sein.

Manning war ein netter Kerl, nicht mehr als fünfundzwanzig, sechsundzwanzig. Er hatte offenbar Respekt vor dem Kommissar.

«Nun, junger Mann», sagte Slack, «ich hätte gern eine kleine Information von Ihnen.»

«Ja, Sir», stotterte der Chauffeur. «Gewiss, Sir.»

Wenn er der Mörder gewesen wäre, hätte er nicht erschrockener sein können.

«Sie haben gestern Ihren Herrn ins Dorf gefahren?»

«Ja, Sir.»

«Um welche Zeit war das»

«Fünf Uhr dreißig.»

«Mrs. Protheroe fuhr auch mit?»

«Ja, Sir.»

«Sie fuhren direkt ins Dorf?»

«Ja, Sir.»

«Sie haben nicht irgendwo unterwegs gehalten?»

«Nein, Sir.»

«Was haben Sie gemacht, als Sie dort waren?»

«Der Colonel stieg aus und sagte mir, er brauche den Wagen nicht mehr. Er würde zu Fuß nach Hause gehen. Mrs. Protheroe hatte Einkäufe zu erledigen. Die Sachen wurden in den Wagen gelegt. Dann sagte sie, das sei alles, und ich fuhr nach Hause.»

«Und ließen sie im Dorf zurück?»

«Ja, Sir.»

«Wann war das?»

«Viertel nach sechs, Sir. Genau um Viertel nach.»

«Wo haben Sie sie verlassen?»

«An der Kirche, Sir.»

«Hatte der Colonel erwähnt, wohin er gehen wolle?»

«Er sagte etwas davon, dass er zum Tierarzt müsse ... wegen einem der Pferde.»

«Aha. Und Sie fuhren direkt zurück?»

«Ja, Sir.»

«Es gibt zwei Zufahrten zu Old Hall, an der South Lodge und der North Lodge. Ich vermute, auf dem Weg zum Dorf fuhren Sie an der South Lodge vorbei?»

«Ja, Sir, immer.»

«Und Sie kamen auf dem gleichen Weg zurück?»

«Ja, Sir.»

«Hm. Ich glaube, das ist alles. Ah! Da kommt Miss Protheroe.»

Lettice kam auf uns zu.

«Ich brauche den Fiat, Manning», sagte sie. «Starten Sie ihn für mich, bitte.»

«Sehr wohl, Miss.»

Er ging zu einem Zweisitzer und hob die Motorhaube.

«Nur eine Minute, Miss Protheroe», sagte Slack. «Ich brauche eine Aufstellung über das, was jeder gestern Nachmittag gemacht hat. Das hat nichts Böses zu bedeuten.»

Lettice schaute ihn nur an.

«Ich weiß nie, um welche Zeit ich etwas mache», sagte sie dann.

«Wie ich höre, gingen Sie gestern kurz nach dem Mittagessen aus?»

Sie nickte.

«Wohin, bitte?»

«Tennis spielen.»

«Mit wem?»

«Mit den Hartley Napiers.»

«In Much Benham?»

«Ja.»

«Und wann kamen Sie zurück?»

«Ich weiß nicht. Ich sagte Ihnen schon, so etwas weiß ich nie.»

«Sie kamen», sagte ich, «etwa um sieben Uhr dreißig zurück.»

«Das stimmt», sagte Lettice. «Mitten in dem Durcheinander. Anne hatte Zustände, und Griselda stand ihr bei.»

«Danke, Miss», sagte der Kommissar. «Das war alles, was ich wissen wollte.»

«Wie sonderbar», sagte Lettice. «Es kommt mir alles so langweilig vor.»

Sie ging zu dem Fiat.

Der Kommissar tippte sich wiederholt an die Stirn. «Ein bisschen schwach hier?»

«Nicht im Geringsten», sagte ich. «Aber sie möchte gern, dass man das glaubt.»

«Nun, ich befrage jetzt die Mädchen.»

Man muss Slack wirklich nicht mögen, aber seine Energie kann man bewundern.

Wir trennten uns, und ich fragte Reeves, ob ich Mrs. Protheroe sehen könnte.

«Sie hat sich hingelegt, Sir.»

«Dann störe ich sie lieber nicht.»

«Vielleicht könnten Sie warten, Sir, ich weiß, dass Mrs. Protheroe Sie dringend sehen möchte. Sie hat das beim Mittagessen gesagt.»

Er führte mich in den Salon und schaltete das Licht an, weil die Jalousien heruntergelassen waren.

«Eine sehr traurige Angelegenheit, das alles», sagte ich.

«Ja, Sir.» Sein Ton war kalt und respektvoll.

Ich schaute ihn an. Welche Gefühle mochten hinter diesem passiven Verhalten verborgen sein? Gab es Dinge, die er wusste und uns erzählt haben könnte? Es gibt nichts Unmenschlicheres als die Maske eines guten Dieners.

«Sonst noch etwas, Sir?»

War hinter diesem korrekten Betragen etwa eine Spur von Verlangen, schleunigst wegzukommen?

«Nein, danke», sagte ich.

Ich musste nur sehr kurze Zeit warten, ehe Anne Protheroe kam. Wir besprachen und beschlossen ein paar Einzelheiten der Beerdigung, dann rief sie: «Dr. Haydock ist wirklich ein wunderbar gütiger Mensch!»

«Haydock ist der beste Kerl, den ich kenne.»

«Er war erstaunlich freundlich zu mir. Aber er sieht sehr traurig aus, nicht wahr?»

Es war mir nie in den Sinn gekommen, dass Haydock traurig sein könnte. Ich dachte darüber nach.

«Ich glaube nicht, dass mir das je aufgefallen ist», sagte ich schließlich.

«Mir auch nicht, bis heute.»

«Die eigenen Sorgen schärfen manchmal das Auge», sagte ich.

«Wie wahr.» Nach einer Pause sagte sie:

«Mr. Clement, eine Sache kann ich mir einfach nicht erklären. Wenn mein Mann, unmittelbar nachdem ich ihn verlassen hatte, erschossen wurde, wieso habe ich dann den Schuss nicht gehört?»

«Die Polizei hat Grund zu der Annahme, dass der Schuss später abgegeben wurde.»

«Aber die Zeitangabe auf dem Brief?»

«Wurde möglicherweise später hinzugefügt von einer anderen Hand – der des Mörders.»

Sie wurde blass.

«Ist Ihnen nicht aufgefallen, dass die Uhrzeit nicht in seiner Schrift war?»

«Wie schrecklich!»

«Die ganze Nachricht sieht nicht nach seiner Schrift aus.»

Darin lag eine gewisse Wahrheit. Es war ein etwas unleserliches Gekritzel, nicht so exakt, wie Protheroes Schrift gewöhnlich war.

«Sind Sie sicher, dass Sie nicht immer noch Lawrence verdächtigen?»

«Ich glaube, er ist endgültig außer Verdacht.»

«Aber, Mr. Clement, wer kann es sein? Lucius war nicht beliebt, ich weiß, aber ich glaube nicht, dass er irgendwelche wirklichen Feinde hatte. Nicht – nicht diese Art Feinde.»

Ich schüttelte den Kopf. «Es ist mysteriös.»

Ich dachte an Miss Marples sieben Verdächtige. Wer mochten sie nur sein?

Nachdem ich mich von Anne verabschiedet hatte, setzte ich einen bestimmten Plan in die Tat um.

Ich ging von Old Hall über den Privatweg in Richtung Dorf. Am Zauntritt kehrte ich um, und wo meiner Meinung nach das Dickicht niedergetreten war, verließ ich den Pfad und kämpfte mich durch die Büsche. Der Wald war dicht, mit viel wirrem Unterholz. Ich kam nicht sehr schnell voran, und plötzlich merkte ich, dass nicht weit von mir jemand anders in den Büschen war. Als ich unentschlossen stehen blieb, kam Lawrence Redding in Sicht. Er trug einen großen Stein.

Ich muss wohl überrascht ausgesehen haben, denn er brach plötzlich in Gelächter aus.

«Nein», sagte er, «es ist kein Indiz, es ist ein Friedensangebot.»

«Ein Friedensangebot?»

«Oder sollen wir sagen eine Verhandlungsbasis? Ich suche eine Ausrede, um Ihre Nachbarin Miss Marple aufzusuchen, und man hat mir gesagt, sie mag nichts so sehr wie ein schönes Felsstück oder einen Stein für den japanischen Garten, den sie anlegt.»

«Das stimmt», sagte ich. «Aber was wollen Sie von der alten Dame?»

«Nur das: Wenn es gestern Abend etwas zu sehen gab, hat Mrs. Marple es gesehen. Ich meine nicht unbedingt etwas, das mit dem Verbrechen zu tun hat. Ich meine irgendeinen ausgefallenen oder bizarren Vorfall, ein kleines, simples Ereignis, das uns einen Hinweis auf die Wahrheit geben könnte. Etwas, das sie nicht für wichtig genug hält, um es gegenüber der Polizei zu erwähnen.»

«Das ist durchaus möglich.»

«Es ist jedenfalls einen Versuch wert. Clement, ich werde dieser Sache auf den Grund gehen. Und wenn es nur Anne zuliebe ist. Und ich habe nicht besonders viel Vertrauen zu Slack – er ist ein eifriger Kerl, aber Eifer allein kann Hirn nicht ersetzen.»

«Ich verstehe», sagte ich, «Sie sind dieser Lieblingsheld der Romanliteratur, ein Amateurdetektiv. Ich weiß nicht, ob Sie es im wirklichen Leben mit den Professionellen aufnehmen können.»

Er schaute mich pfiffig an und fing plötzlich an zu lachen.

«Was machen Sie eigentlich im Wald, Padre?»

Anstandshalber errötete ich.

«Ich wette, genau das Gleiche wie ich. Wir hatten die gleiche Idee, stimmts? Wie kam der Mörder ins Arbeitszimmer? Erste

Möglichkeit: über den Pfad und durchs Gartentor, zweite Möglichkeit: durch die Haustür, dritte Möglichkeit – gibt es eine dritte Möglichkeit? Meine Idee war nachzusehen, ob es niedergetretene Büsche oder abgebrochene Zweige irgendwo bei der Mauer des Pfarrhausgartens gibt.»

«Das war auch meine Idee», gab ich zu.

«Ich war allerdings noch nicht weit damit gekommen», sagte Lawrence. «Weil mir der Gedanke kam, zuerst Miss Marple zu besuchen, um ganz sicher zu sein, dass niemand gestern Abend über den Weg kam, während wir im Arbeitszimmer waren.»

Ich schüttelte den Kopf.

«Das hat sie eindeutig ausgeschlossen.»

«Ja, niemand, den sie als jemand bezeichnen würde – klingt verrückt, aber Sie verstehen, was ich meine. Es könnte jemand wie ein Briefträger oder ein Milchmann oder ein Metzgerjunge gewesen sein – jemand, dessen Anwesenheit so selbstverständlich ist, dass niemand daran denken würde, ihn zu erwähnen.»

«Sie haben G.K. Chesterton gelesen», sagte ich, und Lawrence leugnete es nicht.

«Aber halten Sie es nicht für möglich, dass etwas dran sein könnte?»

«Es wäre denkbar», gab ich zu.

Ohne weitere Umstände machten wir uns auf den Weg zu Miss Marple. Sie arbeitete im Garten und rief uns einen Gruß zu, als wir über den Zauntritt kletterten.

«Sehen Sie», murmelte Lawrence, «sie sieht jeden.»

Sie empfing uns äußerst freundlich und war sehr angetan von Lawrences riesigem Stein, den er mit angemessener Feierlichkeit überreichte.

«Das ist sehr aufmerksam von Ihnen, Mr. Redding. Sehr aufmerksam, wirklich.»

Dadurch ermuntert stellte Lawrence seine Fragen. Miss Marple hörte aufmerksam zu.

«Ja, ich verstehe, was Sie meinen, und ich bin ganz Ihrer

Ansicht, solche Dinge erwähnt niemand oder denkt auch nur daran, sie zu erwähnen. Aber ich kann Ihnen versichern, dass nichts dergleichen vorgefallen war. Gar nichts.»

«Sind Sie sicher, Miss Marple?»

«Ganz sicher.»

«Haben Sie an jenem Nachmittag jemanden gesehen, der auf dem Pfad in den Wald ging? Oder herauskam?», fragte ich.

«Oh ja, eine ganze Reihe von Menschen. Dr. Stone und Miss Cram sind da gegangen – es ist für sie der kürzeste Weg zum Hügelgrab. Das war kurz nach zwei Uhr. Und Dr. Stone kam so auch zurück – wie Sie wissen, Mr. Redding, er ist ja mit Ihnen und Mrs. Protheroe weitergegangen.»

«Übrigens», sagte ich, «dieser Schuss – den Sie gehört haben, Miss Marple. Mr. Redding und Mrs. Protheroe müssen ihn auch gehört haben.»

Ich schaute Lawrence fragend an.

«Ja», sagte er stirnrunzelnd. «Ich glaube, ich habe tatsächlich Schüsse gehört. Waren es einer oder zwei?»

«Ich habe nur einen gehört», sagte Miss Marple.

«Ich habe nur eine ganz schwache Vorstellung davon im Gedächtnis», sagte Lawrence. «Zum Teufel damit, ich wollte, ich könnte mich erinnern. Wenn ich es nur wüsste. Verstehen Sie, ich war völlig in Anspruch genommen von – von …» Er schwieg verlegen.

Ich hustete taktvoll. Miss Marple wechselte mit einem Anflug von Prüderie das Thema.

«Kommissar Slack wollte mich zu einer Aussage darüber bewegen, ob ich den Schuss gehört hatte, nachdem Mr. Redding und Mrs. Protheroe das Atelier verlassen hatten oder davor. Ich musste gestehen, dass ich es wirklich nicht definitiv sagen konnte, aber ich habe den Eindruck – der stärker wird, je mehr ich darüber nachdenke –, dass es danach war.»

«Dann entlastet das jedenfalls den berühmten Dr. Stone», sagte Lawrence seufzend. «Nicht als ob es je den geringsten

Grund gegeben hätte, ihn des Mordes am armen alten Protheroe zu verdächtigen.»

«Ah! Aber ich halte es immer für vernünftig, jeden wenigstens ein bisschen zu verdächtigen. Ich meine damit, man kann wirklich nie wissen, nicht wahr.»

Das war typisch Miss Marple. Ich fragte Lawrence, ob er zustimme, was den Schuss anging.

«Das kann ich wirklich nicht sagen. Es war, wissen Sie, ein ganz normales Geräusch. Ich glaube eher, dass er abgefeuert wurde, als wir im Atelier waren. Das Geräusch wäre dann gedämpft gewesen, und – man hätte dort weniger darauf geachtet.»

Aus anderen Gründen als dem gedämpften Geräusch, dachte ich für mich.

«Ich muss Anne fragen», sagte Lawrence. «Vielleicht erinnert Sie sich. Übrigens ist mir eine seltsame Tatsache aufgefallen, die erklärt werden müsste. Mrs. Lestrange, die große Geheimnisvolle von St. Mary Mead, suchte den alten Protheroe am Mittwoch nach dem Abendessen auf. Niemand scheint irgendeine Vorstellung zu haben warum. Der alte Protheroe erwähnte es weder gegenüber seiner Frau noch Lettice.»

«Vielleicht weiß es der Pfarrer», sagte Miss Marple.

Woher wusste die Frau bloß schon wieder, dass ich am Nachmittag Mrs. Lestrange besucht hatte? Unheimlich, wie sie immer informiert ist.

Ich schüttelte den Kopf und sagte, ich könne nichts zur Aufklärung beitragen.

«Was meint Kommissar Slack?», fragte Miss Marple.

«Er hat sich alle Mühe gegeben, den Butler einzuschüchtern – aber offenbar war der Butler nicht neugierig genug, um an der Tür zu lauschen. Also bleibt es dabei – keiner weiß es.»

«Ich glaube allerdings, dass jemand etwas gehört hat, Sie nicht?», sagte Miss Marple. «Ich meine, so ist es schließlich immer. Hier könnte vermutlich Mr. Redding etwas herausbekommen.»

«Aber Mrs. Protheroe weiß nichts.»

«Ich habe nicht Anne Protheroe gemeint, sondern das weibliche Personal. Sie sagen so ungern etwas der Polizei. Aber ein gut aussehender junger Mann – entschuldigen Sie, Mr. Redding –, noch dazu einer, der zu Unrecht verdächtigt wurde – oh! Bestimmt würden sie ihm sofort etwas erzählen.»

«Heute Abend gehe ich hin und versuche es», sagte Lawrence eifrig. «Danke für den Hinweis, Miss Marple. Ich werde es versuchen, wenn – nun, wenn der Pfarrer und ich noch eine kleine Sache erledigt haben.»

Ich fand, wir sollten uns besser daranmachen. Ich verabschiedete mich von Miss Marple, und wir gingen wieder in den Wald.

Zuerst wanderten wir den Pfad hinauf, bis wir an eine neue Stelle kamen, die zweifellos aussah, als wäre hier jemand nach rechts abgebogen. Lawrence erklärte, dass er schon dieser Spur gefolgt war und festgestellt hatte, dass sie nirgendwo hinführte, aber er meinte, wir könnten es genauso gut noch einmal versuchen. Vielleicht hatte er sich geirrt.

Doch es war, wie er gesagt hatte. Nach etwa zehn oder zwölf Meter verloren sich alle Anzeichen von zerbrochenen Zweigen und zertretenen Blättern. Von hier aus war Lawrence zuvor auf den Pfad zurückgekehrt, um mich zu treffen.

Wir folgten erneut ein kleines Stück dem Pfad. Wieder kamen wir an eine Stelle, wo die Büsche niedergedrückt waren. Die Fährte war sehr schwach, aber, fand ich, unverkennbar, und sie versprach mehr. Auf gewundenem Weg näherte sie sich dem Pfarrhaus. Bald darauf waren wir dort, wo die Büsche bis dicht an die Mauer wuchsen. Die Mauer ist hoch und oben mit Flaschenscherben bestückt. Wenn jemand hier eine Leiter angestellt haben sollte, würden wir Spuren davon finden.

Langsam arbeiteten wir uns an der Mauer entlang, als das Geräusch eines brechenden Zweigs an unsere Ohren drang. Ich machte weiter, kämpfte mich durch ein dichtes Sträuchergewirr – und stand vor Kommissar Slack.

«Sie sind das also», sagte er. «Und Mr. Redding. Was glauben die beiden Herren, was sie hier machen?»

Leicht geknickt erklärten wir es.

«Ganz richtig», sagte der Kommissar. «Da wir nicht die Idioten sind, für die wir gewöhnlich gehalten werden, hatte ich schon die gleiche Idee. Ich bin seit über einer Stunde hier. Möchten Sie etwas wissen?»

«Ja», sagte ich kleinlaut.

«Wer auch immer Colonel Protheroe ermordet hat, auf diesem Weg ist er nicht gekommen! Weder auf dieser noch auf der anderen Seite der Mauer gibt es irgendeine Spur. Wer Colonel Protheroe ermordet hat, kam durch die Haustür. Eine andere Möglichkeit gibt es nicht.»

«Unmöglich», rief ich.

«Wieso unmöglich? Ihre Tür steht offen. Jeder konnte einfach hineinspazieren. Von der Küche aus sieht man ihn nicht. Er weiß, dass Sie aus dem Weg sind, dass Mrs. Clement in London ist und Mr. Dennis bei einer Tennispartie. So einfach wie das ABC. Und er weiß, dass er nicht durch das Dorf kommen oder gehen muss. Direkt gegenüber vom Gartentor des Pfarrhauses ist ein öffentlicher Weg, und von da aus kann man in diesen Wald abbiegen und herauskommen, wo man will. Falls Mrs. Price Ridley nicht gerade in dieser Minute aus ihrer Tür kommt, geht alles glatt. Viel glatter, als wenn er über Mauern klettern würde. Die Seitenfenster im Obergeschoss von Mrs. Price Ridleys Haus überschauen den größten Teil dieser Mauer. Nein, verlassen Sie sich drauf, so ist er gekommen.»

Es sah wirklich so aus, als hätte er Recht.

Siebzehntes Kapitel

Kommissar Slack kam am nächsten Morgen bei mir vorbei. Mir scheint, er wird allmählich zutraulicher. Mit der Zeit vergisst er womöglich die Sache mit der Uhr.

«Nun, Sir», sagte er zur Begrüßung, «ich bin dem Telefonanruf nachgegangen, den Sie bekommen haben.»

«Tatsächlich?», fragte ich neugierig.

«Es ist ziemlich merkwürdig. Er kam von der North Lodge von Old Hall. Nun steht diese Lodge leer, die Gärtnersleute, die dort wohnten, sind pensioniert und die neuen sind noch nicht da. Das Haus ist leer und zweckmäßig – ein Fenster an der Rückseite war offen. Keine Fingerabdrücke auf dem Telefon – es ist abgewischt worden. Das ist verräterisch.»

«Wie meinen Sie das?»

«Ich meine, es zeigt, dass Sie durch den Anruf absichtlich weggeholt werden sollten. Deshalb muss der Mord sorgfältig im Voraus geplant gewesen sein. Wäre es ein harmloser Ulk gewesen, hätte man nicht die Fingerabdrücke so sorgfältig abgewischt.»

«Nein. Das sehe ich ein.»

«Es zeigt auch, dass der Mörder sich in Old Hall und Umgebung gut auskennt. Mrs. Protheroe war es nicht, die angerufen hat. Ich kann nachweisen, was sie in jeder Minute getan hat. Es gibt ein halbes Dutzend Dienstboten, die beschwören, dass sie bis fünf Uhr dreißig zu Hause war. Dann kam der Wagen und fuhr Colonel Protheroe und sie ins Dorf. Der Colonel ging wegen eines seiner Pferde zu Quinton, dem Tierarzt. Mrs. Protheroe gab beim Lebensmittelhändler und im Fischladen einige Bestellungen auf und kam von dort direkt durch den hinteren Weg, wo Miss Marple sie sah. In allen Läden wurde bestätigt, dass sie keine Handtasche dabei hatte. Die alte Dame hatte Recht.»

«Wie gewöhnlich», sagte ich mild.

«Und Miss Protheroe war um 5.30 in Much Benham.»

«Das stimmt», sagte ich. «Mein Neffe war auch dort.»

«Damit kommt sie nicht in Frage. Das Dienstmädchen scheint in Ordnung zu sein – ein bisschen hysterisch und aufgeregt, aber was können Sie erwarten? Natürlich habe ich ein Auge auf den Butler – schon wegen seiner Kündigung und so. Aber ich glaube nicht, dass er etwas davon weiß.»

«Ihre Befragungen scheinen ein ziemlich negatives Ergebnis gehabt zu haben, Kommissar.»

«Das stimmt und stimmt auch wieder nicht. Eine sehr seltsame Sache ist herausgekommen – ganz unerwartet, muss ich sagen.»

«Ja?»

«Sie erinnern sich an das Theater, das Ihre Nachbarin Mrs. Price Ridley gestern Morgen gemacht hat? Weil sie angerufen wurde?»

«Ja?»

«Nun, wir sind auch diesem Anruf nachgegangen, nur um sie zu beruhigen – und was glauben Sie, woher um alles in der Welt, dass er gekommen ist?»

«Von einem Postamt?»

«Nein, Mr. Clement. Der Anruf kam aus dem Häuschen von Mr. Lawrence Redding.»

«Was?», rief ich überrascht.

«Ja. Ein bisschen seltsam, nicht wahr? Mr. Redding hatte nichts damit zu tun. Um diese Zeit, um 6.30, war er mit Dr. Stone auf dem Weg zum Blauen Eber, das ganze Dorf konnte ihn sehen. Aber so ist es. Das bringt einen ins Grübeln, was?

Zwei merkwürdige Telefonanrufe an einem Tag. Sieht aus, als gäbe es da eine Verbindung. Ich fresse meinen Hut, wenn nicht ein und dieselbe Person dahinter steckt.»

«Aber mit welcher Absicht?»

«Nun ja, das müssen wir eben herausfinden. Der zweite Anruf scheint ohne rechten Sinn zu sein, aber irgendwo muss er einen Sinn haben. Verstehen Sie, worum es geht? Aus Mr. Reddings Haus telefoniert. Mr. Reddings Pistole. Alles lenkt den Verdacht auf Mr. Redding.»

«Es wäre sinnvoller gewesen, den ersten Anruf von seinem Haus aus zu führen», widersprach ich.

«Ah, aber darüber habe ich nachgedacht. Was hat Mr. Redding an den meisten Nachmittagen getan? Er ging nach Old Hall und malte Miss Protheroe. Und von seinem Häuschen aus fuhr er mit dem Motorrad und kam am North Gate vorbei. Jetzt sehen Sie, warum der Anruf von dort kam. Der Mörder ist jemand, der nicht wusste, dass es Streit gegeben hatte und dass Mr. Redding nicht mehr nach Old Hall fuhr.»

Ich überlegte einen Moment, um die Argumente des Kommissars nachzuvollziehen. Sie kamen mir logisch und unanfechtbar vor.

«Waren irgendwelche Fingerabdrücke auf dem Hörer in Mr. Reddings Häuschen?», fragte ich.

«Nein», sagte der Kommissar erbittert. «Diese unglückselige Alte, die sich um ihn kümmert, hatte sie gestern Morgen abgewischt.» Wütend schwieg er ein paar Minuten. «Sie ist sowieso eine dumme alte Närrin. Kann sich nicht erinnern, wann sie die Pistole zuletzt gesehen hat. Vielleicht war die Waffe am Morgen des Verbrechens noch da, vielleicht auch nicht. Die Alte konnte es nicht sagen, sie war nicht sicher. Sie sind alle gleich!»

«Ich war auch bei Dr. Stone, reine Formsache», fuhr Slack fort. «Ich muss sagen, er nahm es so freundlich auf, wie man sich nur wünschen kann. Er und Miss Cram gingen zu diesem

Hügel – oder Grab – oder wie man es nennt, gestern um zwei Uhr dreißig, und blieben den ganzen Nachmittag dort. Dr. Stone kam allein zurück, sie folgte später. Er sagt, dass er keinen Schuss gehört hat, gibt jedoch zu, dass er zerstreut und nicht sehr aufmerksam ist. Aber alles bestätigt unsere Theorie.»

«Nur», sagte ich, «haben Sie den Mörder nicht gefunden.»

«Hm. Es war eine Frauenstimme, die Sie am Telefon hörten. Sehr wahrscheinlich hörte Mrs. Price Ridley eine Frauenstimme. Wenn nur dieser Schuss nicht direkt am Ende des Anrufs gekommen wäre – nun, dann wüsste ich, wo ich suchen muss.»

«Wo?»

«Ah! Das behalten ich am besten für mich, Sir.»

Ohne zu erröten schlug ich ein Glas alten Portwein vor. Ich habe einen sehr guten Jahrgang. Elf Uhr morgens ist nicht die übliche Zeit für ein Glas Portwein, aber ich dachte, das würde Kommissar Slack nicht stören. Es war natürlich ein schrecklicher Missbrauch des edlen Jahrgangs, aber in solchen Dingen darf man nicht zimperlich sein.

Als Kommissar Slack das zweite Glas weggeputzt hatte, begann er aufzutauen und herzlich zu werden. So wirkt dieser besondere Portwein.

«Ich nehme an, Ihnen macht es nichts aus, Sir», sagte er. «Sie behalten es doch für sich? Nicht dass es sich in der Gemeinde herumspricht.»

Ich beruhigte ihn.

«Schließlich ist alles in Ihrem Haus passiert, und da sieht es fast so aus, als hätten Sie ein Recht darauf, Bescheid zu wissen.»

«Genau das finde ich auch», sagte ich.

«Nun, Sir, was ist mit der Dame, die Colonel Protheroe am Abend vor dem Mord besuchte?»

«Mrs. Lestrange!», rief ich ziemlich laut vor Erstaunen.

Der Kommissar schaute mich tadelnd an.

«Nicht so laut, Sir. Mrs. Lestrange ist die Dame, die ich im

Auge habe. Sie erinnern sich, was ich Ihnen sagte – Erpressung.»

«Kaum ein Grund für Mord. Würde da nicht die Gans getötet, die die goldenen Eier legt? Das heißt, angenommen Ihre Hypothese stimmt, was ich keine Minute annehme.»

Der Kommissar blinzelte mir ziemlich ordinär zu.

«Ah! Sie gehört zu der Sorte, für die Gentlemen sich immer einsetzen. Jetzt schauen Sie mal, Sir. Angenommen, sie hat in der Vergangenheit den alten Herrn erfolgreich erpresst. Nach einer Pause von ein paar Jahren bekommt sie Wind davon, dass er hier ist, reist her und versucht es wieder. Aber inzwischen hat sich die Situation verändert. Das Gesetz bezieht jetzt einen ganz anderen Standpunkt. Wer Erpressung anzeigt, bekommt heute jede Erleichterung – Namen dürfen in der Presse nicht genannt werden. Angenommen, Colonel Protheroe dreht den Spieß um und sagt, er wird sie verfolgen lassen. Sie ist in einer üblen Lage. Für Erpressung gibt es sehr hohe Strafen. Der Fall liegt jetzt umgekehrt. Um sich zu retten, bleibt ihr nur übrig, ihn rasch und gründlich zu beseitigen.»

Ich schwieg. Ich musste zugeben, dass der Fall, den der Inspektor konstruiert hatte, plausibel war. Nur eines machte ihn für meine Vorstelllung undenkbar – die Persönlichkeit von Mrs. Lestrange.

«Ich bin nicht Ihrer Meinung, Kommissar», sagte ich. «Mrs. Lestrange kommt mir nicht wie eine potentielle Erpresserin vor. Sie ist – nun, das ist ein altmodisches Wort, aber sie ist eine – Dame.»

Er schaute mich mitleidig an.

«Ah! Nun gut, Sir», sagte er nachgiebig, «Sie sind ein Kirchenmann. Sie wissen nicht, wie es in der Welt zugeht. Dame, dass ich nicht lache! Sie wären überrascht, wenn Sie ein paar der Dinge wüssten, die ich weiß.»

«Ich beziehe mich nicht nur auf eine gesellschaftliche Position. Jedenfalls könnte ich mir vorstellen, dass Mrs. Lestrange *déclasseé* ist. Was ich meine, ist eine Frage – persönlicher Kultiviertheit.»

«Sie sehen sie nicht mit den gleichen Augen wie ich, Sir. Ich mag ein Mann sein – aber ich bin auch Polizeioffizier. Mich können sie mit ihrer persönlichen Kultiviertheit nicht täuschen. Wirklich, diese Frau gehört zu der Sorte, die einem ein Messer in die Brust sticht, ohne mit der Wimper zu zucken.»

Merkwürdigerweise konnte ich mir viel leichter vorstellen, dass Mrs. Lestrange einen Mord beging, als dass sie der Erpressung fähig war.

«Aber natürlich kann sie nicht die alte Dame von nebenan angerufen und zur gleichen Zeit Colonel Protheroe erschossen haben», räumte der Kommissar ein.

Kaum hatte er den Satz gesagt, schlug er sich heftig aufs Bein.

«Ich habs!», rief er. «Deshalb der Telefonanruf. Eine Art Alibi. Sie wusste, dass wir ihn mit dem ersten Anruf in Verbindung bringen würden. Das werde ich untersuchen. Vielleicht hat sie irgendeinen Dorfburschen bestochen, für sie anzurufen. Ihm würde nie einfallen, darin einen Zusammenhang mit dem Mord zu sehen.»

Der Kommissar eilte davon.

Griselda steckte den Kopf herein. «Miss Marple möchte dich sehen. Sie hat eine sehr unklare Nachricht geschickt – in Spinnwebschrift und mit vielen Unterstreichungen. Das meiste konnte ich nicht lesen. Offenbar kann sie nicht weg. Eil dich und geh zu ihr hinüber und stell fest, worum es geht. Meine alten Frauen kommen in zwei Minuten, sonst würde ich selbst gehen. Ich hasse alte Frauen – sie erzählen dir von ihren schlimmen Beinen, und manchmal bestehen sie darauf, sie dir zu zeigen. Ein Glück, dass heute Nachmittag die gerichtliche Untersuchung ist! So musst du nicht beim Kricketspiel des Jungenclubs zuschauen.»

Erheblich beunruhigt über den Grund dieser Aufforderung eilte ich hinüber.

Miss Marple befand sich in einem Zustand, der wohl als

helle Aufregung zu bezeichnen ist. Ihr Gesicht war sehr gerötet und sie redete einigermaßen zusammenhanglos.

«Mein Neffe», erklärte sie. «Mein Neffe Raymond West, der Schriftsteller. Er kommt heute. So ein Durcheinander. Um alles muss ich mich selbst kümmern. Bei einem Dienstmädchen kann man sich nicht darauf verlassen, dass es ein Bett ordentlich lüftet, und heute Abend müssen wir natürlich eine Fleischmahlzeit haben. Gentlemen brauchen viel Fleisch, nicht wahr? Und Getränke. Es muss unbedingt etwas zu trinken im Haus sein – und ein Siphon.»

«Wenn ich etwas für Sie tun kann ...»

«Oh, wie freundlich von Ihnen! Aber das habe ich nicht gemeint. Ich habe wirklich Zeit genug. Ich bin froh, dass er seine eigene Pfeife und Tabak mitbringt. Froh, weil ich so nicht wissen muss, welche Zigarettensorte ich kaufen soll. Aber auch ziemlich ärgerlich, weil es so lange dauert, bis der Geruch aus den Vorhängen verschwindet. Natürlich mache ich das Fenster auf und schüttle sie jeden Morgen gründlich aus. Raymond steht sehr spät auf – das haben Schriftsteller wohl häufig an sich. Er schreibt sehr kluge Bücher, glaube ich, obwohl die Menschen nicht annähernd so unerfreulich sind, wie er behauptet. Kluge junge Männer wissen so wenig vom Leben, finden Sie nicht auch?»

«Möchten Sie, dass ich ihn zum Abendessen ins Pfarrhaus einlade?» Ich verstand immer noch nicht, warum ich hergebeten worden war.

«Oh! Nein, danke», sagte Miss Marple. «Das ist sehr nett von Ihnen.»

«Da war – äh – etwas, weshalb Sie mich sehen wollten, glaube ich», sagte ich verzweifelt.

«Oh! Natürlich. Bei all der Aufregung habe ich es völlig vergessen.» Sie rief ihr Mädchen. «Emily – Emily. Nicht diese Laken. Die mit Hohlsaum und Monogramm, und legen Sie sie nicht zu nahe ans Feuer.»

Sie schloss die Tür und kam auf Zehenspitzen zurück.

«Es ist nur so, dass sich in der vergangenen Nacht eine recht seltsame Sache ereignet hat», erklärte sie. «Ich dachte, Sie würden gern etwas darüber hören, obwohl es im Moment keinen Sinn ergibt. Ich konnte nicht schlafen – machte mir Gedanken über diese traurige Angelegenheit. Und stand auf und schaute aus dem Fenster. Und was glauben Sie, was ich sah?»

Ich schaute sie fragend an.

«Gladys Cram», sagte Miss Marple mit starkem Nachdruck. «Und sie ging mit einem Koffer in den Wald, so wahr ich hier stehe.»

«Einem Koffer?»

«Ist das nicht ungewöhnlich? Was wollte sie um Mitternacht mit einem Koffer im Wald? Verstehen Sie, ich glaube nicht, dass es etwas mit dem Mord zu tun hat. Aber es ist ein merkwürdiger Vorfall. Und gerade jetzt haben wir alle das Gefühl, dass wir auf merkwürdige Vorfälle achten müssen.»

«Ganz und gar verblüffend», sagte ich. «Wollte sie – äh – vielleicht im Hügelgrab schlafen?»

«Das hat sie jedenfalls nicht getan», sagte Miss Marple. «Denn kurz darauf kam sie zurück und hatte den Koffer nicht mehr dabei.»

Achtzehntes Kapitel

Die gerichtliche Untersuchung fand an diesem Nachmittag (Samstag) um zwei Uhr im Blauen Eber statt. Selbstverständlich war die Aufregung im Dorf ungeheuer. In den letzten fünfzehn Jahren hatte es in St. Mary Mead keinen Mord gegeben. Und wenn jemand wie Colonel Protheroe und noch dazu im Arbeitszimmer des Pfarrhauses umgebracht wird, ist das eine Sensation erster Güte, wie sie einer Dorfbevölkerung selten geboten wird.

An meine Ohren drangen verschiedene Kommentare, die ich wahrscheinlich nicht hören sollte.

«Da ist der Pfarrer. Sieht blass aus, nicht wahr? Ich frage mich, ob er was damit zu tun hatte. Schließlich ist es im Pfarrhaus passiert.» – «Wie kannst du nur, Mary Adams! Und noch dazu, wo er die ganze Zeit Henry Abbott besucht.» – «Oh, aber es heißt, er und der Colonel haben sich gestritten. Da ist Mary Hill. Tut, als wär sie Gott weiß wer, nur weil sie dort im Dienst ist. Pst, da kommt der Coroner.»

Der Coroner, der als richterlicher Beamter die Todesursache zu untersuchen hatte, war Dr. Roberts aus unserer Nachbarstadt Much Benham. Er räusperte sich, rückte seine Brille zurecht und sah bedeutend aus.

Das ganze Beweismaterial zu wiederholen wäre nur ermüdend. Lawrence Redding sagte aus, wie er die Leiche gefunden hatte, und identifizierte die Pistole als seine eigene. Nach bestem Glauben hatte er sie am Dienstag gesehen, zwei Tage zuvor. Sie wurde auf einem Regal in seinem Häuschen aufbewahrt, und die Tür des Häuschens war üblicherweise unverschlossen.

Mrs. Protheroe bezeugte, sie habe ihren Mann zuletzt um Viertel vor sechs gesehen, als sie sich auf der Dorfstraße trennten. Sie vereinbarten, dass sie ihn später im Pfarrhaus abholen würde. Um Viertel nach sechs war sie über den hinteren Weg durch das Gartentor zum Pfarrhaus gegangen. Sie hatte keine Stimmen aus dem Arbeitszimmer gehört und gedacht, der Raum sei leer, aber ihr Mann könnte am Schreibtisch gesessen haben, wo sie ihn nicht gesehen hätte. Soweit sie wusste, war er wie immer bei guter Gesundheit und Laune gewesen. Sie wusste von keinem Feind, der ihn gehasst hatte.

Ich sagte als Nächster aus und berichtete von meiner Verabredung mit Protheroe und dem Anruf, der mich zu den Abbotts holte. Ich beschrieb, wie ich die Leiche gefunden und Dr. Haydock geholt hatte.

«Wie viele Leute wussten, Mr. Clement, dass Colonel Protheroe Sie an diesem Abend aufsuchen würde?»

«Viele, kann ich mir vorstellen. Meine Frau wusste es und mein Neffe, und Colonel Protheroe selbst sprach davon an jenem Morgen, als ich ihn im Dorf traf. Ich könnte mir denken, dass ihn mehrere Leute gehört haben, weil er wegen seiner Schwerhörigkeit sehr laut redete.»

«Es war also allgemein bekannt? Jeder konnte es wissen?»

Ich stimmte zu.

Dann kam Haydock an die Reihe. Er war ein wichtiger Zeuge. Sorgfältig und mit technischen Einzelheiten beschrieb er das Aussehen der Leiche und die genauen Verletzungen. Seiner Meinung nach war der Colonel etwa zwischen 6.20 und 6.30 erschossen worden – bestimmt nicht später als 6.35. Das war die äußerste Grenze. Haydock war an diesem Punkt ganz sicher und entschieden. Selbstmord kam nicht in Frage, Protheroe konnte sich die Wunde nicht selbst beigebracht haben.

Kommissar Slacks Aussage war diskret und verkürzt. Er beschrieb, wie er verständigt worden war und unter welchen Umständen er die Leiche gefunden hatte. Der unvollendete Brief wurde vorgelegt und die Zeitangabe darauf – 6.20 – festgehalten. Ein weiteres Beweisstück war die Uhr. Stillschweigend wurde angenommen, dass die Todeszeit 6.22 war. Die Polizei verriet nichts. Anne Protheroe erzählte mir hinterher, dass sie aufgefordert worden war, einen etwas früheren Zeitpunkt als 6.20 für ihren Besuch anzugeben.

Unser Mädchen Mary war die nächste Zeugin und erwies sich als ziemlich aufsässig. Sie hatte nichts gehört und wollte nichts hören. Es war schließlich nicht so, als würden ständig Besucher des Pfarrers erschossen. Keineswegs. Sie hatte sich um ihre eigenen Pflichten zu kümmern. Colonel Protheroe war genau um Viertel nach sechs gekommen. Nein, sie hatte nicht auf die Uhr geschaut. Sie hörte die Kirchenuhr, nachdem sie ihn ins Arbeitszimmer geführt hatte. Sie hatte keinen Schuss gehört. Wenn ein Schuss gefallen wäre, hätte sie ihn gehört. Ja, natürlich, sie wusste, dass ein Schuss gefallen sein musste, schließlich war der Gentleman erschossen aufgefunden worden – aber so war es eben. Sie hatte ihn nicht gehört.

Der Coroner beharrte nicht auf diesem Punkt. Mir wurde klar, dass er und Colonel Melchett sich abgesprochen hatten.

Mrs. Lestrange war vorgeladen worden, aber ein medizinisches Attest, von Dr. Haydock unterschrieben, bescheinigte, dass sie zu krank war um zu erscheinen.

Es gab nur noch eine weitere Zeugin, eine etwas tatterige alte Frau. Sie war es, die sich nach Slacks Worten um Lawrence Redding «kümmerte».

Man zeigte ihr die Pistole, und sie erkannte sie als diejenige, die sie in Mr. Reddings Wohnzimmer gesehen hatte, «im Bücherregal, da hatte er sie herumliegen». Am Mordtag hatte sie die Waffe zuletzt gesehen. Ja – als Antwort auf eine weitere Frage – sie war ganz sicher, dass die Pistole am Donnerstagmittag dort gewesen war – um Viertel vor eins, als sie ging.

Mir fiel ein, was der Kommissar erzählt hatte, und ich war etwas überrascht. Auch wenn sie bei seiner Befragung ungenau gewesen sein mochte, jetzt war sie jedenfalls in diesem Punkt ganz präzis.

Der Coroner fasste das Ergebnis auf negative Art, aber mit großer Bestimmtheit zusammen. Der Tatbestand wurde fast sofort formuliert:

Mord durch Unbekannt.

Als ich den Raum verließ, fiel mir ein kleiner Trupp junger Männer mit gescheiten, wachen Gesichtern und einer gewissen oberflächlichen Ähnlichkeit auf. Einige von ihnen kannte ich schon vom Sehen, weil sie in den letzten Tagen das Pfarrhaus belagert hatten. Weil ich ihnen entkommen wollte, ging ich zurück in den Blauen Eber und hatte das Glück, dem Archäologen Dr. Stone in die Arme zu laufen. Ohne Umstände hielt ich ihn fest.

«Journalisten», sagte ich kurz und nachdrücklich. «Wenn Sie mich aus ihren Klauen retten könnten?»

«Aber sicher, Mr. Clement. Kommen Sie mit mir hinauf.»

Er führte mich die enge Treppe hinauf und in sein Wohnzimmer, wo Miss Cram saß und routiniert auf einer Schreibmaschine klapperte. Sie begrüßte mich mit breitem Lächeln und nahm die Gelegenheit wahr, ihre Arbeit zu unterbrechen.

«Schrecklich, nicht wahr?», sagte sie. «Dass man nicht weiß, wer es getan hat, meine ich. Nicht nur weil ich von der Untersuchung enttäuscht bin. Zahm, das ist meine Meinung. Nichts, was man pikant nennen könnte, von Anfang bis Ende.»

«Dann waren Sie also dort, Miss Cram?»

«Und ob. Komisch, dass Sie mich nicht gesehen haben. Wirklich nicht? Das kränkt mich ein bisschen. Ja, wirklich. Ein Gentleman, selbst wenn er Pfarrer ist, sollte Augen im Kopf haben.»

«Waren Sie auch dort?», fragte ich Dr. Stone, um diesem

spielerischen Geschäker zu entkommen. Junge Frauen wie Miss Cram machen mich immer verlegen.

«Nein, ich interessiere mich leider sehr wenig für solche Sachen. Ich bin ein Mann, der ganz in seinem eigenen Hobby aufgeht.»

«Es muss ein sehr interessantes Hobby sein», sagte ich.

«Verstehen Sie vielleicht etwas davon?»

Ich musste zugeben, dass ich so gut wie nichts darüber wusste.

Dr. Stone war nicht der Mann, der sich durch das Eingeständnis der Ignoranz entmutigen ließ. Das Ergebnis war genau das Gleiche, als wenn ich gesagt hätte, die Ausgrabung von Hügelgräbern sei meine einzige Entspannung. Er stürzte sich in eine Rede, die dahinbrauste und wogte wie ein reißender Strom. Lange Hügelgräber, runde Hügelgräber, Steinzeit, Bronzezeit, paläolithische, neolithische Kistvaens und Kromlechs, es brach hervor wie eine aufgestaute Flut. Ich brauchte wenig zu tun außer zu nicken und intelligent auszusehen – und Letzteres ist vielleicht zu optimistisch. Dr. Stone dröhnte immer weiter. Er war ein kleiner Mann. Sein Kopf war rund und kahl, sein Gesicht rund und rosig, und er strahlte einen durch sehr starke Brillengläser an. Ich hatte noch nie einen Menschen gekannt, der auf so wenig Ermunterung so begeistert reagierte. Er ließ kein Argument für und gegen seine eigene Lieblingstheorie aus – die ich, nebenbei bemerkt, nicht begriff.

Ausführlich ging er auf seine Meinungsverschiedenheit mit Colonel Protheroe ein.

«Ein überheblicher Tölpel», sagte er hitzig. «Ja, ja, ich weiß, er ist tot, und über Tote sollte man nichts Schlechtes sagen. Aber der Tod ändert nicht die Tatsachen. Überheblicher Tölpel beschreibt ihn genau. Weil er ein paar Bücher gelesen hat, behauptet er, eine Autorität zu sein – gegenüber einem Mann, der lebenslang sein Fach studiert hat. Mein ganzes Leben, Mr. Clement, habe ich dieser Arbeit gewidmet. Mein ganzes Leben ...»

Er versprühte Speichel vor Erregung. Gladys Cram brachte ihn mit einem kurzen Satz auf den Boden zurück.

«Sie verpassen Ihren Zug, wenn Sie nicht Acht geben.»

«Oh!» Der kleine Mann hörte mitten im Satz auf und zog eine Uhr aus der Tasche. «Du meine Güte. Viertel vor? Unmöglich!»

«Wenn Sie einmal anfangen zu reden, denken Sie nie an die Zeit. Was Sie ohne mich machen würden, weiß ich wirklich nicht.»

«Ganz richtig, meine Liebe, ganz richtig.» Er tätschelte ihr liebevoll die Schulter. «Sie ist ein wunderbares Mädchen, Mr. Clement. Sie vergisst nie etwas. Ich schätze mich sehr glücklich, sie gefunden zu haben.»

«Jetzt gehen Sie schon, Dr. Stone. Sie verwöhnen mich, wirklich.»

Ich wurde das Gefühl nicht los, dass ich nun wesentliche Argumente zur Unterstützung der Klatschmäuler hatte, die den legitimen Ehestand als Zukunft für Dr. Stone und Miss Cram voraussahen. Ich konnte mir vorstellen, dass Miss Cram auf ihre Art eine ziemlich gerissene junge Frau war.

«Sie sollten sich auf den Weg machen», sagte Miss Cram.

«Ja, ja, ich muss.»

Er verschwand im Zimmer nebenan und kam mit einem Koffer zurück.

«Reisen Sie ab?», fragte ich überrascht.

«Nur für ein paar Tage nach London», erklärte er. «Morgen meine alte Mutter besuchen, am Montag eine Besprechung mit meinen Anwälten. Am Dienstag komme ich wieder. Übrigens, ich gehe davon aus, dass Colonel Protheroes Tod nichts an unseren Abmachungen ändert. Über das Hügelgrab, meine ich. Mrs. Protheroe wird doch nichts dagegen haben, dass wir unsere Arbeit fortsetzen?»

«Das kann ich mir nicht vorstellen.»

Während er sprach, überlegte ich, wer eigentlich künftig in

Old Hall das Sagen hatte. Ob Protheroe den Besitz Lettice hinterlassen hatte? Es wäre interessant, den Inhalt seines Testaments zu kennen.

«Bringt viel Ärger in eine Familie, so ein Tod», bemerkte Miss Cram mit einer Art düsterem Behagen. «Sie würden nicht glauben, was für eine bösartige Stimmung da manchmal herrscht.»

«Also, ich muss wirklich gehen.» Dr. Stone versuchte vergeblich seinen Koffer, eine große Decke und einen unhandlichen Schirm zu halten. Ich kam ihm zu Hilfe. Er protestierte.

«Lassen Sie nur – lassen Sie nur. Ich schaffe das schon. Bestimmt ist unten jemand.»

Aber unten war weder ein Hausdiener noch sonst jemand in Sicht. Vermutlich saßen sie auf Kosten der Presse bei einem Umtrunk. Die Zeit verging, also machten wir uns zusammen auf den Weg zum Bahnhof. Dr. Stone trug den Koffer, ich die Decke und den Schirm.

Während wir dahineilten, stieß Dr. Stone zwischen keuchenden Atemzügen Satzbrocken aus.

«Wirklich zu freundlich von Ihnen – war nicht meine Absicht – Sie zu belästigen... Hoffe, wir verpassen nicht – den Zug – Gladys ist ein gutes Mädchen – wirklich ein wunderbares Mädchen – sehr lieber Charakter – nicht besonders glücklich zu Hause, fürchte ich – absolut – das Herz eines Kindes – Herz eines Kindes. Ich versichere Ihnen, trotz – Altersunterschied – viel gemeinsam ...»

Gerade als wir zum Bahnhof abbogen, sahen wir Lawrence Reddings Häuschen. Es steht allein, ohne Nachbarhäuser. Ich sah zwei junge, modisch gekleidete Männer auf der Schwelle und zwei weitere, die in die Fenster spähten. Die Presse hatte heute viel zu tun.

«Netter Mensch, der junge Redding», bemerkte ich, weil ich wissen wollte, was mein Gefährte dazu sagte.

Er war inzwischen so außer Atem, dass er kaum etwas herausbrachte, doch er keuchte ein Wort hervor, das ich zuerst nicht recht verstand.

«Gefährlich», japste er, als ich ihn bat, es zu wiederholen.

«Gefährlich?»

«Höchst gefährlich. Unschuldige Mädchen – wissen es nicht besser – fallen auf so einen Kerl herein – treibt sich immer bei Frauen herum ... Taugt nichts.»

Woraus ich schloss, dass der einzige junge Mann im Dorf von der hübschen Gladys nicht unbeachtet geblieben war.

«Du meine Güte!», stieß Dr. Stone hervor. «Der Zug!»

Inzwischen waren wir beim Bahnhof und fingen an zu laufen. Der Zug aus London stand schon da, der nach London fuhr gerade ein.

Am Fahrkartenschalter stießen wir mit einem elegant gekleideten jungen Mann zusammen, und ich erkannte Miss Marples Neffen, der eben angekommen war. Er ist, glaube ich, ein junger Mann, der es nicht mag, wenn man mit ihm zusammenstößt. Er bildet sich etwas auf sein sicheres Auftreten und seine distanzierte Gelassenheit ein, und zweifellos ist ein solch vulgärer Kontakt beidem abträglich. Er taumelte zurück. Ich entschuldigte mich hastig, und wir eilten weiter. Dr. Stone stieg in den Zug und ich reichte ihm gerade sein Gepäck hinein, als die Lokomotive mit einem unwilligen Ruck anfuhr.

Ich winkte ihm nach und wandte mich ab. Raymond West war gegangen, aber unser Apotheker, der sich des Namens Cherubim erfreut, machte sich gerade auf den Weg ins Dorf.

«Das war knapp», sagte er. «Nun, wie lief die gerichtliche Untersuchung, Mr. Clement?»

Ich sagte ihm das Ergebnis.

«Aha! So war das also. Ich dachte mir schon, dass es zu diesem Spruch kommen würde. Wohin fährt Dr. Stone?»

Ich wiederholte, was er mir gesagt hatte.

«Hat Glück gehabt, dass er den Zug nicht verpasst hat. Obwohl man auf dieser Strecke nie weiß, woran man ist. Ich sage

Ihnen, Mr. Clement, es ist eine himmelschreiende Schande. Schimpflich nenne ich es. Der Zug, mit dem ich herunterkam, hatte zehn Minuten Verspätung. Und das an einem Samstag ohne nennenswerten Verkehr. Und am Mittwoch – nein, Donnerstag – ja, am Donnerstag war es – ich erinnere mich, dass es der Tag des Mordes war, weil ich einen groben Brief an die Eisenbahndirektion schreiben wollte – und über dem Mord habe ich es dann ganz vergessen – ja, am letzten Donnerstag. Ich war bei einer Tagung der Pharmazeutischen Gesellschaft. Was glauben Sie, wie viel Verspätung der 6.50 hatte? Eine halbe Stunde! Genau eine halbe Stunde. Wie finden Sie das? Zehn Minuten machen mir nichts aus. Aber wenn der Zug nicht vor zwanzig nach sieben ankommt, nun, dann ist man vor halb acht nicht zu Hause. Ich frage Sie, warum redet man da vom 6.50?»

«Ganz richtig», sagte ich, und da ich dem Monolog entkommen wollte, verabschiedete ich mich mit der Entschuldigung, dass ich mit Lawrence Redding reden müsse, der auf der anderen Straßenseite näher kam.

Neunzehntes Kapitel

«Ich freue mich, dass ich Sie getroffen habe», sagte Lawrence. «Kommen Sie mit zu mir.»

Wir gingen durch das kleine schlichte Gartentor und über den Pfad zum Häuschen. Er zog einen Schlüssel aus der Tasche und steckte ihn ins Schloss.

«Sie schließen ja jetzt die Tür ab», sagte ich.

«Ja.» Er lachte ziemlich bitter. «Wenn das Kind in den Brunnen gefallen ist, was? So ungefähr. Wissen Sie, Padre», er hielt mir die Tür auf, «an dieser ganzen Sache ist etwas, das mir nicht gefällt. Es ist zu sehr – wie soll ich sagen – das Verbrechen eines Insiders. Jemand wusste Bescheid über meine Pistole. Das heißt, dass der Mörder, wer immer es war, tatsächlich in diesem Haus gewesen sein muss – vielleicht sogar ein Glas mit mir getrunken hat.»

«Nicht unbedingt», widersprach ich. «Die ganze Bevölkerung von St. Mary Mead weiß vermutlich genau, wo Sie Ihre Zahnbürste aufbewahren und welches Zahnpulver Sie benutzen.»

«Aber warum sollte sie das interessieren?»

«Ich weiß es nicht, aber so ist es. Wenn Sie Ihre Rasiercreme wechseln, wird das ein Gesprächsthema sein.»

«Sie sind offenbar ausgehungert nach Neuigkeiten.»

«Das stimmt. Hier geschieht nie etwas Aufregendes.»

«Nun, jetzt ist es passiert – und wie!»

Ich stimmte zu.

«Und wer erzählt ihnen das alles überhaupt? Rasiercreme und solche Sachen?»

«Vielleicht die alte Mrs. Archer.»

«Diese alte Schachtel? Sie ist praktisch schwachsinnig, soweit ich das beurteilen kann.»

«Das ist nur die Tarnung der Armen», erklärte ich. «Sie flüchten sich hinter eine Maske der Dummheit. Sie werden wahrscheinlich feststellen, dass die Alte völlig bei Trost ist. Übrigens scheint sie jetzt ganz sicher zu sein, dass die Pistole am Donnerstagmittag an ihrem Platz lag. Was hat sie so überzeugt?»

«Ich habe nicht die geringste Ahnung.»

«Glauben Sie, dass sie Recht hat?»

«Auch davon habe ich nicht die geringste Ahnung. Ich gehe nicht täglich herum und mache eine Liste meiner Habseligkeiten.»

Ich schaute mich in dem kleinen Wohnzimmer um. Jedes Bord, jeder Tisch war mit den verschiedensten Gegenständen bedeckt. Lawrence lebte in einer künstlerischen Unordnung, die mich wahnsinnig gemacht hätte.

«Manchmal ist es ein bisschen schwierig, Dinge zu finden», er hatte meinen Blick bemerkt. «Andererseits ist alles in Reichweite – nicht weggeräumt.»

«Sicher, nichts ist weggeräumt. Es wäre vielleicht besser gewesen, Sie hätten Ihre Pistole verstaut.»

«Wissen Sie, eigentlich habe ich erwartet, dass der Coroner so etwas Ähnliches sagt. Coroner sind solche Esel. Ich habe eine offizielle Rüge erwartet oder wie sie das nennen.»

«Übrigens, war die Pistole geladen?», fragte ich.

Lawrence schüttelte den Kopf. «So leichtsinnig bin ich nun auch wieder nicht. Sie war nicht geladen, aber eine Schachtel Patronen lag daneben.»

«Offenbar waren alle sechs Kammern geladen, und ein Schuss war abgegeben worden.»

Lawrence nickte. «Und wessen Hand hat abgedrückt? Das ist alles schön und gut, Sir, aber wenn der wirkliche Mörder nicht entdeckt wird, bin ich bis ans Ende meiner Tage verdächtig.»

«Sagen Sie das nicht, mein Junge.»

«Aber ich sage es.»

Er schwieg und schaute düster vor sich hin. Schließlich raffte er sich auf und fuhr fort:

«Aber lassen Sie mich erzählen, was ich gestern Abend herausbekommen habe. Wirklich, Miss Marple weiß so allerhand.»

«Sie ist, glaube ich, deshalb ziemlich unbeliebt.»

Lawrence begann mit seiner Geschichte.

Er war Miss Marples Rat gefolgt und nach Old Hall gegangen. Dort hatte er, von Anne unterstützt, das Zimmermädchen befragt. Anne hatte einfach gesagt:

«Mr. Redding will Ihnen ein paar Fragen stellen, Rose.»

Dann war sie aus dem Zimmer gegangen.

Lawrence war etwas nervös gewesen. Rose, ein hübsches Mädchen um die fünfundzwanzig, schaute ihn unverwandt mit einem klaren Blick an, den er ziemlich verwirrend fand.

«Es – es geht um Colonel Protheroes Tod.»

«Ja, Sir.»

«Es liegt mir sehr viel daran, verstehen Sie, die Wahrheit herauszufinden.»

«Ja, Sir.»

«Ich habe das Gefühl, dass vielleicht etwas – dass vielleicht jemand – dass – es einen Vorfall gegeben haben könnte …»

Hier spürte Lawrence, dass er sich gerade nicht mit Ruhm bedeckte, und verfluchte von Herzen Miss Marple und ihre Vorschläge.

«Ich frage mich, ob Sie mir helfen könnten?»

«Ja, Sir?»

Rose verhielt sich immer noch wie die perfekte Hausangestellte: höflich, hilfsbereit und völlig uninteressiert.

«Zum Teufel damit», sagte Lawrence, «haben Sie nicht im Dienstbotenzimmer über die Sache geredet?»

Diese Strategie brachte Rose etwas durcheinander. Ihre perfekte Haltung war erschüttert.

«Im Dienstbotenzimmer, Sir?»

«Oder bei der Haushälterin oder in der Bude des Hausknechts oder wo Sie sonst miteinander reden? Irgendeinen Ort muss es doch geben.»

Rose verriet einen ganz leichten Hang zum Kichern, und Lawrence fühlte sich ermuntert.

«Hören Sie, Rose, Sie sind ein schrecklich nettes Mädchen. Bestimmt verstehen Sie, wie mir zu Mute ist. Ich will nicht gehenkt werden. Ich habe Ihren Herrn nicht ermordet, aber viele Leute glauben, ich hätte es getan. Können Sie mir nicht irgendwie helfen?»

Ich kann mir vorstellen, dass Lawrence an dieser Stelle ganz hinreißend aussah. Den hübschen Kopf zurückgeworfen, die blauen irischen Augen flehend. Rose wurde weich und kapitulierte.

«Oh, Sir! Ich bin sicher – wenn wir irgendwas tun könnten… Niemand von uns glaubt, dass Sie es waren, Sir. Bestimmt nicht.»

«Ich weiß, mein liebes Kind, aber das hilft mir nichts bei der Polizei.»

«Die Polizei!» Rose schüttelte heftig den Kopf. «Ich kann Ihnen sagen, Sir, wir halten nicht viel von diesem Kommissar. Slack nennt er sich. Wirklich, die Polizei!»

«Trotzdem, die Polizei ist sehr mächtig. Rose, Sie sagen, Sie wollen Ihr Möglichstes tun, um mir zu helfen. Ich habe das Gefühl, dass es eine Menge gibt, was wir noch nicht wissen. Da ist zum Beispiel die Dame, die den Colonel am Abend vor seinem Tod besuchte.»

«Mrs. Lestrange?»

«Ja, Mrs. Lestrange. Ich finde, da ist etwas ziemlich Merkwürdiges an diesem Besuch.»

«Ja, wirklich, das haben wir alle gesagt.»

«Tatsächlich?»

«Wie sie da gekommen ist. Und nach dem Colonel gefragt hat. Natürlich hat es viel Gerede gegeben – niemand hier in der Gegend weiß etwas über sie. Und Mrs. Simmons, das ist die Haushälterin, sie hat gemeint, dass sie eine ganz miese Type ist. Aber nach dem, was Gladdie gesagt hat, also, da weiß ich nicht, was ich denken soll.»

«Was hat Gladdie denn gesagt?»

«Oh, nichts, Sir! Wir haben eben geredet, wissen Sie.»

Lawrence schaute sie an. Er hatte den Eindruck, dass sie etwas verschwieg.

«Ich frage mich, worüber sie mit dem Colonel geredet hat.»

«Ja, Sir.»

«Ich glaube, Sie wissen es, Rose?»

«Ich? Oh nein, Sir! Ich weiß wirklich nichts. Wie könnte ich denn?»

«Schauen Sie, Rose. Sie haben gesagt, Sie würden mir helfen. Wenn Sie etwas gehört haben, irgendwas – es kommt Ihnen vielleicht nicht wichtig vor, aber irgendwas ... Ich wäre Ihnen so furchtbar dankbar. Schließlich könnte jeder – könnte zufällig – ganz zufällig etwas gehört haben.»

«Aber ich nicht, wirklich, ich nicht.»

«Dann jemand anders», sagte Lawrence schlau.

«Nun, Sir ...»

«Sagen Sies mir, Rose.»

«Ich weiß nicht, was Gladdie sagen würde, wirklich nicht.»

«Sie würde wollen, dass Sie es mir sagen. Wer ist Gladdie eigentlich?»

«Sie ist das Küchenmädchen, Sir. Und, wissen Sie, Gladdie ist gerade hinausgegangen, um mit einem Freund zu reden, und sie ging am Fenster vorbei – am Fenster des Arbeitszimmers – und da war der Herr mit der Dame. Und natürlich redete er sehr laut, der Herr, wie immer. Und natürlich war sie ein bisschen neugierig – ich meine ...»

«Ganz natürlich», sagte Lawrence. «Ich meine, man würde einfach zuhören müssen.»

«Aber natürlich hat sie es niemand erzählt – außer mir. Und wir fanden es beide sehr seltsam. Aber Gladdie konnte nichts sagen, verstehen Sie, wenn nämlich bekannt geworden wäre, dass sie hinausgegangen ist, um – einen – einen Freund zu treffen – nun, dann hätte ihr das eine Menge Ärger mit Mrs. Pratt eingebracht, das ist die Köchin, Sir. Aber bestimmt würde sie Ihnen alles sagen, Sir, gern.»

«Kann ich in die Küche gehen und mit ihr reden?»

Rose war entsetzt von dem Gedanken.

«Oh nein, Sir, das geht auf keinen Fall! Und Gladdie ist sowieso sehr nervös.»

Sie diskutierten lange über schwierige Einzelheiten, doch schließlich konnten sie die Sache abschließen. Ein geheimes Treffen zwischen den Hecken wurde vereinbart.

Hier stand Lawrence zur gegebenen Zeit der nervösen Gladdie gegenüber, die nach seiner Beschreibung mehr einem zitternden Kaninchen als einem menschlichen Wesen glich. Zehn Minuten lang versuchte er das Mädchen zu beruhigen, während die zitternde Gladys erklärte, sie könnte nie – sie sollte auf keinen Fall – sie hätte nicht gedacht, dass Rose sie verraten würde, überhaupt hatte sie nichts Böses vorgehabt, bestimmt nicht, und es würde etwas setzen, aber wie, wenn Mrs. Pratt je davon hören würde.

Lawrence versicherte, beschwor, überredete – endlich war Gladys bereit zu reden. «Wenn Sie ganz sicher sind, dass niemand davon erfährt, Sir.»

«Natürlich nicht.»

«Und es wird nicht im Gericht gegen mich verwendet?»

«Nie.»

«Und Sie sagen es nicht der Herrin?»

«Auf keinen Fall.»

«Wenn Mrs. Pratt etwas davon erfährt ...»

«Das wird sie nicht. Nun sagen Sies mir, Gladys.»

«Ist es ganz bestimmt in Ordnung?»

«Selbstverständlich. Eines Tages werden Sie froh sein, dass Sie mich vor dem Galgen gerettet haben.»

Gladys stieß einen kleinen Schrei aus.

«Oh! Wirklich, das würde ich nicht wollen, Sir. Also, ich habe sehr wenig gehört – und das nur zufällig, wie man sagen könnte …»

«Das verstehe ich vollkommen.»

«Aber der Herr, er war anscheinend sehr wütend. ‹Nach all diesen Jahren› – das hat er gesagt – ‹wagst du es, hierher zu kommen … Es ist empörend …› Ich konnte nicht hören, was die Dame sagte – aber dann sagte er: ‹Ich weigere mich absolut – absolut …› Ich kann mich nicht an alles erinnern – sie stritten sich, dass die Fetzen flogen, so hat es wenigstens geklungen, sie wollte, dass er etwas macht, und er hat es abgelehnt. ‹Es ist eine Schande, dass du hierher gezogen bist›, das habe ich gehört. Und ‹Du wirst sie nicht sehen – ich verbiete es …› und da habe ich die Ohren gespitzt. Hörte sich an, als ob die Dame Mrs. Protheroe einiges erzählen wollte, und er hatte Angst davor. Und ich dachte so für mich, also, jetzt guck dir mal den Herrn an. Da tut er immer so. Und hat letzten Endes selber Dreck am Stecken, sieh mal einer an. ‹Die Männer sind alle gleich›, habe ich später zu meinem Freund gesagt. Er war natürlich anderer Meinung. Hat mit mir gestritten. Aber er hat zugegeben, dass er von Colonel Protheroe überrascht ist – wo er doch Kirchenvorsteher ist und den Klingelbeutel herumreicht und sonntags den Bibeltext liest. ‹Aber so ist es›, habe ich gesagt, ‹das sind sehr oft die Schlimmsten.› Denn das hörte ich viele Male meine Mutter sagen.»

Gladdie machte eine Atempause, und Lawrence versuchte taktvoll, sie dahin zurückzusteuern, wo das Gespräch angefangen hatte.

«Haben Sie sonst noch etwas gehört?»

«Es ist schwierig, sich genau zu erinnern, Sir. Es war alles so ziemlich das Gleiche. Ein- oder zweimal sagte er: ‹Ich glaube es nicht.› Genau so. ‹Egal was Haydock sagt, ich glaube es nicht.›»

«Das hat er gesagt? ‹Egal was Haydock sagt›?»

«Ja. Und er sagte, dass alles eine Verschwörung ist.»

«Haben Sie die Dame überhaupt nicht verstehen können?»

«Nur am Schluss. Sie muss aufgestanden und näher ans Fenster gekommen sein. Und ich hörte, was sie sagte. Mir blieb fast das Herz stehen, ehrlich. Das vergesse ich nie. ‹Morgen um diese Zeit könntest du tot sein›, sagte sie. Böse klang das. Und sobald ich die Nachricht hörte, sagte ich zu Rose: ‹Na bitte!›»

Lawrence überlegte. Hauptsächlich überlegte er, wie weit er sich auf Gladys' Geschichte verlassen konnte. Er nahm an, dass sie im Kern stimmte, seit dem Mord aber ausgeschmückt und aufpoliert worden war. Besonders bezweifelte er die Richtigkeit der letzten Bemerkung. Er fand es höchst wahrscheinlich, dass sie nach dem Mord hinzugefügt worden war.

Er dankte Gladys, belohnte sie angemessen, versicherte ihr erneut, dass Mrs. Pratt nichts von ihren Missetaten erfahren würde und verließ Old Hall mit viel Material zum Nachdenken.

Eins war klar, Mrs. Lestranges Besprechung mit Colonel Protheroe war bestimmt nicht friedlich verlaufen, und ihm war daran gelegen, sie vor seiner Frau geheim zu halten.

Ich dachte an Miss Marples Kirchenvorsteher mit dem zweiten Haushalt. Ähnelte dieser Fall jenem?

Mehr denn je fragte ich mich, was Haydock damit zu tun hatte. Er hatte Mrs. Lestrange davor bewahrt, bei der gerichtlichen Untersuchung aussagen zu müssen. Er hatte sein Bestes getan, um sie vor der Polizei zu schützen. Wie weit würde er mit diesem Schutz gehen?

Angenommen, er verdächtigte sie des Verbrechens – würde er immer noch versuchen, sie zu decken?

Sie war eine merkwürdige Frau – eine Frau von sehr starkem,

magnetischem Charme. Ich selbst hasste den Gedanken, sie in irgendeine Verbindung mit dem Mord zu bringen.

Etwas in mir sagte: «Sie kann es nicht sein!» Warum?

Und ein Kobold in meinem Hirn antwortete: «Weil sie eine sehr schöne und anziehende Frau ist. Darum.»

In jedem von uns steckt, wie Miss Marple sagen würde, viel menschliche Natur.

Zwanzigstes Kapitel

Als ich ins Pfarrhaus zurückkam, stellte ich fest, dass wir mitten in einer häuslichen Krise steckten.

Griselda kam mir in der Diele mit Tränen in den Augen entgegen und zog mich in den Salon. «Sie geht.»

«Wer geht?»

«Mary. Sie hat gekündigt.»

Ich konnte die Nachricht wirklich nicht als Tragödie empfinden.

«Nun», sagte ich, «dann müssen wir ein anderes Dienstmädchen suchen.»

Der Satz kam mir völlig vernünftig vor. Wenn ein Dienstbote geht, sucht man einen anderen. Ich konnte nicht verstehen, warum Griselda mich so tadelnd anschaute.

«Len – du bist ganz und gar herzlos. Es ist dir egal.»

Das stimmte. Ich war sogar beinah vergnügt bei der Aussicht, keine angebrannten Puddings und halb gares Gemüse mehr essen zu müssen.

«Ich muss ein Mädchen suchen und sie finden und ausbilden», sagte Griselda voller Selbstmitleid.

«Ist Mary ausgebildet?», fragte ich.

«Natürlich.»

«Wahrscheinlich hat jemand gehört, wie sie uns als Sir oder Ma'am ansprach und hat sie uns als Perle sofort abspenstig gemacht. Ich kann nur sagen, die Leute werden enttäuscht sein.»

«Darum geht es nicht», sagte Griselda. «Niemand anders will sie. Das wäre auch unvorstellbar. Es geht um ihre Gefühle. Sie ist gekränkt, weil Lettice Protheroe gesagt hat, sie würde nicht ordentlich abstauben.»

Griselda äußert oft erstaunliche Behauptungen, aber diese kam mir so erstaunlich vor, dass ich sie anzweifelte. Es war völlig unwahrscheinlich, dass Lettice Protheroe sich die Mühe machte, ihre Nase in unsere häuslichen Angelegenheiten zu stecken und unser Mädchen wegen schlampiger Hausarbeit zu tadeln. Das sah ihr ganz und gar nicht ähnlich, und das sagte ich auch.

«Ich verstehe nicht», sagte ich, «was Lettice Protheroe unser Staub angeht.»

«Gar nichts», antwortete meine Frau. «Deshalb ist es auch so unsinnig. Ich wollte, du würdest selbst mit Mary reden. Sie ist in der Küche.»

Ich hatte keine Lust, mit Mary über das Thema zu diskutieren, aber Griselda ist sehr energisch und schnell. Jetzt schob sie mich einfach durch die Tür in die Küche, bevor ich mich widersetzen konnte.

Mary schälte an der Spüle Kartoffeln.

«Äh – guten Tag», sagte ich nervös.

Mary schaute auf und schnaubte, gab aber keine Antwort.

«Mrs. Clement sagt mir, dass Sie uns verlassen wollen.»

Darauf geruhte Mary zu antworten.

«Es gibt Sachen», sagte sie dunkel, «die ein Mädchen nicht erträgt. Das kann man nicht verlangen.»

«Wollen Sie mir genau sagen, was Sie so verärgert hat?»

«In zwei Worten kann ich Ihnen das sagen.» (Hier unterschätzte sie sich erheblich.) «Leute kommen und schnüffeln hier hinter meinem Rücken herum. Stöbern herum. Und was geht es sie an, wie oft das Arbeitszimmer gemacht oder abgestaubt wird? Wenn Sie und die Missis sich nicht beschweren, geht das niemanden was an. Wenn Sie zufrieden sind, dann ist das alles, worauf es ankommt, würd ich sagen.»

Ich bin noch nie mit Mary zufrieden gewesen. Ich gestehe,

dass ich mich nach einem Zimmer sehne, das jeden Morgen gründlich abgestaubt und aufgeräumt wird. Marys Gewohnheit, flüchtig über die auffallenderen Ablagerungen auf der Oberfläche niedriger Tische zu wedeln, ist meiner Ansicht nach völlig unzulänglich. Doch ich sah ein, dass es im Moment nicht angebracht war, Randprobleme zu erörtern.

«Ich musste zu dieser Untersuchung im Blauen Eber, oder nicht? Und mich vor zwölf Männer hinstellen, ein anständiges Mädchen wie ich. Und wer weiß, welche Fragen einem gestellt werden. Ich will Ihnen mal was sagen. Ich war noch nie zuvor in einer Stellung, wo es einen Mord im Haus gab, und ich will das nie mehr erleben.»

«Ich hoffe, Sie müssen es nicht mehr», sagte ich. «Nach allen Wahrscheinlichkeitsrechnungen ist das auch nicht anzunehmen.»

«Ich bin nicht einverstanden mit dem Gesetz. Er war Richter. Hat so manchen armen Kerl ins Gefängnis geschickt, der ein Kaninchen abgeknallt hat – er mit seinen Fasanen und Gott weiß was. Und dann, bevor er noch unter der Erde ist, kommt seine Tochter vorbei und sagt, ich mache meine Arbeit nicht ordentlich.»

«Soll das heißen, dass Miss Protheroe hier gewesen ist?»

«Ich traf sie hier, als ich aus dem Blauen Eber kam. Im Arbeitszimmer war sie. Und sagt: ‹Oh! Ich suche meine kleine gelbe Baskenmütze – einen kleinen gelben Hut. Ich habe ihn neulich hier liegen lassen.› Ich sage: ‹Also, ich habe keinen Hut gesehen. Er war nicht da, als ich am Donnerstagmorgen das Zimmer gemacht habe.› Und sie sagt: ‹Oh, aber ich wette, Sie hätten ihn gar nicht gesehen. Es dauert nicht lange, bis Sie ein Zimmer gemacht haben, stimmts?› Und dabei fährt sie mit dem Finger über das Kaminsims und sieht ihn an. Als ob ich an einem solchen Morgen Zeit gehabt hätte, den ganzen Krimskrams wegzunehmen und wieder hinzustellen, wo die Polizei das Zimmer erst am Abend zuvor aufgeschlossen hat.

‹Wenn der Pfarrer und seine Frau zufrieden sind, dann ist das alles, worauf es ankommt, finde ich, Miss›, sage ich. Und sie lacht und geht durch die Glastür hinaus und sagt: ‹Glauben Sie wirklich, dass sie zufrieden sind?›»

«So war das also», sagte ich.

«Das war es! Ein Mädchen hat Gefühle! Ich würde mich wirklich zu Tode schinden für Sie und die Missis. Und wenn sie ein neumodisches Gericht ausprobiert haben will, dann bin ich immer dabei.»

«Davon bin ich überzeugt», sagte ich beruhigend.

«Aber sie muss etwas gehört haben, sonst hätte sie das nicht gesagt. Und wenn Sie nicht mit mir zufrieden sind, dann gehe ich lieber. Nicht als ob es mir wichtig wäre, was Miss Protheroe sagt. Sie ist nicht beliebt in Old Hall, das kann ich Ihnen sagen. Nie ein Bitte oder Danke, und alles lässt sie herumliegen. Ich gebe nichts auf Miss Lettice Protheroe, auch wenn Mr. Dennis noch so begeistert von ihr ist. Aber solche wie sie können immer einen jungen Gentleman um den Finger wickeln.»

Während der ganzen Unterhaltung hatte Mary so energisch die Keime aus den Kartoffeln gestochen, dass sie wie Hagelkörner durch die Küche geflogen waren. In diesem Moment traf mich einer am Auge und verursachte eine vorübergehende Gesprächspause.

«Glauben Sie nicht», ich tupfte mir mit dem Taschentuch das Auge, «dass Sie das ernster genommen haben, als es gemeint war? Wissen Sie, Mary, Ihre Herrin würde sehr traurig sein, Sie zu verlieren.»

«Ich habe nichts gegen die Herrin – oder gegen Sie, Sir, was das angeht.»

«Nun, denken Sie nicht, Sie sind ein bisschen töricht?»

«Ich war ein bisschen durcheinander – nach der Untersuchung und allem. Und ein Mädchen hat seine Gefühle. Aber ich möchte der Herrin keinen Ärger machen.»

«Dann ist ja alles in Ordnung», sagte ich.

Griselda und Dennis warteten in der Diele auf mich. «Nun?», rief Griselda.

«Sie bleibt.» Ich seufzte.

«Len», sagte meine Frau, «du warst aber geschickt!»

Ich hätte ihr gern widersprochen. Ich glaubte nicht, dass ich geschickt gewesen war. Es ist meine feste Überzeugung, dass keine Hausangestellte schlimmer als Mary sein könnte. Jeder Wechsel, finde ich, wäre ein Wechsel zum Besseren gewesen.

Aber ich mache Griselda gern eine Freude. Ich schilderte die wesentlichen Einzelheiten von Marys Kummer.

«Das sieht Lettice ähnlich», sagte Dennis. «Sie konnte ihre Baskenmütze am Mittwoch gar nicht hier liegen gelassen haben. Sie trug sie am Donnerstag beim Tennis.»

«Das kommt mir sehr wahrscheinlich vor», sagte ich.

«Sie weiß nie, wo sie ihre Sachen liegen lässt», sagte Dennis mit einer Art liebevollem Stolz und Bewunderung, die meiner Meinung nach ganz unangebracht war. «Sie verliert jeden Tag ein Dutzend Sachen.»

«Ein bemerkenswert reizvoller Zug.»

Sarkasmus war an Dennis verschwendet.

«Sie ist reizvoll», sagte er mit einem tiefen Seufzer. «Dauernd bekommt sie Heiratsanträge – sie hat es mir erzählt.»

«Es müssen Anträge von Analphabeten sein, wenn sie hier in der Gegend gemacht werden», sagte ich. «Wir haben nicht einen Junggesellen im Ort.»

«Da wäre Dr. Stone.» Griseldas Augen tanzten.

«Er hat sie neulich eingeladen das Hügelgrab zu besichtigen», räumte ich ein.

«Natürlich», sagte Griselda. «Sie ist reizvoll, Len. Selbst glatzköpfige Archäologen merken das.»

«Viel Sexappeal», sagte Dennis weise.

Und doch ist Lawrence Redding völlig unbeeindruckt von Lettices Charme. Griselda erklärte das allerdings mit der Miene einer Frau, die weiß, dass sie Recht hat.

«Lawrence hat selbst jede Menge Sexappeal. Solche Mensch bevorzugen immer den – wie soll ich es ausdrücken – den Quäkertyp. Sehr zurückhaltend und schüchtern. Die Art Frau, die jeder kalt nennt. Ich glaube, Anne ist die einzige Frau, die Lawrence je halten könnte. Ich glaube nicht, dass sie einander je überdrüssig werden. Trotzdem glaube ich, dass er in einer Hinsicht ziemlich dumm gewesen ist. Er hat Lettice ziemlich benutzt, wisst ihr. Bestimmt ist ihm im Traum nicht eingefallen, dass sie sich etwas aus ihm macht – er ist in mancher Beziehung schrecklich bescheiden – aber ich habe das Gefühl, so ist es.»

«Sie kann ihn nicht ausstehen», sagte Dennis entschieden. «Das hat sie mir erzählt.»

Ich habe noch nie so etwas erlebt wie das mitleidige Schweigen, mit dem Griselda auf diese Bemerkung reagierte.

Ich ging in mein Arbeitszimmer. Für mein Gefühl hatte der Raum immer noch eine ziemlich unheimliche Atmosphäre. Ich wusste, dass ich das überwinden musste. Wenn ich dieser Empfindung nachgab, würde ich das Arbeitszimmer wahrscheinlich nie mehr benützen können. Nachdenklich ging ich zum Schreibtisch. Hier hatte Protheroe gesessen, rotgesichtig, kräftig, selbstgerecht, und hier war er in einem kurzen Augenblick niedergestreckt worden. Wo ich jetzt stand, hatte ein Feind gestanden ....

Und so – kein Protheroe mehr...

Hier war der Stift, den seine Finger gehalten hatten.

Auf dem Boden sah man einen blassen dunklen Flecken – der Teppich war in die Reinigung gegeben worden, aber da war Blut durchgesickert.

Ich schauderte.

«Ich kann diesen Raum nicht benutzen», sagte ich laut. «Ich kann ihn nicht benutzen.»

Dann fiel mein Blick auf etwas – nur ein blaues Pünktchen. Ich bückte mich. Zwischen dem Boden und dem Schreibtisch lag der kleine Gegenstand. Ich hob ihn auf.

Ich hielt ihn auf der Handfläche und starrte ihn an, als Griselda hereinkam.

«Ich habe vergessen dir zu sagen, Len, Miss Marple möchte,dass wir heute Abend nach dem Essen zu ihr kommen. Um ihren Neffen zu amüsieren. Sie hat Angst, dass er sich langweilt. Ich habe zugesagt.»

«Sehr gut, mein Liebes.»

«Was betrachtest du da?»

«Nichts.»

Ich schloss die Hand, schaute meine Frau an und sagte: «Wenn du den jungen Raymond West nicht amüsierst, mein Liebes, muss er sehr schwer zufrieden zu stellen sein.»

Meine Frau sagte: «Sei nicht albern, Len», und wurde rot.

Sie ging wieder hinaus, und ich öffnete die Hand.

Auf meiner Handfläche lag ein blauer Lapislazuli-Ohrring, der in Staubperlen gefasst war.

Es war ein ziemlich ungewöhnliches Schmuckstück, und ich wusste sehr genau, wo ich es zuletzt gesehen hatte.

Einundzwanzigstes Kapitel

Ich kann nicht behaupten, dass ich Mr. Raymond West jemals besonders bewundert hätte. Ich weiß, er gilt als hervorragender Romancier, und er hat sich einen gewissen Namen als Lyriker gemacht. Seine Gedichte kommen ohne Großbuchstaben aus, was, glaube ich, das Wesentliche der Modernität ist. Seine Bücher handeln von unerfreulichen Leuten und ihrem unerhört langweiligen Leben.

Er hat eine tolerante Zuneigung zu «Tante Jane», die er in ihrer Gegenwart als ‹Überbleibsel› bezeichnet.

Sie hört ihm mit schmeichelhaftem Interesse zu, und ich bin sicher, dass er niemals bemerkt, wenn ihre Augen manchmal amüsiert funkeln.

Er stürzte sich sofort und mit einer Plötzlichkeit auf Griselda, die nur als Kompliment gewertet werden konnte. Sie sprachen über moderne Theaterstücke und gingen dann zu moderner Inneneinrichtung über. Griselda täuscht vor, über Raymond West zu lachen, aber ich glaube, sie ist sehr empfänglich für seine Konversation.

Während meiner (langweiligen) Unterhaltung mit Miss Marple hörte ich in Abständen immer wieder «hier unten ist man so gut wie lebendig begraben».

Das fing schließlich an mich zu irritieren. Ich sagte mit einem Mal:

«Wahrscheinlich glauben Sie, dass wir hier hinterm Mond daheim sind?»

Raymond West schwenkte seine Zigarette.

«Ich betrachte St. Mary Mead», entgegnete er gebieterisch, «als ein stehendes Gewässer.»

Er schaute uns an, als würde er Protest erwarten, aber vermutlich zu seinem Verdruss zeigte sich niemand verärgert.

«Das ist wirklich kein sehr guter Vergleich, lieber Raymond», sagte Miss Marple lebhaft. «Nichts, glaube ich, ist unter dem Mikroskop so voller Leben wie ein Wassertropfen aus einem stehenden Gewässer.»

«Eine bestimmte Art Leben», gab der Romancier zu.

«Es ist alles ziemlich von der gleichen Art, nicht wahr?», sagte Miss Marple.

«Vergleichst du dich mit einem Bewohner eines stehenden Gewässers, Tante Jane?»

«Mein Lieber, ich erinnere mich, dass du in deinem letzten Buch etwas in dieser Richtung geschrieben hast.»

Kein kluger junger Mann kann es leiden, wenn seine Werke gegen ihn zitiert werden. Raymond West war keine Ausnahme.

«Das war etwas ganz anderes», sagte er kurz.

«Das Leben ist schließlich überall ziemlich das Gleiche», sagte Miss Marple mit ihrer sanften Stimme. «Geboren werden, weißt du, aufwachsen – und mit anderen Menschen in Berührung kommen – Ärger bekommen – und dann Heirat und wieder Babys ...»

«Und schließlich der Tod», sagte Raymond West. «Und nicht immer ein Tod mit einer Sterbeurkunde. Tod im Leben.»

«Wenn wir schon vom Tod reden», sagte Grisela, «wissen Sie, dass wir hier einen Mord hatten?»

Raymond West wischte Mord mit seiner Zigarette beiseite. «Mord ist so roh. Dafür interessiere ich mich nicht.»

Diese Behauptung überzeugte mich keine Sekunde. Alle sagen, die ganze Welt liebt Liebende – wer diese Redensart auf Mord anwendet, hat eine noch weniger zu bestreitende Wahrheit. Jeder interessiert sich für Mord. Einfache Leute wie Griselda und ich können das eingestehen, aber jemand wie Raymond West muss vorgeben, gelangweilt zu sein – wenigstens in den ersten fünf Minuten.

Miss Marple jedoch verriet ihren Neffen mit der Bemerkung: «Raymond und ich haben während des ganzen Abendessens über nichts anderes gesprochen.»

«Ich nehme großen Anteil an den lokalen Neuigkeiten», sagte Raymond schnell. Er lächelte Miss Marple milde und tolerant zu.

«Haben Sie eine Theorie, Mr. West?», fragte Griselda.

«Logischerweise», Raymond West schwenkte wieder seine Zigarette, «kann nur eine Person Protheroe getötet haben.»

«Ja?»

Wir warteten mit schmeichelhafter Aufmerksamkeit auf seine nächsten Worte.

«Der Pfarrer», sagte Raymond und deutete anklagend auf mich.

Ich hielt den Atem an.

«Natürlich», beruhigte er mich, «weiß ich, dass Sie es nicht getan haben. Das Leben ist nie so, wie es sein sollte. Aber stellen Sie sich das Drama vor – alles passt so hervorragend – Kirchenvorsteher im Arbeitszimmer des Pfarrers vom Pfarrer ermordet. Köstlich!»

«Und das Motiv?», fragte ich.

«Oh, das ist interessant.» Er setzte sich aufrecht und ließ seine Zigarette ausgehen. «Minderwertigkeitskomplex, meine ich. Möglicherweise zu viele Hemmungen. Ich würde gern eine Geschichte über die Sache schreiben. Erstaunlich vielschichtig. Woche um Woche, Jahr um Jahr hat er den Mann gesehen – bei Sitzungen des Kirchenvorstands – bei Ausflügen der Chorknaben – wenn er den Klingelbeutel in der Kirche herumreichte – ihn zum Altar brachte. Nie hat er den Mann leiden können – immer würgt er seine Abneigung hinunter. Sie ist unchristlich, er lässt sie nicht hochkommen. Und so nagt sie im Unterbewusstsein, und eines Tages …»

Er machte eine anschauliche Handbewegung.

Griselda fragte mich: «Hast du je so empfunden, Len?»

«Nie», antwortete ich ehrlich.

«Und doch habe ich gehört, dass Sie ihn vor nicht so langer Zeit aus der Welt gewünscht haben», sagte Miss Marple.

(Dieser unglückselige Dennis! Aber natürlich war es mein Fehler, dass ich jemals diese Bemerkung gemacht hatte.)

«Ich fürchte, das stimmt», sagte ich. «Es war eine dumme Äußerung, aber ich hatte tatsächlich einen sehr anstrengenden Morgen mit ihm hinter mir.»

«Das ist enttäuschend», sagte Raymond West. «Denn wenn Ihr Unterbewusstsein wirklich geplant hätte, ihn umzubringen, hätte es Ihnen natürlich nie diese Bemerkung erlaubt.»

Er seufzte.

«Meine Theorie hat versagt. Wahrscheinlich ist es ein ganz gewöhnlicher Mord – ein rachsüchtiger Wilderer oder etwas in dieser Art.»

«Miss Cram hat mich heute Nachmittag besucht», sagte Miss Marple. «Ich traf sie im Dorf und fragte sie, ob sie meinen Garten anschauen möchte.»

«Interessiert sie sich für Gärten?», fragte Griselda.

«Ich glaube nicht», antwortete Miss Marple mit einem kleinen Zwinkern. «Aber sie sind so ein nützlicher Vorwand für ein Gespräch, finden Sie nicht?»

«Was halten Sie von ihr?», fragte Griselda. «Ich glaube, sie ist wirklich nicht so übel.»

«Sie hat unaufgefordert sehr viel Auskunft gegeben – wirklich sehr viel Auskunft», sagte Miss Marple. «Über sich, wissen Sie, und ihre Familie. Sie scheinen alle tot oder in Indien zu sein. Sehr traurig. Übrigens ist sie übers Wochenende nach Old Hall gegangen.»

«Was?»

«Ja, anscheinend hat Mrs. Protheroe sie eingeladen – oder sie hat es Mrs. Protheroe vorgeschlagen – ich weiß nicht genau, wie herum es war. Um Sekretärinnenarbeit für sie zu erledigen – es gibt so viele Briefe zu beantworten. Es hat sich ziemlich glücklich gefügt. Da Dr. Stone fort ist, hat sie nichts zu tun. Wie aufregend dieses Hügelgrab doch gewesen ist.»

«Stone?», fragte Raymond. «Ist das dieser Archäologe?»

«Ja, er gräbt ein Hügelgrab aus. Auf dem Grundstück der Protheroes.»

«Er ist ein guter Mann», sagte Raymond. «Begeistert sich außerordentlich für seine Arbeit. Ich traf ihn kürzlich bei einem Essen, und wir haben uns sehr interessant unterhalten. Ich muss ihn aufsuchen.»

«Unglücklicherweise», sagte ich, «ist er gerade fürs Wochenende nach London gefahren. Übrigens sind Sie ihm heute Nachmittag auf dem Bahnhof in die Arme gelaufen.»

«Ihnen bin ich in die Arme gelaufen. Sie hatten einen kleinen dicken Mann dabei – mit einer Brille.»

«Ja – Dr. Stone.»

«Aber, mein lieber Freund – das war nicht Stone.»

«Nicht Stone?»

«Nicht der Archäologe. Ich kenne ihn recht gut. Der Mann war nicht Stone – nicht die geringste Ähnlichkeit.»

Wir starrten einander an. Besonders ich starrte Miss Marple an.

«Nicht zu fassen», sagte ich.

«Der Koffer», sagte Miss Marple.

«Aber warum?», fragte Griselda.

«Es erinnert mich an diesen Mann, der herumging und vorgab, Kontrolleur der Gaswerke zu sein», murmelte Miss Marple. «Er machte ganz schöne Beute.»

«Ein Schwindler», sagte Raymond West. «Das ist nun wirklich interessant.»

«Die Frage ist, hat es etwas mit dem Mord zu tun?», sagte Griselda.

«Nicht unbedingt. Aber…» Ich schaute Miss Marple an.

«Es ist», erklärte sie, «ein merkwürdiger Vorfall. Noch ein merkwürdiger Vorfall.»

«Ja.» Ich stand auf. «Ich habe das Gefühl, der Kommissar sollte sofort darüber informiert werden.»

Zweiundzwanzigstes Kapitel

Als ich Kommissar Slack am Telefon hatte, waren seine Anweisungen kurz und eindringlich. Nichts sollte «durchsickern», vor allem Miss Cram sollte nicht beunruhigt werden. Inzwischen wurde eine Suche nach dem Koffer in der Umgebung des Hügelgrabs eingeleitet.

Griselda und ich kamen sehr aufgeregt über diese Entwicklung nach Hause. Solange Dennis dabei war, konnten wir nicht viel darüber reden, da wir Kommissar Slack ausdrücklich versprochen hatten, niemandem etwas zu verraten.

Dennis hatte sowieso genug mit seinen eigenen Sorgen zu tun. Er kam in mein Arbeitszimmer, fingerte an diesem und jenem herum und sah furchtbar verlegen aus.

«Was ist los, Dennis?», fragte ich schließlich.

«Onkel Len, ich will nicht zur See.»

Ich war überrascht. Der Junge hatte bisher so entschieden an seinem Berufswunsch festgehalten.

«Aber du warst doch so begeistert davon?»

«Ja, aber ich habe meine Meinung geändert.»

«Was willst du machen?»

«Ich will ins Finanzwesen gehen.»

Ich staunte noch mehr. «Was meinst du damit – Finanzwesen?»

«Genau das. Ich will nach London.»

«Aber mein lieber Junge, ich bin überzeugt, dass dir dieses Leben nicht gefallen würde. Selbst wenn ich dir eine Stelle in einer Bank besorgen könnte …»

Dennis sagte, das sei nicht, was er meine. Er wolle nicht zu einer Bank. Ich fragte ihn, was er genau wolle, und natürlich war es, wie ich vermutet hatte – der Junge wusste es eigentlich nicht.

Mit «ins Finanzwesen gehen» meinte er einfach, dass er schnell reich werden wollte, und mit dem Optimismus der Jugend stellte er sich vor, in London sei das garantiert. Ich klärte ihn über seinen Irrtum so behutsam auf, wie ich nur konnte.

«Wie kommst du auf die Idee?», fragte ich. «Du warst so zufrieden bei dem Gedanken, zur See zu gehen.»

«Ich weiß, Onkel Len, aber ich habe nachgedacht. Eines Tages werde ich heiraten wollen – und schließlich muss man reich sein, um ein Mädchen zu heiraten.»

«Tatsachen widerlegen deine Theorie», sagte ich.

«Ich weiß – aber ein richtiges Mädchen. Ich meine, ein Mädchen, das an bestimmte Dinge gewöhnt ist.»

Das war sehr unbestimmt, aber ich glaubte zu wissen, was er meinte.

«Weißt du», sagte ich vorsichtig, «nicht alle Mädchen sind wie Lettice Protheroe.»

Er wurde sofort wütend.

«Du bist schrecklich ungerecht ihr gegenüber. Du magst sie nicht. Griselda auch nicht. Sie sagt, sie ist ermüdend.»

Vom weiblichen Standpunkt aus hat Griselda ganz Recht. Lettice ist ermüdend. Mir war jedoch klar, dass ein Junge das zurückweisen würde.

«Wenn die Leute nur ein bisschen nachsichtiger wären! Sogar die Hartley Napiers nörgeln in einer solchen Zeit an ihr herum! Nur weil sie ihre blöde Tennisparty ein bisschen früher verlassen hat. Warum sollte sie bleiben, wenn sie sich langweilt? Sehr anständig von ihr, überhaupt hinzugehen, finde ich.»

«Wirklich ein Entgegenkommen», sagte ich, aber Dennis witterte keine Bosheit. Er war voll von seinen eigenen Beschwerden in Lettice's Namen.

«Sie ist wirklich wahnsinnig selbstlos. So hat sie mich gebeten zu bleiben. Natürlich wollte ich auch gehen. Aber davon wollte sie nichts hören. Sagte, es wäre zu unangenehm für die Napiers. Also bin ich noch eine Viertelstunde geblieben, nur um ihr einen Gefallen zu tun.»

Die Jungen haben sehr seltsame Vorstellungen von Selbstlosigkeit.

«Und jetzt höre ich, dass Susan Hartley Napier überall erzählt, Lettice hätte miese Manieren.»

«Wenn ich du wäre», sagte ich, «würde ich mir darüber keine Gedanken machen.»

«Das ist alles schön und gut, aber...» Er schwieg. «Ich – ich würde alles für Lettice tun», sagte er dann.

«Sehr wenige von uns können etwas für einen anderen tun», sagte ich. «So sehr wir es auch wünschen, wir sind machtlos.»

«Ich wollte, ich wäre tot», sagte Dennis.

Armer Kerl. Jugendliche Schwärmerei ist eine bösartige Krankheit. Ich verzichtete darauf, etwas von den nahe liegenden und wahrscheinlich irritierenden Dingen zu sagen, die einem in den Sinn kommen. Stattdessen sagte ich gute Nacht und ging zu Bett.

Am nächsten Morgen hielt ich den Acht-Uhr-Gottesdienst, und als ich zurückkam, saß Griselda am Frühstückstisch mit einem offenen Brief in der Hand. Er kam von Anne Protheroe.

Liebe Griselda

Wenn du und der Pfarrer zum Lunch zu mir kommen würdet, wäre ich sehr dankbar. Etwas sehr Merkwürdiges ist vorgefallen, und ich hätte gern Mr. Clements Rat.

Bitte erwähne das hier nicht, wenn ihr kommt, weil ich niemandem etwas gesagt habe.

Mit herzlichen Grüßen

Anne Protheroe

«Natürlich müssen wir hin», sagte Griselda.

Ich stimmte zu.

«Was kann da nur passiert sein?»

Das fragte ich mich auch.

«Weißt du», sagte Griselda, «ich habe das Gefühl, dieser Fall ist noch lange nicht zu Ende.»

«Du meinst, nicht bis jemand wirklich verhaftet worden ist?»

«Nein», sagte sie, «das habe ich nicht gemeint. Ich finde, es gibt Verzweigungen, Unterströmungen, von denen wir nichts wissen. Es müssen noch sehr viele Umstände aufgeklärt werden, bevor wir an die Wahrheit herankommen.»

«Du meinst Umstände, die eigentlich keine Rolle spielen, aber dazwischenkommen?»

«Ja, ich glaube, das drückt sehr gut aus, was ich meine.»

«Ich finde, wir machen alle viel Wirbel.» Dennis bediente sich mit Marmelade. «Es ist doch sehr gut, dass der alte Protheroe tot ist. Niemand mochte ihn. Oh, ich weiß, die Polizei muss sich den Kopf zerbrechen – das ist ihr Job. Aber eigentlich hoffe ich, dass sie den Mörder nie finden. Es würde mir kein bisschen gefallen, wenn ein beförderter Slack geschwollen vor Stolz auf seine Klugheit herumstolzieren würde.»

Seine Meinung über Slacks Beförderung teilte ich. Ein Mann, der umhergeht und systematisch die Leute verschnupft, kann nicht hoffen, beliebt zu sein.

«Mr. Haydock denkt ziemlich wie ich», fuhr Dennis fort. «Er würde nie einen Mörder ausliefern. Das hat er gesagt.»

Ich finde, hier liegt die Gefahr von Haydocks Ansichten. An sich mögen sie vernünftig sein – das kann ich nicht beurteilen –, aber auf das junge, sorglose Gemüt machen sie einen Eindruck, den Haydock selbst bestimmt nie vermitteln wollte.

Griselda schaute aus dem Fenster und sagte, Reporter seien im Garten.

«Wahrscheinlich fotografieren sie wieder die Fenster des Arbeitszimmers.» Sie seufzte.

Wir hatten in dieser Hinsicht schon viel leiden müssen. Zuerst durch die müßige Neugier der Dorfbewohner – jeder war gekommen, um zu gaffen und zu starren. Dann kamen die Reporter mit ihren Kameras und wieder die Dörfler, um die Reporter zu beobachten. Schließlich brauchten wir einen Wachtmeister aus Much Benham als Wache vor der Glastür.

«Nun», sagte ich, «morgen ist die Beerdigung. Danach legt sich die Aufregung bestimmt.»

Auch um Old Hall lungerten einige Reporter herum, als wir dort ankamen. Sie belästigten mich mit verschiedenen Fragen, auf die ich die immergleiche Antwort gab (das hatte sich bewährt), dass ich nichts zu sagen hatte.

Der Butler führte uns in den Salon, in dem sich nur Miss Cram befand – offenbar im Zustand höchsten Entzückens.

«Das ist eine Überraschung, nicht wahr?», sagte sie, als sie uns die Hände schüttelte. «Ich hätte mir so etwas nie vorstellen können, aber Mrs. Protheroe ist sehr freundlich, nicht wahr? Und natürlich ist es nicht gerade, wie man so sagt, passend für ein junges Mädchen, allein in einem Haus wie dem Blauen Eber zu bleiben, mit all den Reportern und so. Und natürlich habe ich mich auch nützlich machen können – in solchen Zeiten braucht man wirklich eine Sekretärin, und Miss Protheroe tut nichts, um zu helfen, nicht wahr?»

Belustigt stellte ich fest, dass die alte Feindseligkeit gegen Lettice anhielt, das Mädchen jedoch offenbar eine begeisterte Partisanin für Anne geworden war. Zugleich fragte ich mich, ob ihre Version der Geschichte, wie sie hierher gekommen war, der Wahrheit entsprach. Nach ihrer Schilderung war die Initiative von Anne ausgegangen, aber war das wirklich so gewesen? Das Mädchen konnte ohne weiteres zuerst erwähnt haben, dass sie nicht gern allein im Blauen Eber war. Ich blieb unvoreingenommen, aber ich konnte mir nicht vorstellen, dass Miss Cram ganz ehrlich war.

In diesem Moment kam Anne Protheroe herein.

Sie war sehr unauffällig in Schwarz gekleidet. Sie hielt eine Sonntagszeitung in der Hand, die sie mir mit einem traurigen Blick reichte.

«Mit solchen Sachen hatte ich bisher noch keine Erfahrungen. Es ist ziemlich grässlich, nicht wahr? Bei der Untersuchung habe ich mit einem Reporter gesprochen. Ich sagte nur, dass ich schrecklich bekümmert sei und nichts zu sagen hätte, und dann fragte er mich, ob mir nicht sehr daran liege, den Mörder meines Mannes zu finden, und ich sagte: ‹Doch.› Und ob ich einen Verdacht hätte, und ich sagte: ‹Nein.› Und ob ich nicht glaube, das Verbrechen deute auf Ortskenntnis hin, und ich sagte, es sehe jedenfalls so aus. Und jetzt schauen Sie sich das an.»

Mitten auf der Seite war ein Foto, offenbar vor mindestens zehn Jahren aufgenommen – der Himmel weiß, wo sie es ausgegraben hatten. Darunter die Schlagzeile:

WITWE ERKLÄRT, SIE WERDE NICHT RUHEN,
BIS MÖRDER IHRES EHEMANNS ZUR STRECKE GEBRACHT IST

Mrs. Protheroe, die Witwe des Ermordeten, ist überzeugt, dass der Mörder am Ort gesucht werden muss. Sie hat Vermutungen, aber keine Gewissheit. Sie erklärte, sie sei vor Schmerz am Boden zerstört, bekräftigte aber ihre Entschlossenheit, den Mörder zur Strecke zu bringen.

«Das klingt doch nicht nach mir, oder?», sagte Anne.

«Es hätte schlimmer sein können.» Ich gab ihr die Zeitung zurück.

«Diese Burschen sind unverschämt, nicht wahr?», sagte Miss Cram. «Ich möchte zu gern erleben, wie einer von ihnen versucht, aus mir etwas herauszukriegen.»

Das Funkeln in Griseldas Augen verriet mir, dass sie diese Aussage in wörtlicherem Sinn für wahr hielt, als es Miss Cram lieb sein mochte.

Das Essen wurde angekündigt, und wir gingen hinein. Lettice ließ sich erst blicken, als wir die halbe Mahlzeit hinter uns hatten und sie mit einem Lächeln für Griselda und einem Kopfnicken für mich auf den leeren Platz glitt. Ich hatte meine Gründe, sie mit einer gewissen Aufmerksamkeit zu beobachten, aber sie wirkte wie üblich vage. Außerordentlich hübsch – das musste ich gerechterweise zugeben. Sie trug immer noch keine Trauer, sondern war in ein Blassgrün gekleidet, das die Zartheit ihres hellen Teints betonte.

Nachdem wir Kaffee getrunken hatten, sagte Anne ruhig: «Ich möchte mich ein wenig mit dem Pfarrer unterhalten. Ich nehme ihn mit hinauf in mein Wohnzimmer.»

Endlich sollte ich den Grund unserer Einladung erfahren. Ich stand auf und folgte ihr die Treppe hinauf. An der Zimmertür blieb sie stehen. Als ich etwas sagen wollte, streckte sie warnend die Hand aus. Sie horchte und schaute hinunter in die Diele.

«Gut. Sie gehen hinaus in den Garten. Nein – nicht da hinein. Wir können gleich hinauf.»

Zu meiner Überraschung ging sie mit mir den Gang entlang zum äußersten Ende des Flügels. Hier führte eine schmale, leiterähnliche Treppe zum Stockwerk darüber. Anne ging hinauf, ich folgte ihr. Wir standen in einem staubigen, mit Brettern verschalten Gang. Anne öffnete eine Tür und führte mich in einen großen düsteren Speicher, der offenbar als Rumpelkammer benutzt wurde. Hier standen Truhen, alte zerbrochene Möbel, ein paar gestapelte Bilder und all der viele Krimskrams, der in einer Rumpelkammer aufbewahrt wird.

Ich sah offenbar so überrascht aus, dass sie lächelte.

«Zuerst muss ich das erklären. Ich habe momentan einen sehr leichten Schlaf. Vergangene Nacht – oder besser am Morgen gegen drei war ich überzeugt, jemanden im Haus umhergehen zu hören. Ich horchte einige Zeit, schließlich stand ich auf und schaute nach. An der Treppe wurde mir klar, dass die

Geräusche nicht von unten kamen, sondern von oben. Ich ging zum Fuß dieser Treppe. Wieder glaubte ich etwas zu hören. Ich rief hinauf: ‹Ist da jemand?› Aber es kam keine Antwort, ich hörte nichts mehr, ich nahm also an, meine Nerven hätten mir einen Streich gespielt und ging zurück ins Bett. Aber heute Morgen in aller Frühe kam ich hier herauf – einfach aus Neugier. Und ich fand das!»

Sie bückte sich und drehte ein Bild herum, das mit dem Leinwandrücken zu uns an der Wand gelehnt hatte.

Überrascht schrie ich auf. Bei dem Bild handelte es sich um ein Ölporträt, aber das Gesicht war so wild zerhackt und zerschnitten, dass es unkenntlich war. Und die Schnitte waren ganz frisch.

«Das ist ja unglaublich!», sagte ich.

«Nicht wahr? Sagen Sie, können Sie sich das erklären?»

Ich schüttelte den Kopf.

«Darin liegt eine Brutalität, die mir gar nicht gefällt», sagte ich. «Es sieht aus, als wäre es in einem wahnsinnigen Wutanfall geschehen.»

«Ja, das dachte ich auch.»

«Wen zeigt das Porträt?»

«Ich habe keine Ahnung. Ich habe es nie zuvor gesehen. Alle diese Dinge waren schon im Speicher, als ich Lucius heiratete und hierher zog. Ich habe sie nie angeschaut oder mich darum gekümmert.»

«Erstaunlich.»

Ich bückte mich und betrachtete die anderen Bilder. Sie entsprachen dem, was man in einer Rumpelkammer erwartet – einige sehr mittelmäßige Landschaften, einige Öldrucke und ein paar billig gerahmte Reproduktionen.

Nirgendwo ein Hinweis. Eine große, altmodische Truhe der Art, die man früher eine Arche nannte, trug die Initialen E. P. Ich hob den Deckel. Sie war leer. Sonst war nichts im Speicher, das auch nur im Geringsten einen Anhaltspunkt gegeben hätte.

«Das ist wirklich ein höchst erstaunlicher Vorfall», sagte ich. «Es ist so – sinnlos.»

«Ja», sagte Anne. «Das macht mir ein wenig Angst.»

Es gab nichts mehr zu sehen. Ich begleitete sie hinunter in ihr Wohnzimmer, wo sie hinter uns die Tür schloss.

«Meinen Sie, ich sollte deshalb irgendetwas tun? Der Polizei Bescheid geben?»

Ich zögerte.

«Auf den ersten Blick lässt sich schwer sagen, ob …»

«Es etwas mit dem Mord zu tun hat oder nicht», beendete Anne den Satz. «Ich weiß. Das macht es ja so schwierig. Auf den ersten Blick scheint es überhaupt keine Verbindung zu geben.»

«Nein», sagte ich, «aber es ist ein weiterer merkwürdiger Vorfall.»

Wir saßen beide schweigend und ratlos da.

«Was haben Sie vor, wenn ich fragen darf?», sagte ich schließlich.

Sie hob den Kopf.

«Ich bleibe noch mindestens sechs Monate hier!» Sie sagte es trotzig. «Ich habe keine Lust dazu. Ich hasse die Vorstellung, hier zu leben. Aber ich glaube, es ist das einzig Mögliche. Sonst werden die Leute sagen, dass ich davongelaufen bin – dass ich ein schlechtes Gewissen hatte.»

«Bestimmt nicht.»

«Oh doch! Besonders wenn …» Sie machte eine Pause, dann sagte sie: «Wenn die sechs Monate vorbei sind – werde ich Lawrence heiraten.» Sie schaute mir in die Augen. «Keiner von uns will länger warten.»

«Ich habe angenommen, dass es so kommt.»

Plötzlich verlor sie die Fassung und verbarg den Kopf in den Händen. «Sie wissen nicht, wie dankbar ich Ihnen bin – Sie ahnen es nicht. Wir hätten Abschied genommen – er wollte weggehen. Ich empfinde – ich empfinde den Tod von Lucius als so furchtbar. Wenn wir geplant hätten, zusammen wegzugehen, und wenn er dann gestorben wäre – das wäre jetzt so entsetzlich. Aber Sie haben uns beiden geholfen einzusehen, wie unrecht es wäre. Deshalb bin ich Ihnen dankbar.»

«Auch ich bin dankbar», sagte ich ernst.

«Dennoch, wissen Sie – solange der wirkliche Mörder nicht gefunden ist, werden die Leute immer denken, dass es Lawrence war – oh doch! Das werden sie. Und besonders, wenn er mich heiratet.»

«Meine Liebe, Dr. Haydocks Aussage hat einwandfrei geklärt ...»

«Was kümmern sich die Leute um Aussagen? Sie wissen gar nichts davon. Und medizinische Beweise bedeuten Außenseitern sowieso nie etwas. Das ist ein weiterer Grund, warum ich hier bleibe. Mr. Clement, ich werde die Wahrheit herausfinden.»

Ihre Augen blitzten, während sie das sagte und hinzufügte: «Deshalb habe ich dieses Mädchen eingeladen.»

«Miss Cram?»

«Ja.»

«Dann kam die Einladung doch von Ihnen. Ich meine, es war Ihre Idee?»

«Völlig. Oh, es stimmt, sie hat ein bisschen gejammert. Bei der Untersuchung – sie war dort, als ich ankam. Nein, ich habe sie aus freien Stücken hergebeten.»

«Aber bestimmt», rief ich, «glauben Sie doch nicht, dass diese alberne junge Frau etwas mit dem Verbrechen zu tun haben könnte?»

«Es ist schrecklich leicht, einen albernen Eindruck zu machen, Mr. Clement. Das gehört zu den einfachsten Dingen der Welt.»

«Dann glauben Sie tatsächlich ...?»

«Nein, das glaube ich nicht. Ehrlich nicht. Ich glaube, dass das Mädchen etwas weiß – oder etwas wissen könnte. Ich wollte sie aus der Nähe beobachten.»

«Und in der ersten Nacht nach ihrer Ankunft wird das Bild zerstört», sagte ich nachdenklich.

«Glauben Sie, dass sie es war? Aber warum? Es kommt mir so absolut absurd und unmöglich vor.»

«Mir kommt absolut unmöglich und absurd vor, dass Ihr Mann in meinem Arbeitszimmer ermordet wurde», sagte ich erbittert. «Aber so war es.»

«Ich weiß.» Sie legte die Hand auf meinen Arm. «Es ist scheußlich für Sie. Ich weiß das, auch wenn ich nicht viel darüber gesagt habe.»

Ich holte den blauen Lapislazuli-Ohrring aus der Tasche und zeigte ihn ihr. «Ich glaube, er gehört Ihnen?»

«Oh ja!» Mit erfreutem Lächeln streckte sie die Hand aus. «Wo haben Sie ihn gefunden?»

Aber ich legte das Schmuckstück nicht in ihre flache Hand.

«Würde es Ihnen etwas ausmachen, wenn ich ihn noch ein bisschen behalte?»

«Nein, natürlich nicht.» Sie sah mich verwirrt und fragend an. Ich befriedigte ihre Neugier nicht.

Stattdessen fragte ich sie nach ihrer finanziellen Lage.

«Die Frage ist ungehörig, ich weiß», sagte ich, «aber ich meine es wirklich nicht so.»

«Ich halte sie gar nicht für ungehörig. Sie und Griselda sind die besten Freunde, die ich hier habe. Und ich mag diese komische alte Miss Marple. Lucius war sehr wohlhabend, wissen Sie. Er hat seinen Besitz zu ziemlich gleichen Teilen mir und Lettice vererbt. Old Hall bekomme ich, aber Lettice darf genug Möbel aussuchen, um ein kleines Haus einzurichten, und sie erhält eigens eine besondere Summe, um es zu kaufen, so ist das Gleichgewicht wiederhergestellt.»

«Wissen Sie etwas über ihre Pläne?»

Anne schnitt eine komische Grimasse.

«Sie verrät sie mir nicht. Ich kann mir vorstellen, dass sie so bald wie möglich von hier weggeht. Sie mag mich nicht – hat mich nie gemocht. Ich fürchte, es ist mein Fehler, obwohl ich immer versucht habe, anständig zu ihr zu sein. Aber vermutlich lehnt jedes junge Mädchen ihre junge Stiefmutter ab.»

«Mögen Sie Lettice?», fragte ich direkt.

Sie antwortete nicht sofort, was mich davon überzeugte, dass Anne Protheroe eine sehr aufrichtige Frau ist.

«Zuerst schon», sagte sie dann. «Sie war so ein hübsches kleines Mädchen. Ich glaube, jetzt mag ich sie nicht mehr. Ich weiß nicht warum. Vielleicht weil sie mich nicht mag. Ich mag es, wenn man mich mag, wissen Sie.»

«Das geht uns allen so», sagte ich, und Anne Protheroe lächelte.

Ich hatte noch eine Aufgabe zu erledigen. Das war ein Gespräch unter vier Augen mit Lettice Protheroe. Es ergab sich wie von selbst, als ich sie allein im Salon sah. Griselda und Gladys Cram waren draußen im Garten.

Ich schloss hinter mir die Tür. «Lettice, ich möchte mit Ihnen über etwas reden.»

Sie schaute gleichgültig auf. «Ja?»

Ich hatte mir vorher überlegt, was ich sagen wollte. Ich zeigte ihr den blauen Ohrring und fragte ruhig: «Warum haben Sie den in meinem Arbeitszimmer fallen lassen?»

Ich sah, wie sie sich einen Augenblick versteifte – es geschah sekundenschnell, und sie erholte sich so rasch von ihrem Schreck, dass ich selbst die Bewegung kaum hätte beschwören können. Dann sagte sie unbekümmert:

«Ich habe nie etwas in Ihrem Arbeitszimmer fallen lassen. Der gehört mir gar nicht. Er gehört Anne.»

«Das weiß ich», sagte ich.

«Warum fragen Sie dann mich? Anne muss ihn fallen gelassen haben.»

«Mrs. Protheroe war seit dem Mord nur einmal in meinem Arbeitszimmer und da war sie schwarz gekleidet und hätte kaum einen blauen Ohrring getragen.»

«In diesem Fall», sagte Lettice, «nehme ich an, muss sie ihn vorher verloren haben.» Sie fügte hinzu: «Das ist nur logisch.»

«Es ist sehr logisch», sagte ich. «Vermutlich erinnern Sie sich nicht zufällig, wann Ihre Stiefmutter diese Ohrringe zuletzt getragen hat?»

«Oh!» Sie schaute mich fragend und vertrauensvoll an. «Ist es sehr wichtig?»

«Vielleicht.»

«Ich will versuchen mich zu erinnern.» Sie saß da und zog die Brauen zusammen. Ich habe Lettice Protheroe nie bezaubernder gesehen als in diesem Moment. «Oh ja!», sagte sie plötzlich. «Sie trug sie am – am Donnerstag, jetzt weiß ich es wieder.»

«Donnerstag», sagte ich langsam, «war der Tag des Mordes. Mrs. Protheroe kam an diesem Tag durch den Garten ans Arbeitszimmer, aber nach Ihrer Aussage ging sie nur bis zur Glastür, nicht in den Raum hinein.»

«Wo haben Sie den Ohrring gefunden?»

«Er war unter den Schreibtisch gerollt.»

«Dann sieht es so aus, nicht wahr», sagte Lettice kühl, «als hätte sie nicht die Wahrheit gesagt.»

«Sie meinen, dass sie doch hereinkam und am Schreibtisch stand?»

«Nun, so sieht es aus, nicht wahr?»

Aus klaren Augen schaute sie mich gelassen an.

«Wenn Sie es wissen wollen», sagte sie ruhig, «ich habe nie geglaubt, dass sie die Wahrheit sagt.»

«Und ich weiß, dass Sie nicht die Wahrheit sagen, Lettice.»

«Was soll das heißen?» Sie war überrascht.

«Das soll heißen, dass ich diesen Ohrring das letzte Mal am Freitagmorgen sah, als ich mit Colonel Melchett herkam. Er lag mit seinem Gegenstück auf dem Frisiertisch Ihrer Stiefmutter. Ich hatte sogar beide in der Hand.»

«Oh!» Sie zitterte, dann warf sie sich plötzlich seitlich über die Armlehne ihres Sessels und brach in Tränen aus. Ihre kurzen blonden Haare hingen herunter und berührten fast den Boden. Es war eine ungewöhnliche Haltung – schön und unbeherrscht.

Ich ließ sie ein paar Minuten schluchzen, dann sagte ich sehr sanft: «Lettice, warum haben Sie das getan?»

«Was?»

Sie sprang auf und warf dabei heftig die Haare zurück. Sie sah wild aus … fast entsetzt. «Was meinen Sie?»

«Was hat Sie dazu getrieben? War es Eifersucht? Abneigung gegenüber Anne?»

«Oh! – Oh ja!» Sie strich sich die Haare aus dem Gesicht und schien plötzlich ihre Selbstbeherrschung wieder zu finden. «Ja, Sie können es Eifersucht nennen. Ich habe Anne noch nie leiden können – seit sie hierher kam und die große Dame spielte. Ich habe das verdammte Ding unter den Schreibtisch gelegt. Ich hoffte, es würde sie in Schwierigkeiten bringen. Das hätte auch geklappt, wenn Sie nicht so ein Schnüffler wären und an Dingen auf Frisiertischen herumfingern würden. Überhaupt ist es nicht Sache eines Pfarrers, der Polizei die Arbeit abzunehmen.»

Es war ein gehässiger, kindischer Ausbruch. Ich achtete nicht darauf. Wirklich, im Moment kam sie mir wie ein sehr bemitleidenswertes Kind vor.

Ihr kindischer Racheversuch gegen Anne konnte kaum ernst genommen werden. Ich sagte ihr das und erklärte, dass ich den Ohrring zurückbringen und nichts über die Umstände sagen würde, unter denen ich ihn gefunden hatte. Das schien Lettice zu beeindrucken.

«Das ist nett von Ihnen», sagte sie.

Sie überlegte einen Moment und sagte dann mit abgewandtem Gesicht, wobei sie offenbar ihre Worte sorgfältig wählte: «Wissen Sie, Mr. Clement, ich würde – ich würde Dennis bald von hier wegschicken, wenn ich Sie wäre – ich glaube, es wäre besser.»

«Dennis?» Leicht überrascht, aber auch belustigt zog ich die Augenbrauen hoch.

«Ich glaube, es wäre besser.» So verlegen wie zuvor fügte sie hinzu: «Es tut mir Leid wegen Dennis. Ich hatte nicht geglaubt, er – jedenfalls tut es mir Leid.»

Dabei beließen wir es.

Dreiundzwanzigstes Kapitel

Auf dem Rückweg schlug ich Griselda einen Umweg zum Hügelgrab vor. Ich war gespannt, ob die Polizei an der Arbeit war, und wenn ja, was sie fanden. Griselda hatte jedoch zu Hause einiges zu tun und so musste ich allein gehen.

Wachtmeister Hurst leitete die Aktion.

«Bis jetzt keine Spur, Sir», berichtete er. «Und doch ist klar, dass hier der einzige Platz für ein Versteck ist. Was ich damit sagen will, Sir, ist, wo sonst könnte die junge Frau hingegangen sein, wenn sie auf dem Pfad in den Wald gekommen ist? Er führt nach Old Hall, und er führt hierher, und das ist so gut wie alles.»

«Ich nehme an», sagte ich, «dass Kommissar Slack es verschmähen würde, die junge Frau ganz einfach danach zu fragen?»

«Will ihr auf keinen Fall Angst einjagen. Alles, was sie Stone schreibt oder er ihr schreibt, kann Licht in die Sache bringen – sobald sie weiß, dass wir hinter ihr her sind, würde sie schweigen wie sonst was.»

Wie was genau blieb im Dunkeln, aber ich persönlich bezweifelte, dass Miss Gladys Cram je so schweigen würde. Ich konnte sie mir nicht anders vorstellen als von Worten überströmend.

«Wenn ein Mann ein Schwindler ist, will man wissen, warum er ein Schwindler ist», belehrte mich Wachtmeister Hurst.

«Natürlich», sagte ich.

«Und die Antwort muss in diesem Hügelgrab hier gesucht

werden – warum hätte er sonst ständig hier herumgebuddelt?»

«Als *raison d'être* für sein Herumstreifen», vermutete ich, aber das bisschen Französisch war zu viel für den Wachtmeister. Er rächte sich, indem er kühl bemerkte: «Das ist der Standpunkt eines Amateurs.»

«Jedenfalls haben Sie den Koffer nicht gefunden.»

«Wir finden ihn, Sir. Daran gibts keinen Zweifel.»

«Da bin ich nicht so sicher. Ich habe nachgedacht. Miss Marple sagte, dass es nicht lange dauerte, bis das Mädchen mit leeren Händen wiederkam. In diesem Fall hatte sie keine Zeit gehabt, bis hier herauf und wieder zurück zu gehen.»

«Was alte Damen sagen, ist nicht ernst zu nehmen. Wenn sie etwas Merkwürdiges gesehen haben und dann neugierig warten, was passiert, dann fliegt die Zeit nur so. Und Frauen haben sowieso keinen Zeitsinn.»

Ich frage mich oft, warum die ganze Welt so dazu neigt, zu verallgemeinern. Verallgemeinerungen sind selten, wenn überhaupt, wahr und meistens sehr ungenau. Ich selbst habe einen schlechten Zeitsinn (deshalb stelle ich meine Uhr vor), und Miss Marple, behaupte ich, hat einen sehr guten. Ihre Uhren gehen auf die Minute genau und sie selbst ist bei jeder Gelegenheit unerschütterlich pünktlich.

Doch ich hatte nicht die Absicht, darüber mit Wachtmeister Hurst zu streiten. Ich wünschte ihm einen guten Nachmittag und viel Glück und ging meines Wegs.

Gerade als ich mich dem Pfarrhaus näherte, kam mir die Idee. Nichts hatte mich darauf bringen können. Sie schoss mir einfach als eine mögliche Lösung durch den Kopf.

Bei meiner ersten Erkundung des Pfads am Tag nach dem Mord hatte ich festgestellt, dass an einem bestimmten Platz die Büsche niedergetreten waren. Das bewies, so dachte ich damals, dass Lawrence bei der gleichen Spurensuche hier gewesen war.

Aber ich erinnerte mich, dass danach wir beide auf eine andere, schwach sichtbare Fährte gestoßen waren, die sich als die des Kommissars erwies. Als ich darüber nachdachte, erinnerte ich mich genau, dass die erste Spur (von Lawrence) viel deutlicher gewesen war als die zweite, sie sah aus, als wäre mehr als eine Person hier gegangen. Und ich überlegte, dass Lawrence vielleicht deshalb auf sie aufmerksam geworden war. Angenommen, sie ging ursprünglich auf Dr. Stone oder Miss Cram zurück?

Ich erinnerte mich oder glaubte mich zu erinnern, dass ich mehrere welke Blätter an abgebrochenen Zweigen bemerkt hatte. Wenn das stimmte, konnte diese Spur nicht am Nachmittag unserer Suche entstanden sein.

Jetzt näherte ich mich der fraglichen Stelle. Sie war leicht zu erkennen, und noch einmal zwängte ich mich durch das Gebüsch. Dieses Mal bemerkte ich, dass kürzlich erneut Zweige abgebrochen waren. Jemand war nach Lawrence und mir diesen Weg gegangen.

Bald kam ich zu der Stelle, wo ich Lawrence getroffen hatte. Die schwache Spur ging jedoch weiter, und ich folgte ihr. Plötzlich weitete sie sich zu einer kleinen Lichtung mit Anzeichen kürzlicher Verwüstung aus. Ich sage Lichtung, weil hier das dichte Unterholz ausgedünnt war, aber die Äste der Bäume trafen sich darüber, und der ganze Platz war nicht mehr als ein paar Meter breit.

Auf der anderen Seite wuchs das Unterholz wieder dicht, und es schien klar zu sein, dass sich hier in letzter Zeit niemand durchgekämpft hatte. Dennoch waren an einer Stelle die Zweige niedergedrückt.

Ich ging hinüber, kniete mich hin und schob die Büsche mit beiden Händen zur Seite. Der Schimmer einer glänzend braunen Oberfläche belohnte mich. Aufgeregt griff ich zu und holte mit großer Anstrengung einen kleinen braunen Koffer hervor.

Ich stieß einen Triumphschrei aus. Ich hatte Erfolg gehabt.

Wachtmeister Hurst hatte mich kühl abgefertigt, aber meine Überlegungen waren richtig gewesen. Hier war zweifellos der Koffer, den Miss Cram getragen hatte. Ich versuchte ihn zu öffnen, doch er war abgeschlossen.

Beim Aufstehen bemerkte ich einen kleinen bräunlichen Kristall auf dem Boden. Fast automatisch hob ich ihn auf und steckte ihn in die Tasche.

Dann packte ich meinen Fund am Griff und ging zum Pfad zurück.

Als ich über den Zauntritt zum Weg stieg, rief jemand ganz in der Nähe aufgeregt:

«Oh! Mr. Clement! Sie haben ihn gefunden! Wie klug von Ihnen!»

Ich registrierte wieder einmal, dass Miss Marple in der Kunst zu sehen ohne gesehen zu werden unschlagbar ist, und balancierte meinen Fund auf dem Pfahl des Zauns zwischen uns.

«Das ist er», sagte Miss Marple. «Ich würde ihn überall erkennen.»

Das hielt ich für eine leichte Übertreibung. Es gibt Tausende billiger glänzender Koffer, die alle genau gleich sind. Niemand könnte einen besonderen erkennen, den er einmal aus einer solchen Entfernung im Mondlicht gesehen hat, aber mir war klar, dass die ganze Koffergeschichte Miss Marples spezieller Triumph war und sie deshalb das Recht auf eine kleine entschuldbare Übertreibung hatte.

«Wahrscheinlich ist er abgeschlossen, Mr. Clement?»

«Ja. Ich will ihn zur Polizeiwache bringen.»

«Halten Sie es nicht für besser anzurufen?»

Natürlich wäre es zweifellos besser zu telefonieren. Mit dem Koffer in der Hand durchs Dorf zu spazieren würde ein wahrscheinlich unerwünschtes Aufsehen erregen.

Also entriegelte ich Miss Marples Gartentor, ging durch die Glastür ins Haus und teilte meine Neuigkeiten aus dem Allerheiligsten des Salons bei geschlossener Tür telefonisch mit.

Das Ergebnis war, dass Kommissar Slack ankündigte, er würde in ein paar Augenblicken selbst kommen.

Als er eintraf, war er in seiner giftigsten Laune.

«Also haben wir ihn, was?», sagte er. «Wissen Sie, Sir, Sie sollten gewisse Dinge nicht für sich behalten. Wenn Sie Grund zu der Annahme hatten, dass Sie wussten, wo der fragliche Gegenstand versteckt war, hätten Sie das den zuständigen Dienststellen melden sollen.»

«Es war ein reiner Zufall», sagte ich. «Es ist mir gerade eingefallen.»

«Und das soll ich glauben. Fast drei Viertel Meilen Wald, und Sie gehen geradewegs zur richtigen Stelle und legen die Hand darauf.»

Ich hätte Kommissar Slack ohne weiteres die Überlegungen genannt, die mich zu dieser bestimmten Stelle führten, aber er hatte es mal wieder geschafft, mich gründlich zu verärgern. Ich sagte nichts.

«Nun?» Der Kommissar betrachtete den Koffer mit Abneigung und gespielter Gleichgültigkeit. «Ich nehme an, wir könnten genauso gut schauen, was drin ist.»

Er hatte eine Auswahl Schlüssel und Drähte mitgebracht. Das Schloss war eine billige Konstruktion. Innerhalb von Sekunden war der Koffer offen.

Ich weiß nicht, was wir erwartet hatten – etwas ausgesprochen Sensationelles vermutlich. Aber was wir als Erstes sahen, war ein schmieriger karierter Schal. Der Kommissar nahm ihn heraus. Danach kam ein verblichener, abgetragener dunkelblauer Mantel. Eine karierte Mütze folgte.

«Schäbiges Zeug», sagte der Kommissar.

Das Nächste war ein Paar abgenutzte Stiefel mit schiefen Absätzen. Am Boden des Koffers lag ein Päckchen in Zeitungspapier.

«Das Sonntagshemd vermutlich», sagte der Kommissar erbittert, als er es aufriss.

Im nächsten Moment hielt er überrascht den Atem an.

Denn in dem Päckchen befanden sich einige zierliche Silbergegenstände und ein rundes Gefäß aus dem gleichen Metall.

Miss Marple stieß einen schrillen Erkennungsschrei aus.

«Die Salzschalen und das Trinkgefäß aus der Zeit von Charles II. Hat man so was schon gehört!»

Der Kommissar war sehr rot geworden.

«Darum ging es also», murmelte er. «Raub. Aber ich werde aus der Sache nicht schlau. Niemand hat davon gesprochen, dass diese Dinge fehlen.»

Ich meinte: «Vielleicht haben sie den Verlust noch nicht entdeckt. Ich nehme an, dass diese wertvollen Gegenstände nicht täglich gebraucht werden. Colonel Protheroe hat sie vielleicht in einem Safe aufbewahrt.»

«Ich muss das untersuchen», sagte der Kommissar. «Ich gehe jetzt sofort nach Old Hall. Deshalb hat sich also unser Dr. Stone so rar gemacht. Er hat befürchtet, dass wir durch den Mord und dieses und jenes auch Wind von seinen Machenschaften bekommen. Seine Sachen könnten durchsucht werden. Also hat er das Mädchen gebeten, die Gegenstände mit passender Kleidung zum Wechseln im Wald zu verstecken. Er wollte bei einer Rundfahrt zurückkommen und mit ihnen eines Nachts verschwinden, während das Mädchen hier bleibt, damit kein Verdacht aufkommt. Nun, ein Gutes hat das Ganze. Er scheidet aus dem Mordfall aus. Damit hatte er nichts zu tun. Er treibt ein ganz anderes Spiel.»

Der Kommissar packte alles wieder in den Koffer und ging. Miss Marples Angebot, ein Glas Sherry zu trinken, hatte er abgelehnt.

«Damit wäre ein Rätsel geklärt.» Ich seufzte. «Slack hat ganz Recht; es gibt keine Anhaltspunkte, den Räuber des Mordes zu verdächtigen. Alles lässt sich zufrieden stellend erklären.»

«Es sieht wirklich so aus», sagte Miss Marple. «Obwohl man nie ganz sicher sein kann, nicht wahr?»

«Es fehlt jedes Motiv. Er hat bekommen, was er wollte, und ist verschwunden.»

«J-ja.»

Sie war sichtlich nicht zufrieden, und ich schaute sie neugierig an. Eilig und fast entschuldigend beantwortete sie meinen fragenden Blick.

«Ich bezweifle nicht, dass ich ganz falsch liege. Ich bin so dumm, was diese Dinge angeht. Aber ich frage mich nur – ich meine, dieses Silber ist sehr wertvoll, nicht wahr?»

«Ein ähnliches Trinkgefäß wurde dieser Tage für über tausend Pfund verkauft, glaube ich.»

«Ich meine – es ist nicht der Silberwert.»

«Nein, es geht um den Wert unter Fachleuten und Liebhabern.»

«Das meine ich. Es würde einige Zeit dauern, bis der Verkauf solcher Sachen arrangiert ist, und selbst dann müsste es im Geheimen geschehen. Ich meine – wenn über den Raub berichtet und ein großes Geschrei gemacht würde, nun, dann könnten die Gegenstände überhaupt nicht verkauft werden.»

«Ich verstehe nicht ganz, worauf Sie hinauswollen?», sagte ich.

Sie wurde noch nervöser und unsicherer. «Ich weiß, dass ich mich schlecht ausdrücke. Aber es kommt mir vor, als hätten die Sachen nicht einfach weggenommen werden können, sozusagen. Das einzig Vernünftige wäre, sie durch Kopien zu ersetzen. Dann würde der Raub vielleicht eine Zeit lang nicht entdeckt.»

«Das ist scharfsinnig kombiniert», sagte ich.

«Es wäre die einzige Möglichkeit, nicht wahr? Und wenn es so wäre, dann hätte es natürlich, wie Sie sagen, keinen Grund gegeben, Colonel Protheroe zu ermorden, sobald der Tausch vollzogen war – ganz im Gegenteil.»

«Eben. Das habe ich gesagt.»

«Ja, aber ich frage mich nur – natürlich weiß ich es nicht – und Colonel Protheroe redete immer viel über seine Pläne, bevor er sie wahr machte, und manchmal machte er sie natürlich gar nicht wahr, aber er hat tatsächlich gesagt ...»

«Ja?»

«Dass er alle seine Sachen schätzen lassen wollte – durch einen Mann aus London. Für den Nachlass – nein, das ist, wenn man tot ist – für die Versicherung. Jemand hat ihm gesagt, das sollte er tun. Er redete viel darüber und wie wichtig es sei, das machen zu lassen. Natürlich weiß ich nicht, ob er die Schätzung wirklich in die Wege geleitet hat, aber wenn ...»

«Ich verstehe», sagte ich langsam.

«Natürlich wüsste ein Experte Bescheid, sowie er das Silber sieht, und Colonel Protheroe würde sich erinnern, dass er die Sachen Dr. Stone gezeigt hat – ich frage mich, ob es damals passiert ist. Taschenspielerei, nennt man es nicht so? Sehr geschickt – und dann, nun, dann wäre das Fett im Feuer, um es altmodisch zu sagen.»

«Ich weiß, was Sie meinen», sagte ich. «Wir sollten uns Gewissheit verschaffen.»

Ich ging wieder ans Telefon. In ein paar Minuten hatte ich die Verbindung mit Old Hall und sprach mit Anne Protheroe.

«Nein, es ist nichts Wichtiges. Ist der Kommissar schon da? Oh! Nun, er ist unterwegs. Mrs. Protheroe, können Sie mir sagen, ob der Hausrat in Old Hall je geschätzt wurde? Was sagen Sie da?»

Ihre Antwort kam prompt und deutlich. Ich dankte ihr, legte den Hörer auf und sagte zu Miss Marple:

«Das ist ganz eindeutig. Colonel Protheroe hatte verabredet, dass am Montag – das ist morgen – ein Mann aus London kommt, um den Wert von allem zu bestimmen. Wegen des Todesfalls wurde die Sache verschoben.»

«Dann gab es also ein Motiv», sagte Miss Marple leise.

«Ein Motiv, ja. Aber das ist alles. Sie haben etwas vergessen. Als der Schuss abgegeben wurde, hatte Dr. Stone gerade die anderen getroffen oder er stieg über den Zauntritt, um zu ihnen zu stoßen.»

«Ja», sagte Miss Marple nachdenklich. «Damit scheidet er aus.»

Vierundzwanzigstes Kapitel

Im Pfarrhaus wartete Hawes in meinem Arbeitszimmer auf mich. Er ging nervös hin und her, und als ich hereinkam, fuhr er zusammen, als wäre auf ihn geschossen worden.

«Sie müssen mich entschuldigen», er wischte sich die Stirn. «Ich bin in letzter Zeit mit den Nerven völlig am Ende.»

«Mein lieber Freund», sagte ich, «Sie brauchen unbedingt eine Luftveränderung. Sonst erleben wir noch Ihren totalen Zusammenbruch, und das geht auf keinen Fall.»

«Ich kann meinen Posten nicht im Stich lassen. Nein, das werde ich nie tun.»

«Es geht nicht um im Stich lassen. Sie sind krank. Bestimmt würde Haydock mir Recht geben.»

«Haydock – Haydock. Was ist das schon für ein Arzt? Ein unwissender Landdoktor.»

«Ich finde, Sie sind ungerecht. Er ist immer als sehr fähiger Mann in seinem Beruf geschätzt worden.»

«Ach! Vielleicht. Ja, wahrscheinlich. Aber ich mag ihn nicht. Doch deshalb bin ich nicht hier. Ich möchte Sie bitten, freundlicherweise heute Abend an meiner Stelle zu predigen. Ich – ich fühle mich dazu wirklich nicht imstande.»

«Aber sicher. Ich übernehme den Gottesdienst für Sie.»

«Nein, nein. Ich möchte den Gottesdienst halten. Ich bin völlig in Ordnung. Es ist nur die Vorstellung, auf die Kanzel zu gehen, und alle diese Augen starren mich an ...»

Er schloss die Augen und schluckte krampfhaft.

Mir war klar, dass mit Hawes etwas ganz und gar nicht in

Ordnung war. Er schien meine Gedanken zu spüren, denn er öffnete die Augen und sagte schnell:

«Es fehlt mir wirklich nichts. Ich habe nur dieses Kopfweh – dieses schreckliche peinigende Kopfweh. Ob Sie mir wohl ein Glas Wasser geben könnten?»

«Natürlich.» Ich ging hinaus und ließ es am Hahn in der Küche einlaufen. Zu läuten ist in unserem Haus eine sinnlose Betätigung.

Ich brachte ihm das Wasser, und er dankte mir. Er holte eine kleine Pappschachtel aus der Tasche, öffnete sie und nahm eine Reispapierkapsel heraus, die er mit dem Wasser schluckte.

«Ein Pulver gegen Kopfweh», erklärte er.

Ich fragte mich plötzlich, ob Hawes drogensüchtig geworden sein könnte. Das würde viele seiner Sonderlichkeiten erklären.

«Ich hoffe, Sie nehmen nicht zu viel», sagte ich.

«Nein – oh, nein. Davor hat mich Dr. Haydock gewarnt. Aber sie sind wirklich wunderbar. Sie helfen sofort.»

Tatsächlich wirkte er schon ruhiger und gefasster.

Er stand auf.

«Dann predigen Sie heute Abend? Das ist sehr freundlich von Ihnen, Sir.»

«Nicht der Rede wert. Und ich bestehe darauf, auch den Gottesdienst zu halten. Gehen Sie nach Hause und ruhen Sie sich aus. Nein, keine Widerrede. Kein Wort mehr darüber.»

Hawes dankte mir wieder. Dann sagte er, während sein Blick an mir vorbei zum Fenster ging: «Sie – waren heute in Old Hall, nicht wahr, Sir?»

«Ja.»

«Entschuldigen Sie – aber hat man Sie gerufen?»

Ich schaute ihn überrascht an, und er wurde rot.

«Verzeihung, Sir. Ich – ich dachte nur, es könnte sich eine neue Entwicklung ergeben haben, und deshalb hätte Mrs. Protheroe Sie zu sich gebeten.»

Ich hatte nicht die geringste Absicht, seine Neugier zu befriedigen.

«Sie wollte die Beerdigung und ein oder zwei andere kleine Angelegenheiten mit mir besprechen.»

«Oh! Das war alles. Ich verstehe.»

Ich sagte nichts. Er trat von einem Fuß auf den anderen, und schließlich meinte er: «Mr. Redding kam gestern Abend zu mir. Ich – ich kann mir nicht vorstellen, warum.»

«Hat er es Ihnen nicht gesagt?»

«Er – er sagte nur, er wollte mich mal besuchen. Sagte, die Abende seien ein bisschen einsam. Er hat so etwas noch nie zuvor getan.»

«Nun, es heißt, er sei ein angenehmer Gesellschafter», sagte ich lächelnd.

«Warum will er mich besuchen? Das gefällt mir nicht.» Seine Stimme wurde schrill. «Er hat davon geredet, mal wieder hereinzuschauen. Was hat das zu bedeuten? Was bezweckt er damit, was glauben Sie?»

«Warum glauben Sie, er hätte Hintergedanken?»

«Es gefällt mir nicht», wiederholte Hawes eigensinnig. «Ich habe ihm nie irgendwas getan. Ich habe nie angedeutet, dass er schuldig sei – sogar als er sich selbst beschuldigte, sagte ich, das komme mir höchst unwahrscheinlich vor. Wenn ich jemand verdächtigt habe, dann Archer – aber nie ihn. Archer ist ein völlig anderer Fall – ein gottloser Grobian ohne jede Religion. Ein betrunkener Lump.»

«Meinen Sie nicht, dass Sie ein bisschen scharf sind?», fragte ich. «Schließlich wissen wir wirklich sehr wenig über den Mann.»

«Ein Wilderer, und ob im Gefängnis oder nicht, zu allem fähig.»

«Glauben Sie tatsächlich, dass er Colonel Protheroe erschossen hat?», fragte ich neugierig.

Hawes hat eine chronische Abneigung dagegen, mit Ja oder

Nein zu antworten. Das habe ich in letzter Zeit mehrmals beobachtet.

«Glauben Sie nicht selbst, Sir, dass es die einzig mögliche Lösung ist?»

«Soweit wir wissen», entgegnete ich, «gibt es keinerlei Beweise gegen ihn.»

«Seine Drohungen», sagte Hawes eifrig. «Sie vergessen seine Drohungen.»

Ich habe es satt, von Archers Drohungen zu hören. Soweit ich feststellen kann, gibt es keinen direkten Beweis, dass er sie je geäußert hat.

«Er war entschlossen, sich an Colonel Protheroe zu rächen. Er hat sich Mut angetrunken und ihn dann erschossen.»

«Das ist reine Vermutung.»

«Aber Sie geben zu, dass es sehr wahrscheinlich ist?»

«Nein, keineswegs.»

«Dann möglich?»

«Möglich, ja.»

Hawes schaute mich aus den Augenwinkeln an. «Warum halten Sie es nicht für wahrscheinlich?»

«Weil ein Mann wie Archer nicht daran denken würde, jemanden mit einer Pistole zu erschießen. Es ist die falsche Waffe.»

Das Argument schien Hawes zu überraschen. Offenbar war es nicht der Einwand, den er erwartet hatte.

«Glauben Sie wirklich, diese Ansicht ist plausibel?», fragte er zweifelnd.

«In meinen Augen ist es ein entscheidender Stolperstein für die Annahme, Archer hätte das Verbrechen begangen», entgegnete ich.

Angesichts dieser nachdrücklichen Äußerung sagte Hawes nichts mehr. Er dankte mir noch einmal und ging.

Ich hatte ihn zur Haustür begleitet, und auf dem Dielentisch sah ich vier Briefe. Gewisse Besonderheiten waren ihnen gemeinsam. Die Schrift war nahezu unverkennbar weiblich, sie alle trugen die Worte «Durch Boten, eilt», und der einzige Unterschied, der mir auffiel, war, dass einer sichtlich schmutziger war als die anderen.

Ihre Ähnlichkeit gab mir ein merkwürdiges Gefühl – nicht doppelt, sondern vierfach zu sehen.

Mary kam aus der Küche und ertappte mich dabei, wie ich auf die Briefe starrte.

«Kamen seit dem Mittagessen durch Boten», sagte sie. «Alle außer einem. Den habe ich im Briefkasten gefunden.»

Ich nickte, nahm die Briefe und ging damit ins Arbeitszimmer.

Der erste lautete:

Lieber Mr. Clement
Etwas ist mir zu Ohren gekommen, was Sie meiner Meinung nach wissen sollten. Es betrifft den Tod des armen Colonel Protheroe. Ich wäre Ihnen für Ihren Rat in der Angelegenheit dankbar – ob ich zur Polizei gehen soll oder nicht. Seit dem Tod meines lieben Mannes schrecke ich vor jeder Art Aufsehen zurück. Vielleicht kommen Sie heute Nachmittag vorbei und besuchen mich für ein paar Minuten.
Mit freundlichen Grüßen
Martha Price Ridley

Ich öffnete den zweiten:

Lieber Mr. Clement
Ich bin so durcheinander – so erregt, weil ich nicht weiß, was ich tun soll. Etwas ist mir zu Ohren gekommen, das, wie ich meine, möglicherweise wichtig ist. Ich habe einen solchen Abscheu davor, irgendwas mit der Polizei zu tun zu haben. Ich bin so besorgt und unglücklich. Wäre es zu viel verlangt, lieber Pfarrer, wenn ich Sie bitte, für ein paar Minuten bei

mir hereinzuschauen und meine Zweifel und Ratlosigkeit auf Ihre gewohnte wunderbare Art zu klären?
Verzeihen Sie, dass ich Sie damit belaste.
Mit sehr freundlichen Grüßen
Caroline Wetherby

Den dritten hätte ich fast im Voraus zitieren können:

Lieber Mr. Clement
Etwas höchst Wichtiges ist mir zu Ohren gekommen. Ich finde, Sie sollten als Erster davon wissen. Werden Sie mich heute Nachmittag besuchen? Ich warte auf Sie.

Diese militärisch knappe Nachricht war unterschrieben mit: Amanda Hartnell.

Ich öffnete die vierte Sendung. Ich habe das Glück gehabt, nur mit sehr wenigen anonymen Briefen belästigt zu werden. Ein anonymer Brief ist, finde ich, die gemeinste und grausamste Waffe überhaupt. Dieser war keine Ausnahme. Er erweckte den Eindruck, von einer ungebildeten Person geschrieben zu sein, aber verschiedene Anzeichen ließen mich diesem Anschein misstrauen.

Lieber Pfarrer
Ich finde, Sie sollten wissen was vorgeht. Ihre Frau ist widerholt aus Mr. Reddings Häuschen gekommen. Sie wissen, was ich meine. Die zwei haben was miteinander. Ich finde, Sie sollten es wissen.
Ein Freund

Ich murmelte angeekelt etwas vor mich hin, zerknüllte das Blatt und warf es in den offenen Kamin, da kam Griselda herein.

«Was wirfst du denn so verächtlich weg?», fragte sie.

«Dreck.»

Ich holte Streichhölzer aus der Tasche, zündete eins an und bückte mich. Doch Griselda war zu schnell für mich. Sie hatte den Papierball erwischt und glatt gestrichen, bevor ich sie daran hindern konnte.

Sie las, gab einen Laut des Abscheus von sich und warf mir den Zettel zu, wobei sie sich abwandte. Ich zündete ihn an und sah zu, wie er brannte.

Griselda war zum Fenster gegangen und schaute jetzt hinaus in den Garten.

«Len», sagte sie, ohne sich umzudrehen.

«Ja, mein Liebes.»

«Ich möchte dir etwas sagen. Ja, unterbrich mich nicht. Ich will es, bitte. Als – als Lawrence Redding herkam, ließ ich dich in dem Glauben, dass ich ihn zuvor nur flüchtig gekannt hatte. Das stimmte nicht. Ich – hatte ihn recht gut gekannt. Bevor ich dich kennen lernte, war ich sogar ziemlich verliebt in ihn. Ich glaube, so geht es den meisten mit Lawrence. Ich war – nun, eine Zeit lang völlig verrückt nach ihm. Ich meine damit nicht, dass ich ihm kompromittierende Briefe geschrieben oder sonst etwas Idiotisches getan hätte, wie es in Büchern steht. Aber ich war einmal ziemlich hinter ihm her.»

«Warum hast du mir das nicht gesagt?», fragte ich.

«Oh! Darum! Ich weiß nicht genau, außer dass – nun, du bist manchmal töricht. Nur weil du so viel älter bist als ich, glaubst du, dass ich – nun, dass ich dazu neige, andere Leute zu mögen. Ich dachte, du würdest vielleicht unangenehm darauf reagieren, dass ich und Lawrence befreundet sind.»

«Du bist sehr geschickt darin, etwas geheim zu halten.» Mir fiel ein, was sie mir vor weniger als einer Woche in diesem Zimmer erzählt hatte und wie aufrichtig sie anscheinend gewesen war.

«Ja, ich habe schon immer gut Dinge verbergen können. Irgendwie gefällt mir das.»

In ihrem Ton lag ein kindliches Vergnügen.

«Aber es ist wahr, was ich gesagt habe. Ich wusste nichts von Anne, und ich fragte mich, warum Lawrence so anders war, nicht – nun, er hat mich gar nicht richtig beachtet. Daran bin ich nicht gewöhnt.»

Eine Pause entstand.

«Du verstehst das doch, Len», fragte Griselda ängstlich.

«Ja, ich verstehe.»

Aber verstand ich es wirklich?

Fünfundzwanzigstes Kapitel

Es fiel mir schwer, den Eindruck los zu werden, den der anonyme Brief hinterlassen hatte. Dreck beschmutzt.

Doch ich nahm die drei anderen Briefe, schaute auf die Uhr und machte mich auf den Weg.

Ich fragte mich, was den drei Damen gleichzeitig «zu Ohren gekommen» sein mochte. Vermutlich die gleiche Neuigkeit. Hier, sollte ich erkennen, versagte meine Psychologie.

Ich kann nicht vortäuschen, dass der Weg zu meinen Besuchen mich an der Polizeiwache vorbei führte. Meine Füße strebten aus eigenem Antrieb dorthin. Ich war gespannt, ob Kommissar Slack von Old Hall zurückgekommen war.

Er war da, und Miss Cram war mit ihm gekommen. Die hübsche Gladys saß auf der Polizeiwache und gab sich recht anmaßend. Sie bestritt energisch, dass sie den Koffer in den Wald getragen hatte.

«Nur weil eine von diesen alten Klatschbasen nichts Besseres zu tun hatte, als die ganze Nacht aus dem Fenster zu schauen, hacken Sie auf mir herum. Sie hat sich einmal getäuscht, wissen Sie noch, als sie behauptete, sie hätte mich am Nachmittag des Mords am Ende des Wegs gesehen, und wenn sie sich damals irrte, im Tageslicht, wie kann sie mich dann im Mondschein erkannt haben? Es ist schlimm, wie diese alten Frauen sich hier aufführen. Sie sagen, was ihnen in den Sinn kommt. Und dabei liege ich im Bett und schlafe, unschuldiger kann man wohl nicht sein. Sie sollten sich was schämen, alle miteinander.»

«Und angenommen, die Wirtin vom Blauen Eber identifiziert den Koffer als den Ihren, Miss Cram?»

«Wenn sie so etwas sagt, irrt sie sich. Es steht kein Name darauf. Fast jeder hat einen solchen Koffer. Und den armen Dr. Stone zu beschuldigen, er sei ein gemeiner Einbrecher! Dabei hat er jede Menge akademische Titel!»

«Sie weigern sich also, uns eine Erklärung zu geben, Miss Cram?»

«Von weigern kann keine Rede sein. Sie haben einen Fehler gemacht, das ist alles. Sie und Ihre Marples, die überall die Nasen hineinstecken. Ich sage kein Wort mehr – nicht ohne meinen Anwalt. Und ich gehe auf der Stelle – es sei denn, Sie verhaften mich.»

Statt einer Antwort stand der Kommissar auf und öffnete ihr die Tür, und mit zurückgeworfenem Kopf ging Miss Cram hinaus.

«Das ist ihre Taktik», sagte Slack und ging zu seinem Stuhl zurück. «Absolutes Leugnen. Und natürlich könnte sich die alte Dame geirrt haben. Keine Jury würde glauben, dass man in einer mondhellen Nacht jemand aus dieser Entfernung erkennen könnte. Und natürlich, wie ich sage, kann sich die alte Dame getäuscht haben.»

«Möglich», sagte ich, «aber ich glaube es nicht. Miss Marple hat gewöhnlich Recht. Das macht sie so unbeliebt.»

Der Kommissar grinste. «Das sagt Hurst auch. Großer Gott, diese Dörfler!»

«Was ist mit dem Silber, Kommissar?»

«Schien ganz in Ordnung zu sein. Natürlich heißt das, die eine oder die andere Sammlung muss eine Fälschung sein. In Much Benham ist ein guter Mann, ein Experte für altes Silber. Ich habe ihn angerufen und lasse ihn mit einem Wagen abholen. Wir werden bald wissen, was was ist. Entweder wurde der Einbruch begangen, oder er war nur geplant. Macht so oder so keinen großen Unterschied – ich meine, was uns betrifft. Raub ist eine Kleinigkeit im Vergleich zu Mord. Diese beiden haben nichts mit dem Mord zu tun. Vielleicht bekommen wir durch das Mädchen einen Hinweis auf ihn – deshalb habe ich sie so ohne weiteres gehen lassen.»

«Darüber habe ich mich gewundert», sagte ich.

«Zu schade ist das mit Mr. Redding. Man findet selten einen Mann, der sich die Mühe macht, einem gefällig zu sein.»

«Wahrscheinlich nicht.» Ich lächelte.

«Frauen verursachen eine Menge Ärger», moralisierte der Kommissar.

Er seufzte und sagte dann zu meiner gelinden Überraschung: «Natürlich ist da noch Archer.»

«Oh! Sie haben an ihn gedacht?»

«Aber natürlich, Sir, als Erstes. Ich habe keine anonymen Briefe gebraucht, um auf ihn zu kommen.»

«Anonyme Briefe», sagte ich scharf. «Sie haben also einen bekommen?»

«Das ist nichts Neues, Sir. Wir bekommen mindestens ein Dutzend pro Tag. Oh ja, wir wurden über Archer aufgeklärt. Als ob die Polizei nicht selbst so etwas herausfinden würde! Archer war von Anfang an unter Verdacht. Das Dumme ist, er hat ein Alibi. Es ist zwar nicht viel wert, aber es lässt sich nicht so leicht aus der Welt schaffen.»

«Was soll das heißen, es ist nicht viel wert?», fragte ich.

«Nun, es sieht so aus, als wäre er den ganzen Nachmittag mit zwei Freunden zusammen gewesen. Wie gesagt, das heißt nicht viel. Männer mögen Archer, und seine Kumpel würden alles beschwören. Man braucht ihnen kein Wort zu glauben. Wir wissen das. Aber die Öffentlichkeit weiß es nicht, und die Jury kommt aus der Öffentlichkeit, so lästig das ist. Sie wissen nichts, und zehn zu eins glauben sie alles, was im Zeugenstand gesagt wird, egal wer es sagt. Und natürlich wird Archer selbst schwören, bis er schwarz im Gesicht ist, dass er es nicht war.»

«Nicht so gefällig wie Mr. Redding.»

«Er nicht.» Der Kommissar machte aus der Bemerkung eine einfache Tatsache.

«Es ist wahrscheinlich nur natürlich, am Leben zu hängen», überlegte ich.

«Sie wären überrascht, wenn Sie die Mörder alle kennen würden, die durch die Weichherzigkeit der Jury davongekommen sind», sagte der Kommissar düster.

«Aber glauben Sie wirklich, dass Archer es getan hat?»

Es hat mich schon die ganze Zeit überrascht, dass Kommissar Slack nie irgendwelche eigenen Ansichten über den Mord geäußert hat. Ihn scheint nur zu interessieren, wie leicht oder schwer es ist, jemanden zu überführen.

«Ich wüsste es gern ein bisschen genauer», gab er zu. «Ein Fingerabdruck oder eine Fußspur, oder wenn er zur Zeit des Verbrechens in der Nähe des Tatorts gesehen worden wäre – ohne etwas in der Art kann ich es nicht riskieren, ihn zu verhaften. Er ist ein- oder zweimal bei Mr. Reddings Haus gesehen worden, aber er würde sagen, dass er dort mit seiner Mutter reden wollte. Sie ist eine anständige Person. Nein, im großen Ganzen bin ich für die Dame. Wenn ich nur einen eindeutigen Beweis für Erpressung finden würde – aber bei diesem Verbrechen findet man für nichts einen eindeutigen Beweis! Alles ist nur Theorie, Theorie, Theorie. Zu schade, dass keine einzige alte Jungfer in Ihrer Straße wohnt, Mr. Clement. Ich wette, sie hätte etwas gesehen, wenn es etwas zu sehen gegeben hätte.»

Das erinnerte mich an meine Besuche, und ich verabschiedete mich von ihm. Es war ungefähr das einzige Mal, dass ich ihn in freundlicher Stimmung angetroffen hatte.

Zuerst ging ich zu Miss Hartnell. Sie musste mich vom Fenster aus gesehen haben, denn bevor ich noch läuten konnte, hatte sie die Haustür geöffnet, meine Hand gefasst und mich über die Schwelle geführt.

«So freundlich von Ihnen zu kommen. Hier herein. Da sind wir ungestörter.»

Wir betraten ein winziges Zimmer von der Größe eines Hühnerstalls. Miss Hartnell schloss die Tür und winkte mich mit verschwörerischer Geste auf einen Stuhl (es gab nur drei). Ich hatte den Eindruck, dass sie die Situation genoss.

«Ich gehe nie wie die Katze um den heißen Brei», sagte sie in ihrem üblichen munteren Ton, nur angesichts der Umstände etwas leiser als sonst. «Sie wissen, wie sich in einem Dorf wie unserem alles herumspricht.»

«Leider», sagte ich, «weiß ich das.»

«Ich bin ganz Ihrer Meinung. Niemand hasst Klatsch mehr als ich. Aber so ist es nun mal. Ich hielt es für meine Pflicht, dem Polizeikommissar mitzuteilen, dass ich Mrs. Lestrange am Nachmittag des Mordes besuchen wollte und dass sie ausgegangen war. Ich erwarte keinen Dank dafür, dass ich meine Pflicht erfülle. Undankbarkeit ist der Welt Lohn. Da hat doch erst gestern diese unverschämte Mrs. Baker...»

«Ja, ja.» Ich hoffte, das üblichen Klagelied abzuwenden. «Sehr traurig, sehr traurig. Aber Sie wollten gerade sagen...»

«Die unteren Klassen wissen nicht, wer ihre besten Freunde sind», sagte Miss Hartnell. «Ich gebe immer einen Rat zur rechten Zeit, wenn ich dort einen Besuch mache. Nicht als ob ich je dafür bedankt würde.»

«Sie erzählten dem Kommissar von Ihrem Besuch bei Mrs. Lestrange», soufflierte ich.

«Genau – und übrigens hat er mir nicht gedankt. Sagte, er würde um Auskunft bitten, wenn er sie braucht – nicht genau in diesen Worten, aber in diesem Sinn. Heutzutage sind Männer einer anderen Klasse im Polizeidienst.»

«Sehr wahrscheinlich. Aber Sie wollten etwas erzählen?»

«Ich beschloss, dass ich diesmal nicht zu irgendeinem erbärmlichen Kommissar gehen würde. Schließlich ist ein Pfarrer ein Gentleman – wenigstens einige sind es.»

Ich nahm an, dass die Einschränkung mich einschloss.

«Wenn ich Ihnen irgendwie helfen kann...»

«Es ist eine Sache der Pflicht», sagte Miss Hartnell und ließ den Mund zuschnappen. «Ich will diese Sachen nicht sagen müssen. Niemand hasst das mehr. Aber Pflicht ist Pflicht.»

Ich wartete.

«Man hat mir zu verstehen gegeben», Miss Hartnell wurde dabei rot, «dass Mrs. Lestrange verbreitet, sie sei die ganze Zeit zu Hause gewesen – sie hätte nicht geöffnet, weil – nun, weil sie keine Lust dazu hatte. So ein affektiertes Getue. Ich habe sie nur aus Pflichtgefühl besucht, und dann wird man so behandelt!»

«Sie war krank», sagte ich milde.

«Krank? Quatsch. Sie sind zu weltfremd, Mr. Clement. Dieser Frau fehlt gar nichts. Zu krank, zur gerichtlichen Untersuchung zu kommen, von wegen! Medizinisches Attest von Dr. Haydock! Sie kann ihn um den kleinen Finger wickeln, jeder weiß das. Nun, wo war ich stehen geblieben?»

Ich wusste es nicht genau. Es ist schwer zu sagen, wo bei Miss Hartnell die Erzählung endet und die Schmähung beginnt.

«Ach, dass ich an jenem Nachmittag bei ihr geläutet habe. Nun, es ist Quatsch, dass sie zu Hause war. Sie war nicht da. Ich weiß es.»

«Wie können Sie das wissen?»

Mrs. Hartnells Gesicht wurde noch röter. Bei einer weniger gehässigen Person hätte man von Verlegenheit sprechen können.

«Ich habe geklopft und geläutet», erklärte sie. «Zweimal. Wenn nicht dreimal. Und plötzlich kam mir in den Sinn, dass die Klingel nicht funktionieren könnte.»

Wenigstens konnte sie mir nicht ins Gesicht schauen, als sie das sagte, ich war froh darüber. Alle unsere Häuser sind vom selben Unternehmer gebaut worden, und die Klingeln, die er installiert, kann man vor der Haustür klar und deutlich hören. Miss Hartnell und ich wussten das beide gut, aber die Formen mussten wohl gewahrt werden.

Ich murmelte: «Ja?»

«Ich wollte meine Karte nicht in den Briefkasten werfen. Das kam mir zu unhöflich vor, und ich mag sein, wie ich will, unhöflich bin ich nie.»

Sie äußerte diese erstaunliche Behauptung ohne ein Zittern in der Stimme.

«Deshalb wollte ich einfach ums Haus gehen und – und ans Fenster klopfen», fuhr sie ohne Erröten fort. «Ich ging ums ganze Haus und schaute in alle Fenster, aber da war kein Mensch im Haus.»

Ich verstand sie völlig. Sie hatte die Gelegenheit, dass niemand im Haus war, genutzt und ihrer Neugier die Zügel schießen lassen. Sie war ums Haus gegangen, hatte den Garten betrachtet und in alle Fenster gespäht, um so viel wie möglich vom Inneren zu sehen. Mir hatte sie das erzählt, weil sie von mir mehr Mitgefühl und Nachsicht erwartete als von der Polizei. Von einem Pfarrer wird erwartet, dass er im Zweifel für seine Pfarrkinder entscheidet.

Ich gab keinen Kommentar. Ich stellte nur eine Frage.

«Um welche Zeit war das, Miss Hartnell?»

«Soweit ich mich erinnere, muss es kurz vor sechs gewesen sein. Danach ging ich direkt nach Hause, und hier war ich etwa zehn nach sechs, und Mrs. Protheroe kam etwa um halb sieben, ließ Dr. Stone und Mr. Redding draußen stehen und wir redeten über Blumenzwiebeln. Und die ganze Zeit lag der arme Colonel ermordet da. Es ist eine traurige Welt.»

«Manchmal ist sie ziemlich unerfreulich», sagte ich und stand auf. «Ist das alles, was Sie mir zu sagen haben?»

«Ich dachte, es könnte wichtig sein.»

«Möglicherweise.» Und ohne mich weiter ausfragen zu lassen, ließ ich Miss Hartnell zu ihrer Enttäuschung allein.

Miss Wetherby, die ich als Nächste aufsuchte, empfing mich in einer gewissen Aufregung.

«Lieber Pfarrer, wie ungemein gütig. Haben Sie schon Tee

getrunken? Wirklich nicht? Ein Kissen für Ihren Rücken? Es ist so freundlich von Ihnen, so schnell zu kommen. Immer bereit, für andere Unannehmlichkeiten auf sich zu nehmen.»

Sie sagte noch eine Menge mehr in dieser Art, bevor wir zur Sache kamen, und selbst dann geschah die Annäherung auf vielen Umwegen.

«Sie müssen davon ausgehen, dass ich das aus bester Quelle habe.»

In St. Mary Mead ist die beste Quelle immer der Dienstbote von jemand anderem.

«Sie können mir nicht sagen, wer es Ihnen erzählt hat?»

«Ich habe es versprochen, lieber Mr. Clement. Und ich finde immer, ein Versprechen sollte heilig sein.»

Sie sah sehr ernst aus. «Sollen wir sagen, ein kleiner Vogel hat es mir erzählt? Das ist ungefährlich, nicht wahr?»

Ich hätte gern gesagt: «Es ist verdammt albern.» Ich wollte, ich hätte es getan. Ich hätte gern gesehen, wie Miss Wetherby darauf reagierte.

«Nun, dieser kleine Vogel erzählte mir, dass er eine gewisse Dame sah, die namenlos bleiben soll.»

«Noch ein Vogel», fragte ich.

Zu meiner großen Überraschung bekam Miss Wetherby einen Lachkrampf und tätschelte mir spielerisch den Arm. «Oh, Herr Pfarrer, Sie dürfen nicht so unartig sein!»

Als sie sich erholt hatte, fuhr sie fort:

«Eine gewisse Dame, und was glauben Sie, wohin diese gewisse Dame ging? Sie bog in die Straße zum Pfarrhaus, aber zuvor schaute sie ganz merkwürdig die Straße hinauf und hinunter – um zu sehen, ob jemand, den sie kennt, sie beobachtet, stelle ich mir vor.»

«Und der kleine Vogel ...», fragte ich.

«Besuchte gerade den Fischhändler – im Zimmer über dem Laden.»

Ich weiß, wohin die Dienstmädchen an ihrem freien Tag

gehen. Ich weiß, wohin sie nie gehen, wenn sie es vermeiden können – an die frische Luft.

«Und was glauben Sie, um welche Zeit?» Miss Wetherby beugte sich geheimnisvoll vor. «Kurz vor sechs.»

«An welchem Tag?»

Miss Wetherby stieß einen kleinen Schrei aus. «Der Tag des Mordes natürlich, habe ich das nicht gesagt?»

«Ich habe es vermutet. Und der Name der Dame?»

«Beginnt mit einem L», sagte Wetherby und nickte mehrmals.

Ich hatte das Gefühl, dass ich am Ende von Miss Wetherbys Auskunft angekommen war und stand auf.

«Sie werden nicht zulassen, dass die Polizei mich ins Kreuzverhör nimmt, nicht wahr?», sagte Miss Wetherby theatralisch, während sie meine Hand mit beiden Hände umfasste. «Ich scheue die Öffentlichkeit. Und erst im Gericht zu stehen!»

«In besonderen Fällen dürfen die Zeugen sitzen», sagte ich und floh.

Ich hatte noch Mrs. Price Ridley zu besuchen. Die Dame wies mich sofort in meine Schranken.

«Ich werde mich nicht in irgendwelche Gerichtssachen ziehen lassen», sagte sie grimmig, nachdem sie mir kühl die Hand geschüttelt hatte. «Sie verstehen, dass ich andererseits finde, ein Umstand, der einer Erklärung bedarf, sollte den Behörden mitgeteilt werden.»

«Betrifft er Mrs. Lestrange?», fragte ich.

«Warum?», fragte Mrs. Price Ridley kühl zurück.

Jetzt war ich im Nachteil.

«Es ist eine sehr einfache Sache», fuhr sie fort. «Mein Mädchen Clara stand am Tor im Vorgarten, sie ging für ein paar Minuten hinaus – um Luft zu schnappen, sagt sie. Höchst unwahrscheinlich, sage ich. Vermutlich hielt sie Ausschau nach dem Jungen des Fischhändlers – falls er sich einen Jungen nennt – unverschämter junger Frechdachs, glaubt, weil er siebzehn ist, kann er mit allen Mädchen schäkern. Jedenfalls, wie ich sage, stand sie am Tor und hörte jemanden niesen.»

«Ja.» Ich wartete auf mehr.

«Das ist alles. Ich sage Ihnen, sie hörte ein Niesen. Und erzählen Sie mir nicht, ich sei nicht mehr so jung, wie ich war, und könnte mich irren, denn es war Clara, die es hörte, und sie ist erst neunzehn.»

«Aber», fragte ich, «warum hätte sie nicht ein Niesen hören sollen?»

Mrs. Price Ridley schaute mich mit offensichtlichem Bedauern über meine mangelnde Intelligenz an.

«Sie hörte am Tag des Mords zu einer Zeit, in der niemand in Ihrem Haus war, jemanden niesen. Zweifellos hatte sich der Mörder in den Büschen versteckt und wartete auf seine Gelegenheit. Wonach Sie suchen müssen, ist ein Mann mit einer Erkältung.»

«Oder einer mit Heuschnupfen», gab ich zu bedenken. «Aber eigentlich glaube ich, Mrs. Price Ridley, dass dieses Rätsel eine sehr einfache Lösung hat. Unser Mädchen Mary hatte eine schwere Erkältung. Ihr Geschniefe hat uns in letzter Zeit sehr irritiert. Ihr Mädchen muss sie niesen gehört haben.»

«Es war das Niesen eines Mannes», sagte Mrs. Price Ridley entschieden. «Und von unserem Gartentor aus kann man Ihr Mädchen in Ihrer Küche nicht niesen hören.»

«Von dort könnten Sie auch niemanden im Arbeitszimmer niesen hören», sagte ich. «Wenigstens bezweifle ich das sehr.»

«Ich sagte, der Mann muss sich im Gebüsch versteckt haben», sagte Mrs. Price Ridley. «Als Clara hereingekommen war, ist er durch die Haustür hineingegangen.»

«Nun, das ist natürlich möglich», sagte ich.

Das sollte nicht absichtlich beschwichtigend klingen, aber es misslang mir, denn Mrs. Price Ridley funkelte mich plötzlich wütend an.

«Ich bin es gewohnt, dass man mir nicht zuhört, aber ich

könnte auch erwähnen, dass ein Tennisschläger ohne Spanner völlig ruiniert wird, wenn man ihn leichtsinnig im Gras liegen lässt. Und Tennisschläger sind heutzutage sehr teuer.»

In diesem Flankenangriff schien weder Sinn noch Verstand zu liegen. Er verwirrte mich zutiefst.

«Aber vielleicht sind Sie nicht meiner Meinung», sagte Mrs. Price Ridley.

«Oh! Doch – absolut.»

«Das freut mich. Nun, das ist alles, was ich zu sagen habe. Ich will mit dieser ganzen Geschichte nichts mehr zu tun haben.»

Sie lehnte sich zurück und schloss die Augen wie jemand, der dieser Welt überdrüssig ist. Ich dankte ihr und verabschiedete mich.

An der Haustür erlaubte ich mir, Clara über die Erklärung ihrer Herrin zu befragen.

«Das stimmt, Sir, ich hörte ein Niesen. Und es war kein gewöhnliches Niesen – nicht im Geringsten.»

Nichts an einem Verbrechen ist jemals gewöhnlich. Der Schuss war kein gewöhnlicher Schuss. Das Niesen war kein gewöhnliches Niesen. Es war, nehme ich an, ein besonderes Mörderniesen. Ich fragte das Mädchen, um welche Zeit das gewesen sei, aber sie war sehr unbestimmt, irgendwann zwischen viertel und halb sieben, glaubte sie. Jedenfalls war es, «bevor die Herrin den Telefonanruf bekam und ihr schlecht wurde».

Ich fragte sie, ob sie irgendeinen Schuss gehört hatte. Und sie sagte, die Schüsse wären schrecklich gewesen. Danach schenkte ich ihren Äußerungen sehr wenig Glauben.

Ich wollte gerade zu meinem eigenen Tor abbiegen, da beschloss ich, einen Freund zu besuchen.

Ein Blick auf die Uhr sagte mir, dass ich vor der Abendandacht gerade noch Zeit dazu hatte. Ich ging die Straße hinunter zu Haydocks Haus. Er kam mir an die Haustür entgegen.

Wieder bemerkte ich, wie mitgenommen und abgespannt er aussah. Er schien wegen dieser Geschichte ungewöhnlich gealtert zu sein.

«Ich freue mich, Sie zu sehen», sagte er. «Was gibt es Neues?»

Ich erzählte ihm von den jüngsten Entwicklungen mit Stone.

«Ein erstklassiger Dieb», kommentierte er. «Nun, das erklärt viel. Er hatte über sein Fach nachgelesen, aber von Zeit zu Zeit machte er mir gegenüber Schnitzer. Protheroe muss ihn einmal ertappt haben. Sie erinnern sich an ihren Streit. Was halten Sie von dem Mädchen? Hat sie auch damit zu tun?»

«Die Meinungen dazu sind geteilt», sagte ich. «Was mich angeht, so glaube ich, das Mädchen ist in Ordnung. Sie ist so eine ausgesprochene Idiotin.»

«Oh, das würde ich nicht sagen. Sie ist ziemlich pfiffig, diese Miss Gladys Cram. Ein bemerkenswert gesundes Exemplar. Unwahrscheinlich, dass sie Angehörige meines Berufs behelligt.»

Ich erzählte ihm, dass ich mir Sorgen wegen Hawes machte und wünschte, er würde sich eine Luftveränderung gönnen und sich richtig erholen.

Haydock reagierte darauf etwas ausweichend. Seine Antwort klang nicht ganz aufrichtig.

«Ja», sagte er langsam, «ich nehme an, das wäre das Beste. Armer Kerl. Armer Kerl.»

«Ich dachte, Sie mögen ihn nicht.»

«Nicht sehr – das stimmt. Aber viele Leute, die ich nicht mag, tun mir Leid.» Nach kurzer Pause fügte er hinzu: «Sogar Protheroe tut mir Leid. Armer Kerl – niemand mochte ihn sonderlich. Zu sehr von seiner eigenen Rechtschaffenheit überzeugt und zu überheblich. Das ist eine wenig liebenswerte Mischung. Er war schon immer so – selbst als junger Mann.»

«Ich wusste nicht, dass Sie ihn damals schon kannten.»

«Oh doch! Als wir in Westmorland lebten, hatte ich nicht weit entfernt eine Praxis. Das ist jetzt lange her. Fast zwanzig Jahre.»

Ich seufzte. Vor zwanzig Jahren war Griselda fünf. Zeit ist etwas Sonderbares …

«Ist das alles, was Sie mir sagen wollten, Clement?»

Ich schaute überrascht auf. Haydock beobachtete mich aufmerksam.

«Da ist noch etwas, nicht wahr?», fragte er.

Ich nickte.

Als ich kam, war ich unsicher gewesen, ob ich davon reden sollte oder nicht, aber jetzt beschloss ich es zur Sprache zu bringen. Ich mag Haydock. Er ist in jeder Hinsicht ein feiner Mensch. Ich fand, was ich zu sagen hatte, könnte ihm nützlich sein.

Ich schilderte meine Gespräche mit Miss Hartnell und Miss Wetherby.

Als ich fertig war, schwieg er lange.

«Es stimmt, Clement», sagte er schließlich. «Ich habe versucht, Mrs. Lestrange vor jeder Unannehmlichkeit zu beschützen, soweit ich konnte. Sie ist tatsächlich eine alte Freundin. Aber das ist nicht der einzige Grund. Mein medizinisches Attest ist nicht die Ausrede, für die alle es gehalten haben.»

Er machte eine Pause, dann sagte er ernst: «Das bleibt unter uns, Clement. Mrs. Lestrange ist verloren.»

«Was?»

«Sie ist eine sterbende Frau. Ich gebe ihr längstens einen Monat. Wundern Sie sich jetzt noch, dass ich sie davor bewahren möchte, geplagt und befragt zu werden?»

Er fuhr fort: «Als sie an jenem Abend in diese Straße bog, kam sie hierher – in dieses Haus.»

«Das haben Sie zuvor nicht gesagt.»

«Ich wollte nicht, dass es Gerede gibt. Sechs bis sieben ist nicht meine Sprechstundenzeit, und jeder weiß das. Aber Sie können sich auf mein Wort verlassen, dass sie hier war.»

«Sie war aber nicht hier, als ich Sie holte. Ich meine, als wir die Leiche entdeckten.»

«Nein.» Er wirkte beunruhigt. «Sie war gegangen – um eine Verabredung einzuhalten.»

«In welcher Richtung war die Verabredung? In ihrem eigenen Haus?»

«Ich weiß es nicht, Clement. Bei meiner Ehre, ich weiß es nicht.»

Ich glaubte ihm, aber...

«Und angenommen, ein Unschuldiger wird gehenkt?», fragte ich.

«Nein», sagte er. «Niemand wird für den Mord an Colonel Protheroe gehenkt. Ich gebe Ihnen mein Wort, darauf können Sie sich verlassen.»

Aber gerade das konnte ich nicht. Und doch klang er sehr sicher.

«Niemand wird gehenkt», wiederholte er.

«Dieser Mann, Archer...»

Er machte eine ungeduldige Bewegung.

«Hat nicht genug Grips, um seine Fingerabdrücke von der Pistole zu wischen.«

«Vielleicht nicht», sagte ich zweifelnd.

Dann fiel mir etwas ein. Ich holte den kleinen bräunlichen Kristall, den ich im Wald gefunden hatte, aus der Tasche, zeigte ihn Haydock und fragte ihn, was das sei.

«Hm.» Er zögerte. «Sieht aus wie Pikrinsäure. Wo haben Sie es gefunden?»

«Das», antwortete ich, «bleibt Sherlock Holmes' Geheimnis.»

Er lächelte.

«Was ist Pikrinsäure?»

«Nun, ein Sprengstoff.»

«Ja, das weiß ich, aber es gibt noch einen anderen Verwendungszweck, nicht wahr?»

Er nickte. «Es wird in der Medizin verwendet – in einer Lösung für Verbrennungen. Wunderbares Zeug.»

Ich streckte die Hand aus, und ziemlich widerstrebend gab er es mir zurück.

«Es hat wahrscheinlich keine Bedeutung», sagte ich. «Aber ich habe es an einer ungewöhnlichen Stelle gefunden.»

«Sie wollen mir nicht sagen wo?»

Ziemlich kindisch lehnte ich das ab.

Er hatte seine Geheimnisse. Nun, ich hatte meine.

Ich war ein wenig gekränkt, dass er mir nicht ganz vertraut hatte.

Sechsundzwanzigstes Kapitel

Ich war in einer seltsamen Stimmung, als ich an diesem Abend auf die Kanzel stieg.

Die Kirche war ungewöhnlich voll. Ich kann nicht glauben, dass es die Aussicht auf Hawes' Predigt war, die so viele angezogen hatte. Seine Predigten sind langweilig und dogmatisch. Und wenn die Neuigkeit sich herumgesprochen hatte, dass ich statt seiner predige, hätte sie das auch nicht hergelockt. Denn meine Predigten sind langweilig und gelehrt. Ebenso wenig, fürchte ich, kann ich den guten Besuch auf Frömmigkeit zurückführen.

Jeder war gekommen, folgerte ich, um zu sehen, wer sonst noch da war, und möglicherweise hinterher in der Vorhalle ein bisschen Klatsch auszutauschen.

Haydock war in der Kirche, was ungewöhnlich ist, und Lawrence Redding ebenfalls. Und zu meiner Überraschung sah ich neben Lawrence das weiße, gespannte Gesicht von Hawes. Anne Protheroe war da, aber sie kommt gewöhnlich sonntags zur Abendandacht, obwohl ich heute kaum mit ihr gerechnet hatte. Weit mehr erstaunte es mich, Lettice zu sehen. Der Kirchgang war am Sonntagmorgen Pflicht – Colonel Protheroe war in diesem Punkt unerbittlich – , aber bei einem Abendgottesdienst hatte ich Lettice noch nie gesehen.

Gladys Cram war da, sie sah vor dem Hintergrund verhutzelter alter Jungfern aufdringlich jung und gesund aus, und ich nahm an, dass die nur undeutlich sichtbare Gestalt hinten in der Kirche, die spät hereinschlüpft war, Mrs. Lestrange war.

Ich muss kaum erwähnen, dass Mrs. Price Ridley, Miss Hartnell, Miss Wetherby und Miss Marple vollzählig erschienen waren. Alle Dorfbewohner waren da mit kaum einer Ausnahme. Ich weiß nicht, wann wir zuletzt eine so zahlreiche Gemeinde versammelt hatten.

Massen sind eigenartig. An diesem Abend herrschte eine aufgeladene Atmosphäre, und der Erste, der ihren Einfluss spürte, war ich selbst.

In der Regel bereite ich meine Predigten vor. Ich bin dabei sorgfältig und gewissenhaft, aber niemand kennt ihre Mängel besser als ich.

Heute Abend blieb mir nichts anderes übrig als *ex tempore* zu sprechen, und als ich hinunterschaute auf das Meer erhobener Gesichter, überkam mich eine plötzliche Tollheit. Ich hörte in gewissem Sinn auf, ein Diener Gottes zu sein. Ich wurde ein Schauspieler. Ich hatte ein Publikum vor mir, und ich wollte dieses Publikum packen – und mehr als das, ich spürte die Macht es packen zu können.

Ich bin nicht stolz auf das, was ich an diesem Abend machte. Ich glaube nicht im Geringsten an den emotionalen Erweckungsgeist. Doch an diesem Abend spielte ich die Rolle eines rasenden, tobenden Evangelisten.

Langsam verkündete ich meinen Text.

Ich bin gekommen, zu rufen die Sünder zur Buße, und nicht die Gerechten.

Ich wiederholte ihn zweimal, und ich hörte meine eigene Stimme, eine voll tönende, klingende Stimme, die der Stimme des alltäglichen Leonard Clement gar nicht glich.

Ich sah, wie Griselda in ihrer Kirchenbank vorne überrascht aufschaute und Dennis ihrem Beispiel folgte.

Ich hielt kurz den Atem an, und dann legte ich los.

Die Gemeinde in dieser Kirche war in einem Zustand aufgestauter Emotion, der nur darauf wartete, genutzt zu werden. Und ich nutzte ihn aus. Ich ermahnte die Sünder zur Buße. Ich trieb mich in eine Art emotionaler Ekstase. Wieder und wieder hob ich drohend die Hand und wiederholte die Wendung «Ich spreche zu *dir*...»

Und jedes Mal stieg aus einem anderen Teil der Kirche ein erschrockener Seufzer auf.

Massenemotion ist eine seltsame und schreckliche Sache.

Ich endete mit diesen schönen und aufrüttelnden Worten – vielleicht den schärfsten Worten in der ganzen Bibel:

«In dieser Nacht wird deine Seele von dir gefordert werden...»

Es war ein merkwürdiger, kurzer Wahn. Als ich ins Pfarrhaus zurückkam, war ich mein übliches farbloses, unentschlossenes Selbst. Griselda sah ziemlich blass aus. Sie schob ihren Arm unter meinen.

«Len», sagte sie, «du warst heute Abend ziemlich schrecklich. Es – es hat mir nicht gefallen. Nie zuvor habe ich dich so predigen hören.»

«Vermutlich wirst du es auch nie wieder hören.» Erschöpft sank ich aufs Sofa. Ich war müde.

«Was hat dich dazu gebracht?»

«Eine plötzliche Tollheit ist über mich gekommen.»

«Oh! Es – es war nicht etwas Besonderes?»

«Was meinst du damit – etwas Besonderes?»

«Ich habe mich das nur gefragt – das war alles. Du bist immer wieder überraschend, Len. Ich habe nie das Gefühl, dich wirklich zu kennen.»

Wir setzten uns zu einem kalten Abendessen. Mary hatte Ausgang.

«In der Diele liegt ein Brief für dich», sagte Griselda. «Holst du ihn bitte, Dennis?»

Dennis, der sehr still gewesen war, gehorchte.

Ich nahm ihn und stöhnte auf. Über die linke Ecke war geschrieben: «Durch Boten – eilt.»

«Der», sagte ich, «muss von Miss Marple sein. Es ist niemand sonst übrig.»

Meine Vermutung war ganz richtig.

Lieber Mr. Clement
Ich würde so gern ein bisschen mit Ihnen über ein oder zwei Dinge reden, die mir eingefallen sind. Ich finde, wir sollten alle versuchen, zur Aufklärung dieses traurigen Rätsels beizutragen. Ich komme um halb zehn, wenn ich darf, und klopfe an Ihre Arbeitszimmertür. Vielleicht ist die liebe Griselda so freundlich, hereinzuschauen und meinen Neffen aufzuheitern. Mr. Dennis natürlich auch, wenn er Lust dazu hat. Wenn ich nichts von Ihnen höre, erwarte ich Sie und komme zur angegebenen Zeit.
Mit besten Grüßen
Jane Marple

Ich reichte Griselda den Brief.

«Oh ja, wir gehen!», sagte sie munter. «Ein Glas selbst gemachter Likör oder zwei sind genau das, was man an einem Sonntagabend braucht. Ich glaube, es ist Marys Pudding, der einen so schrecklich deprimiert. Er schmeckt wie etwas aus der Leichenhalle.»

Dennis schien von der Aussicht weniger entzückt.

«Das ist alles schön und gut für dich», murrte er. «Du kannst all dieses hochgestochene Zeug über Kunst und Bücher reden. Ich komme mir wie ein Idiot vor, wenn ich euch zuhöre.»

«Das tut dir gut», sagte Griselda gelassen. «Es weist dich in deine Schranken. Außerdem halte ich Mr. Raymond West nicht für so schrecklich klug, wie er tut.»

Ich sagte: «Das trifft auf die meisten von uns zu.»

Ich fragte mich, worüber genau Miss Marple reden wollte. Von allen Damen meiner Gemeinde hielt ich sie für die scharfsinnigste. Sie sieht und hört nicht nur praktisch alles, was vor sich geht, sie zieht auch erstaunlich richtige und treffende Schlüsse aus den Tatsachen, die sie bemerkt.

Wenn ich irgendwann eine Laufbahn als Betrüger einschlagen würde, hätte ich vor Miss Marple die größte Angst.

Was Griselda eine Party zum Amüsement des Neffen nannte, begann kurz nach neun, und während ich auf Miss Marple wartete, amüsierte ich mich damit, eine Art Zeitplan der Tatsachen aufzustellen, die mit dem Mord zu tun hatten. Ich brachte sie so weit wie möglich in die chronologische Reihenfolge. Ich bin kein pünktlicher Mensch, aber ein ordentlicher, und ich mag es, wenn die Dinge methodisch aufgelistet sind.

Pünktlich um halb zehn wurde leise an die Glastür geklopft, und ich stand auf und ließ Miss marple ein.

Sie hatte sich einen sehr zarten Shetlandschal über Kopf und Schultern geworfen und sah recht alt und gebrechlich aus. Sie kam unter vielen kleinen aufgeregten Ausrufen.

«So freundlich von Ihnen, mich zu empfangen – und so nett von der lieben Griselda – Raymond bewundert sie so – ein perfektes Bild von Greuze nennt er sie immer… Nein, ich brauche keinen Schemel.»

Ich legte ihren Schal auf einen Stuhl und setzte mich meinem Gast gegenüber. Wir schauten einander an, und ein kleines entschuldigendes Lächeln zeigte sich auf ihrem Gesicht.

«Ich habe das Gefühl, Sie müssen sich fragen warum – warum ich an all dem so interessiert bin. Möglicherweise halten Sie es für sehr unweiblich. Nein – bitte – ich würde es gern erklären, wenn ich darf.»

Sie machte eine kurze Pause und errötete leicht.

«Verstehen Sie», sagte sie schließlich, «wenn man allein lebt wie ich, in einem ziemlich abgelegenen Teil der Welt, muss man ein Hobby haben. Da gibt es natürlich Handarbeiten und Pfadfinderinnen und Wohltätigkeit und Zeichnen, aber mein Hobby ist – und war schon immer – die menschliche Natur. So vielfältig – und so überaus faszinierend. Und natürlich hat man in einem kleinen Dorf ohne Ablenkung reichlich Gelegenheit, sich in seinen Studien zu vervollkommnen, wenn ich es so nennen darf. Man fängt an die Leute zu klassifizieren, sehr genau, als ob sie Vögel oder Blumen wären, Familie soundso, Gattung dies, Art das. Manchmal macht man selbstverständlich Fehler, aber mit der Zeit immer weniger. Und dann prüft man sich selbst. Man nimmt ein kleines Problem –, zum Beispiel das Glas Garnelen, das die Griselda so amüsierte – ein ziemlich unwichtiges Rätsel, aber völlig unverständlich, wenn man es nicht richtig löst. Und dann war da die Sache mit den vertauschten Hustentropfen und dem Schirm der Metzgersfrau – letztere völlig sinnlos außer unter der Voraussetzung, dass der Gemüsehändler ganz und gar nicht schicklich mit der Apothekersfrau umging – was natürlich der Fall war. Es ist so faszinierend, wissen Sie, seine Einsichten anzuwenden und festzustellen, dass man Recht hat.»

«Ich glaube, Sie haben gewöhnlich Recht», sagte ich lächelnd.

«Das, fürchte ich, hat mich ein wenig eingebildet gemacht», gestand Miss Marple. «Aber ich habe mich immer gefragt, ob ich das Gleiche tun könnte, wenn eines Tages ein richtig großes Rätsel zu lösen wäre. Ich meine – es halt richtig lösen. Logischerweise sollte es genau das Gleiche sein. Schließlich ist ein kleines funktionierendes Modell eines Torpedos genau das Gleiche wie ein richtiger Torpedo.»

«Sie meinen, es ist alles eine Frage der Relativität», sagte ich langsam. «Das sollte es sein – logischerweise, muss ich zugeben. Aber ich weiß nicht, ob es wirklich stimmt.»

«Sicher muss es das Gleiche sein», sagte Miss Marple. «Die – was man in der Schule die Faktoren nannte – sind die Gleichen. Das sind Geld und die gegenseitige Anziehung von Menschen des – äh – anderen Geschlechts – und natürlich Wunderlichkeiten – so viele Menschen sind ein wenig wunderlich, nicht wahr? Eigentlich die meisten, wenn man sie gut kennt. Und normale Leute machen manchmal so erstaunliche Dinge, und anormale Leute sind manchmal so vernünftig und normal.

Tatsächlich kann man nur Menschen mit anderen Menschen vergleichen, die man gekannt oder getroffen hat. Sie wären überrascht, wenn Sie wüssten, wie wenige unterschiedliche Typen es alles in allem gibt.»

«Sie machen mir Angst. Ich komme mir vor, als würde ich unter ein Mikroskop gelegt», sagte ich.

«Natürlich würde ich nicht im Traum etwas von diesen Dingen zu Colonel Melchett sagen – so ein selbstherrlicher Mann, nicht wahr? –, und der arme Kommissar Slack – nun, er ist genau wie die junge Dame im Schuhladen, die Ihnen Lackschuhe verkaufen will, weil sie welche in Ihrer Größe da hat, und gar nicht darauf eingeht, dass Sie braunes Kalbsleder haben wollen.»

Das ist wirklich eine ausgezeichnete Beschreibung von Slack.

«Aber Sie, Mr. Clement, wissen bestimmt genau so viel über das Verbrechen wie Kommissar Slack. Ich dachte, wir könnten zusammenarbeiten ...»

«Ich frage mich», sagte ich, «ob nicht jeder von uns im tiefsten Herzen davon träumt, Sherlock Holmes zu sein.»

Dann erzählte ich ihr von den drei Besuchen, zu denen ich an diesem Nachmittag aufgefordert worden war. Ich berichtete ihr von dem Porträt mit dem zerschnittenen Gesicht, das Anne entdeckt hatte, und beschrieb ihr Haydocks Identifikation des Kristalls, den ich gefunden hatte.

«Weil ich ihn selbst gefunden habe», schloss ich, «hätte ich gern, dass er wichtig ist. Aber wahrscheinlich hat er nichts mit dem Fall zu tun.»

«Ich habe in letzter Zeit viele amerikanische Kriminalromane aus der Bücherei gelesen», sagte Miss Marple, «in der Hoffnung, dass sie mir hilfreich sein könnten.»

«Stand darin etwas über Pikrinsäure?»

«Leider nein. Ich erinnere mich aber an einen Krimi, in dem ein Mann vergiftet wurde, indem man ihn mit einer Salbe aus Pikrinsäure und Lanolin einrieb.»

«Aber hier wurde niemand vergiftet, das scheint also nicht in Frage zu kommen.»

Dann gab ich ihr meinen Zeitplan. «Ich habe versucht, die Tatsachen des Falls so deutlich wie möglich zu rekapitulieren.»

Mein Zeitplan

Donnerstag, 21. *d. Mts.*

12.30	– Colonel Protheroe ändert seine Verabredung von 18 Uhr auf 18.15. Wahrscheinlich vom halben Dorf mitgehört.
12.45	– Pistole zuletzt am Aufbewahrungsort gesichtet. (Zweifelhaft, weil Mrs. Archer erst sagte, sie könne sich nicht erinnern.)
17.30 (ca.)	– Colonel und Mrs. Protheroe verlassen Old Hall im Wagen und fahren ins Dorf.
17.30	– Anruf für mich mit falschen Angaben von der North Lodge, Old Hall.
18.15	(oder eine oder zwei Minuten früher) – Colonel Protheroe kommt im Pfarrhaus an. Wird von Mary ins Arbeitszimmer geführt.
18.20	– Mrs. Protheroe kommt über den hinteren Weg und durch den Garten zur Glastür des Arbeitszimmers. Colonel Protheroe nicht zu sehen.
18.29	– Anruf von Lawrence Reddings Häuschen zu Mrs. Price Ridley durchgestellt (laut Vermittlung).
18.30-35	– Schuss gehört. (Zeit des Anrufs als korrekt angenommen.) Nach Lawrence Redding, Anne Protheroe und Dr. Stones Aussage war er anscheinend früher, aber Mrs. P. R. hat vermutlich Recht.
18.45	– Lawrence Redding kommt ins Pfarrhaus und findet die Leiche.

18.48 – Ich treffe Lawrence Redding.
18.49 – Ich finde die Leiche.
18.55 – Haydock untersucht die Leiche.

Anmerkung: Miss Cram und Mrs. Lestrange sind die Einzigen ohne irgendein Alibi. Miss Cram sagt, sie war beim Hügelgrab, doch keine Bestätigung. Es scheint aber sinnvoll, sie aus dem Fall auszuklammern, weil anscheinend nichts sie damit verbindet. Mrs. Lestrange verließ Dr. Haydocks Haus einige Zeit nach 18 Uhr, um eine Verabredung einzuhalten. Wo war diese Verabredung, und mit wem? Mit Colonel Protheroe kann es kaum gewesen sein, da er Dinge mit mir zu besprechen hatte. Es stimmt, dass Mrs. Lestrange zur Tatzeit in der Nähe des Tatorts war, aber ein Tatmotiv ist schwerlich vorstellbar. Sie hatte keine Vorteile durch seinen Tod, und die Erpressungstheorie des Kommissars kann ich nicht akzeptieren. Mrs. Lestrange gehört nicht zu dieser Art Frauen. Außerdem ist es unwahrscheinlich, dass sie sich Lawrence Reddings Pistole angeeignet hatte.

«Sehr klar», sagte Miss Marple und nickte beifällig. «Wirklich sehr klar. Gentlemen machen immer so hervorragende Übersichten.»

«Sie sind also mit meinen Notizen einverstanden?»

«Oh ja – Sie haben das wunderbar gemacht.»

Da stellte ich ihr die Frage, die ich schon die ganze Zeit von ihr beantwortet haben wollte.

«Wen verdächtigen Sie, Miss Marple? Sie haben einmal gesagt, es seien sieben Leute.»

«Das stimmt, glaube ich», sagte Miss Marple zerstreut. «Ich nehme an, jeder von uns verdächtigt jemand anders. Das kann man ja sehen.»

Sie fragte mich nicht, wen ich verdächtigte.

«Es kommt darauf an», sagte sie, «dass man für alles eine

Erklärung haben muss. Jede Einzelheit muss befriedigend erklärt werden. Wenn man eine Theorie hat, die zu jeder der Tatsachen passt – nun, dann muss es die richtige sein. Aber das ist äußerst schwierig. Wenn diese Nachricht nicht wäre …»

«Die Nachricht?», fragte ich überrascht.

«Ja, Sie werden sich erinnern, ich habe es Ihnen gesagt. Diese Nachricht hat mich die ganze Zeit beunruhigt. Sie passt irgendwie nicht.»

«Aber bestimmt ist das jetzt geklärt. Sie wurde um sechs Uhr fünfunddreißig geschrieben, und jemand anders – der Mörder – hat die irreführende Uhrzeit 6.20 darübergeschrieben. Ich glaube, das ist klar erwiesen.»

«Aber selbst dann», sagte Miss Marple, «passt sie überhaupt nicht.»

«Aber warum?»

«Hören Sie zu.» Miss Marple beugte sich eifrig vor. «Mrs. Protheroe ging an meinem Garten vorbei, wie ich Ihnen sagte, und weiter bis zur Glastür des Arbeitszimmers und schaute hinein und sah Colonel Protheroe nicht.»

«Weil er am Schreibtisch saß und schrieb.»

«Und das ist es, was nicht stimmt. Denn das war um zwanzig nach sechs. Wir waren uns aber einig, dass er sich erst nach halb sieben hinsetzen und schreiben würde, er könne nicht länger warten – warum soll er also schon davor am Schreibtisch gesessen haben?»

«Daran habe ich nie gedacht», sagte ich langsam.

«Lieber Mr. Clement, lassen Sie uns alles noch einmal durchgehen. Mrs. Protheroe schaut ins Arbeitszimmer und glaubt, es ist leer – das muss sie geglaubt haben, sonst wäre sie nie zum Atelier gegangen, um Mr. Redding zu treffen. Es wäre zu gefährlich gewesen. Im Zimmer muss es ganz still gewesen sein, wenn sie glaubte, es sei niemand da. Und das lässt uns drei Möglichkeiten, nicht wahr?»

«Sie meinen …»

«Nun, die erste wäre, dass Colonel Protheroe schon tot war – aber das halte ich nicht für die wahrscheinlichste. Dann wäre er erstens nur etwa fünf Minuten dort gewesen, und sie oder ich hätten den Schuss gehört, und zweitens bliebe die Frage, warum er am Schreibtisch saß. Die zweite Möglichkeit ist natürlich, dass er am Schreibtisch saß und eine Nachricht schrieb, aber in diesem Fall muss es eine ganz andere Nachricht gewesen sein. Er kann nicht geschrieben haben, dass er nicht warten könnte. Und die dritte ...»

«Ja?»

«Nun, die dritte ist natürlich, dass Mrs. Protheroe Recht hatte und tatsächlich niemand im Zimmer war.»

«Sie meinen, dass er wieder hinausging und später zurückkam?»

«Ja.»

«Aber warum sollte er das getan haben?»

Miss Marple spreizte in einer ratlosen Geste die Hände.

«Das würde bedeuten, wir müssten den Fall aus völlig anderer Sicht betrachten», sagte ich.

«Das muss man so oft tun – bei allem. Finden Sie nicht?»

Ich gab keine Antwort. In Gedanken ging ich sorgfältig die drei Möglichkeiten durch, die Miss Marple vorgeschlagen hatte.

Mit einem leichten Seufzen stand die alte Dame auf.

«Ich muss zurück. Ich bin sehr froh, dass wir diese kleine Unterhaltung hatten – obwohl wir nicht sehr weit gekommen sind, nicht wahr?»

«Ehrlich gesagt», ich holte ihren Schal, «kommt mir die ganze Sache wie ein verwirrendes Labyrinth vor.»

«Oh, das würde ich nicht sagen. Ich glaube, im großen Ganzen passt eine Theorie auf fast alles. Das heißt, wenn Sie einen Zufall einkalkulieren – und ich glaube, ein Zufall ist zulässig. Mehr als einer ist natürlich unwahrscheinlich.»

«Glauben Sie das wirklich? Das mit der Theorie, meine ich?»

«Ich gebe zu, dass meine Theorie eine schwache Stelle hat – eine Tatsache, über die ich nicht hinwegkomme. Ach, wenn nur diese Nachricht ganz anders gelautet hätte ...»

Sie seufzte und schüttelte den Kopf. Dann ging sie zur Glastür, hob die Hand und befühlte die ziemlich elend aussehende Pflanze auf dem Ständer dort.

«Wissen Sie, Mr. Clement, diese Pflanze sollte öfter gegossen werden. Armes Ding, sie hat es sehr nötig. Ihr Mädchen sollte sie täglich gießen. Ich nehme an, sie kümmert sich darum?»

«So wie sie sich um alles kümmert», sagte ich.

«Ein bisschen unzuverlässig im Moment?»

«Ja. Und Griselda weigert sich hartnäckig, ihr zu kündigen. Sie glaubt, dass nur ein völlig untüchtiges Mädchen bei uns bleibt. Aber Mary selbst hat uns gestern gekündigt.»

«Wirklich? Ich dachte immer, sie würde sehr an Ihnen beiden hängen.»

«Das ist mir noch nicht aufgefallen», sagte ich. «Es war allerdings Lettice Protheroe, die sie geärgert hat. Mary kam ziemlich aufgewühlt von der gerichtlichen Untersuchung und traf Lettice hier an und – nun, sie hatten eine kleine Auseinandersetzung.»

«Oh!», sagte Miss Marple. Sie wollte gerade durch die Glastür gehen, da blieb sie plötzlich stehen und auf ihrem Gesicht spiegelten sich nacheinander die verschiedensten Empfindungen.

«Ach du meine Güte!», murmelte sie vor sich hin. «Ich war aber dumm. So war das also. Die ganze Zeit absolut möglich.»

«Pardon?»

Sie wandte mir das besorgte Gesicht zu.

«Nichts. Mir ist gerade etwas eingefallen. Ich muss nach Hause und die Dinge gründlich durchdenken. Wissen Sie, ich glaube, ich bin äußerst dumm gewesen – fast unglaublich.»

«Das kann ich mir kaum vorstellen», sagte ich ritterlich.

Ich begleitete sie durch die Glastür und über den Rasen.

«Können Sie mir sagen, was Ihnen so plötzlich eingefallen ist?»

«Lieber nicht – im Moment. Sehen Sie, es gibt immer noch die Möglichkeit, dass ich mich irre. Aber ich glaube nicht. Hier sind wir an meinem Gartentor. Vielen Dank. Bitte kommen Sie nicht weiter mit.»

«Ist die Nachricht immer noch ein Stolperstein?», fragte ich, als sie durchs Gartentor gegangen war und es hinter sich verriegelte.

Sie schaute mich gedankenverloren an. «Die Nachricht? Oh! Das war natürlich nicht die richtige Nachricht. Das habe ich nie geglaubt. Gute Nacht, Mr. Clement.»

Sie ging rasch über den Pfad zum Haus, während ich hinter ihr herstarrte.

Ich wusste nicht, was ich denken sollte.

Siebenundzwanzigstes Kapitel

Griselda und Dennis waren noch nicht zurück. Das Normalste wäre gewesen, mit Miss Marple hinüberzugehen und die beiden nach Hause zu holen. Aber die alte Dame und ich waren so mit unseren kriminalistischen Überlegungen beschäftigt gewesen, dass wir außer uns alle anderen auf der Welt vergessen hatten.

Ich stand noch in der Diele und überlegte, ob ich nicht jetzt zu ihr hinübergehen sollte, als es läutete.

Ich ging zur Haustür, sah einen Brief im Kasten und nahm an, deshalb sei geläutet worden. Ich holte ihn heraus, da klingelte es wieder. Hastig schob ich den Brief in die Tasche und öffnete die Tür.

Es war Colonel Melchett.

«Hallo, Clement. Ich war gerade auf der Rückfahrt von London und dachte, ich schaue mal herein, vielleicht kann ich etwas zu trinken bekommen.»

«Wunderbar», sagte ich. «Kommen Sie ins Arbeitszimmer.»

Er zog seinen Ledermantel aus und folgte mir. Ich holte Whisky, Soda und zwei Gläser. Melchett stand mit gespreizten Beinen vor dem Kamin und strich über seinen gestutzten Schnurrbart.

«Ich habe eine Neuigkeit für Sie, Clement. Das Erstaunlichste, was Sie je gehört haben. Aber lassen wir das zunächst. Wie stehen die Dinge hier unten? Noch mehr alte Damen auf frischer Spur?»

«Sie kommen nicht schlecht voran», sagte ich. «Eine von ihnen glaubt auf jeden Fall, sie sei am Ziel.»

«Unsere Freundin Miss Marple, wie?»

«Unsere Freundin Miss Marple.»

«Frauen wie sie glauben immer, alles zu wissen», sagte Colonel Melchett.

Er nippte kennerhaft an seinem Whisky.

«Meine Frage ist wahrscheinlich eine unnötige Einmischung», sagte ich. «Ich nehme doch an, jemand hat den Jungen vom Fischhändler befragt? Denn wenn der Mörder durch die Haustür hinausgegangen ist, könnte der Junge ihn möglicherweise gesehen haben.»

«Slack hat mit ihm gesprochen», sagte Melchett. «Aber der Junge sagt, er habe niemanden getroffen. Das wäre auch kaum anzunehmen. Der Mörder hätte nicht gerade zur Beobachtung eingeladen. Viel Deckung durch Ihr vorderes Gartentor. Er hätte zuerst geschaut, ob die Straße frei ist. Der Junge musste zum Pfarrhaus, zu Haydock und zu Mrs. Price Ridley. Nicht schwer, ihm aus dem Weg zu gehen.»

«Ja, das sehe ich ein.»

«Andererseits», fuhr Melchett fort, «bezweifle ich sehr, ob der junge Fred Jackson etwas gesagt hätte, falls dieser Schuft Archer es doch gewesen sein sollte und er ihn am Tatort sah. Archer ist sein Vetter.»

«Verdächtigen Sie Archer im Ernst?»

«Nun, wissen Sie, der alte Protheroe hatte ihn ziemlich gepiesackt. Viel böses Blut zwischen den beiden. Nachsicht war nicht Protheroes Stärke.»

«Nein», sagte ich. «Er war ein sehr unbarmherziger Mann.»

«Ich sage immer, leben und leben lassen. Natürlich, das Gesetz ist das Gesetz, aber es schadet nie, im Zweifel für einen Beschuldigten zu entscheiden. Das hat Protheroe nie getan.»

«Darauf war er stolz», sagte ich.

Eine Pause entstand, dann fragte ich:

«Was ist mit dieser erstaunlichen Neuigkeit, die Sie mir versprochen haben?»

«Nun, sie ist erstaunlich. Sie erinnern sich an diesen unbeendeten Brief, an dem Protheroe schrieb, als er getötet wurde?»

«Ja.»

«Wir haben einen Experten eingeschaltet – damit er uns sagt, ob die Zeitangabe 6.20 von einem anderen geschrieben wurde. Natürlich haben wir Proben von Protheroes Schrift vorgelegt. Und wissen Sie, wie das Gutachten ausfiel? Dieser Brief wurde überhaupt nicht von Protheroe geschrieben.»

«Sie meinen, er ist eine Fälschung?»

«Er ist eine Fälschung. Das 6.20 wurde wiederum von einem anderen hinzugefügt – aber das scheint nicht sicher. Die Überschrift ist in anderer Tinte, aber der Brief selbst ist eine Fälschung. Protheroe hat ihn nie geschrieben.»

«Sind die Experten sich sicher?»

«Nun, so sicher wie Experten sein können. Sie kennen doch Experten! Aber sie sind so weit überzeugt.»

«Verblüffend», sagte ich. Dann fiel mir etwas ein.

«Ich erinnere mich, dass Mrs. Protheroe damals sagte, die Schrift sehe gar nicht nach der ihres Mannes aus, aber ich habe nicht darauf geachtet.»

«Wirklich?»

«Ich hielt das für eine dieser albernen Bemerkungen, die Frauen machen. Es schien so sonnenklar, dass Protheroe diese Nachricht geschrieben hatte.»

Wir schauten einander an.

«Es ist merkwürdig», sagte ich langsam. «Miss Marple hat heute Abend gesagt, diese Nachricht passe gar nicht.»

«Zum Teufel mit der Frau, sie könnte nicht mehr über den Mord wissen, wenn sie ihn selbst begangen hätte.»

In diesem Moment läutete das Telefon. Das Klingeln des Telefons hat eine merkwürdige psychologische Wirkung. Jetzt läutete es anhaltend und mit einer Art unheimlicher Bedeutung.

Ich nahm den Hörer ab.

«Hier ist das Pfarrhaus», sagte ich. «Wer spricht?»

Eine merkwürdige, hohe, hysterische Stamme kam durch den Hörer: «Ich will gestehen», sagte sie. «Mein Gott, ich will gestehen.»

«Hallo», sagte ich, «hallo. Hören Sie, wir wurden getrennt. Welche Nummer war das?»

Eine träge Stimme sagte, sie wisse es nicht. Sie fügte hinzu, sie bedauere die Störung.

Ich legte den Hörer zurück und wandte mich an Melchett.

«Sie haben einmal gesagt, Sie würden wahnsinnig, wenn sich noch jemand des Verbrechens beschuldigen würde.»

«Und?»

«Das war jemand, der gestehen wollte … und die Vermittlung hat uns getrennt.»

Melchett schoss herüber und nahm den Hörer. «Ich werde mit ihnen reden.»

«Tun Sie das», sagte ich. «Vielleicht haben Sie Erfolg. Ich gehe aus. Mir ist, als hätte ich die Stimme erkannt.»

Achtundzwanzigstes Kapitel

Ich lief durch die Dorfstraße. Es war elf und um elf an einem Sonntagabend könnte man das ganze Dorf St. Mary Mead für tot halten. Ich sah jedoch ein Licht in einem Fenster im ersten Stock, als ich vorbeiging, und da das bedeutete, dass Hawes noch auf war, blieb ich stehen und läutete.

Nach einer Zeit, die mir lange vorkam, öffnete Hawes' Hauswirtin Mrs. Sadler umständlich zwei Riegel, eine Kette, drehte einen Schlüssel um und spähte misstrauisch heraus.

«Na so was, der Pfarrer!», rief sie.

«Guten Abend. Ich möchte Mr. Hawes besuchen. Ich habe Licht in seinem Fenster gesehen, er ist also noch auf.»

«Das mag sein. Ich habe ihn nicht mehr gesehen, seit ich ihm sein Abendessen hinaufgebracht habe. Er hatte einen ruhigen Abend – niemand war bei ihm, und er ist nicht ausgegangen.»

Ich nickte, ging an ihr vorbei und rasch die Treppe hinauf. Hawes hat ein Schlafzimmer und ein Wohnzimmer im ersten Stock.

Ich ging in Letzteres. Hawes lag schlafend in einem Sessel. Er wurde nicht wach, als ich hereinkam. Eine leere Tablettenschachtel und ein halb volles Glas Wasser standen neben ihm.

Auf dem Boden neben seinem linken Fuß lag ein zerknülltes, beschriebenes Blatt Papier. Ich hob es auf und strich es glatt.

Der Brief begann: «Mein lieber Clement…»

Ich las ihn durch, machte meinem Erstaunen Luft und steckte ihn in die Tasche. Dann beugte ich mich über Hawes und musterte ihn aufmerksam.

Als Nächstes griff ich nach dem Telefon neben seinem Ellbogen und gab der Vermittlung die Pfarrhausnummer. Melchett versuchte offenbar immer noch den Anruf zurückzuverfolgen, denn man sagte mir, die Nummer sei besetzt. Ich bat, mich zurückrufen zu lassen, und legte auf.

Ich steckte die Hand in die Tasche, um noch einmal das Blatt zu lesen, das ich aufgehoben hatte. Mit ihm zog ich den Brief heraus, der im Briefkasten gewesen war und den ich noch nicht geöffnet hatte.

Er sah erschreckend vertraut aus. Es war die gleiche Schrift wie in dem anonymen Brief, den ich am Nachmittag bekommen hatte.

Ich riss den Umschlag auf.

Ich las den Brief einmal – zweimal – und war unfähig, den Inhalt zu erfassen.

Gerade wollte ich ihn zum dritten Mal lesen, als das Telefon läutete. Wie im Traum nahm ich den Hörer ab und sprach hinein.

«Hallo?»

«Hallo.»

«Sind Sie das, Melchett?»

«Ja, wo sind Sie? Ich habe den Anruf zurückverfolgt. Die Nummer ist …»

«Ich kenne die Nummer.»

«Oh, gut! Sprechen Sie von dort?»

«Ja.»

«Was ist mit diesem Geständnis?»

«Ich habe das Geständnis.»

«Soll das heißen, Sie haben den Mörder?»

Da geriet ich in die größte Versuchung meines Lebens. Ich betrachtete das anonyme Gekritzel. Ich betrachtete die leere Tablettenschachtel mit dem Namen Cherubim darauf. Ich erinnerte mich an ein gewisses beiläufiges Gespräch.

Ich nahm alle Kraft zusammen.

«Ich – ich weiß es nicht», sagte ich. «Sie kommen besser her.»

Und ich gab ihm die Adresse.

Dann setzte ich mich in den Stuhl Hawes gegenüber und dachte nach.

Zwei Minuten hatte ich dazu.

In zwei Minuten würde Melchett kommen.

Ich nahm den anonymen Brief und las ihn zum dritten Mal.

Neunundzwanzigstes Kapitel

Ich weiß nicht, wie lange ich da saß – in Wirklichkeit wohl nur ein paar Minuten. Doch es kam mir vor, als wäre eine Ewigkeit vergangen, bis ich hörte, wie die Tür geöffnet wurde, und Melchett das Zimmer betreten sah.

Er starrte den schlafenden Hawes in seinem Sessel an, dann wandte er sich an mich.

«Was ist das, Clement? Was hat das alles zu bedeuten?»

Ich nahm einen der beiden Briefe in meiner Hand und reichte ihn ihm. Er las ihn mit gedämpfter Stimme vor:

> Mein lieber Clement
>
> Ich habe eine sonderbar unangenehme Sache mitzuteilen. Eigentlich ziehe ich es vor zu schreiben. Wir können später darüber reden. Es betrifft die vor kurzem geschehenen Unterschlagungen. Es tut mir Leid, sagen zu müssen, dass ich mich über jeden möglichen Zweifel hinaus von der Identität des Schuldigen überzeugt habe. So schmerzlich es für mich ist, einen ordinierten Priester der Kirche beschuldigen zu müssen, so ist doch meine Pflicht nur zu quälend klar. Ein Beispiel muss statuiert werden und …

Melchett schaute mich fragend an. Hier wurde die Schrift zu einem unleserlichen Gekritzel, wo der Tod die Hand des Schreibenden überrascht hatte.

Melchett holte tief Luft, dann betrachtete er Hawes.

«Also das ist die Lösung! Der einzige Mann, den wir nie in

Betracht gezogen haben. Und Reue trieb ihn zum Geständnis!»

«Er war in letzter Zeit sehr sonderbar», sagte ich.

Plötzlich ging Melchett zu dem Schlafenden und stieß einen überraschten Laut aus. Er packte ihn an der Schulter und schüttelte ihn zuerst sanft, dann mit zunehmender Heftigkeit.

«Er schläft nicht! Er ist betäubt! Was hat das zu bedeuten?»

Er sah die leere Tablettenschachtel und griff danach. «Hat er…»

«Ich glaube, ja», sagte ich. «Er hat sie mir gestern gezeigt. Hat mir erzählt, man hätte ihn vor einer Überdosis gewarnt. Es ist sein Ausweg, armer Kerl. Vielleicht der beste Weg. Es ist nicht an uns, ihn zu richten.»

Doch Melchett war in erster Linie Bezirkspolizeichef. Die Argumente, die mir einleuchteten, bedeuteten ihm nichts. Er hatte einen Mörder gefangen, und er wollte seinen Mörder hängen sehen.

In der nächsten Sekunde war er am Telefon und wartete ungeduldig auf die Antwort der Vermittlung. Er bat um Haydocks Nummer. Dann gab es eine weitere Pause, in der er mit dem Hörer am Ohr und dem Blick auf der schlaffen Gestalt im Sessel dastand.

«Hallo – hallo – hallo – ist dort Dr. Haydock? Kann der Doktor sofort in die High Street kommen? Mr. Hawes. Es ist dringend… wie bitte?…Nun, welche Nummer ist es denn…oh, tut mir Leid.»

Wütend legte er auf.

«Falsch verbunden, falsch verbunden – immer falsch verbunden. Und das Leben eines Mannes hängt davon ab. Hallo – Sie haben mich falsch verbunden – ja, – verlieren Sie keine Zeit – geben Sie mir drei neun – neun, nicht fünf.»

Wieder ungeduldiges Waren – diesmal kürzer.

«Hallo – sind Sie das, Haydock? Melchett am Apparat. Kommen Sie sofort in die High Street 19, bitte. Hawes hat irgendeine Überdosis genommen. Sofort, Mann, es ist lebenswichtig.»

Er legte auf und ging ungeduldig im Zimmer hin und her.

«Warum um alles in der Welt Sie nicht sofort den Arzt geholt haben, Clement, kann ich nicht begreifen. Ihr Verstand muss ausgesetzt haben.»

Zum Glück kommt Melchett nie auf die Idee, dass jemand möglicherweise andere Vorstellungen vom richtigen Verhalten hat als er selbst. Ich sagte nichts, und er fuhr fort:

«Wo haben Sie diesen Brief gefunden?»

«Zerknüllt auf dem Boden – wo er ihm aus der Hand gefallen war.»

«Ganz ungewöhnliche Sache – die alte Jungfer hatte Recht, es war die falsche Nachricht, die wir gefunden haben. Ein Wunder, dass sie darauf gekommen ist. Aber welch ein Esel der Kerl war, dass er diese hier nicht zerrissen hat. Verrückt, sie zu behalten – den verheerendsten Beweis, den man sich denken kann!»

«Die menschliche Natur ist voll von Inkonsequenzen.»

«Wenn sie das nicht wäre, würden wir wohl nie einen Mörder fassen! Früher oder später machen sie immer etwas Närrisches. Sie sehen ziemlich mitgenommen aus, Clement. Das war vermutlich ein besonders schlimmer Schock für Sie?»

«Ja. Wie ich schon sagte, hat sich Hawes seit einiger Zeit sonderbar benommen, aber ich hätte nicht im Traum …»

«Wer wäre schon darauf gekommen? Hallo, das klingt wie ein Wagen.» Er ging zum Fenster, schob es hoch und beugte sich hinaus. «Ja, das ist Haydock.»

Im nächsten Moment betrat der Arzt das Zimmer.

In wenigen knappen Worten erklärte Melchett die Situation.

Haydock ist kein Mann, der seine Gefühle zeigt. Er hob lediglich die Brauen, nickte und ging zu seinem Patienten. Er fühlte den Puls, hob das Lid und betrachtete aufmerksam das Auge.

Dann sagte er zu Melchett: «Wollen Sie ihn für den Galgen retten? Er ist ziemlich weit hinüber, wissen Sie. Es steht auf jeden Fall auf des Messers Schneide. Ich bezweifle, ob ich ihn zurückholen kann.»

«Tun Sie alles, was möglich ist.»

«In Ordnung.» Er machte sich mit der Tasche zu schaffen, die er mitgebracht hatte, zog eine Spritze auf und injizierte sie in Hawes Arm. Dann stand er auf.

«Am besten fährt man ihn nach Much Benham – ins Krankenhaus dort. Fassen Sie mit an, damit wir ihn in den Wagen bringen.»

Wir halfen ihm beide. Als Haydock sich hinters Steuer setzte, sagte er zum Abschied über die Schulter:

«Wissen Sie, Melchett, Sie werden ihn nicht hängen können.»

«Soll das heißen, er kommt nicht wieder auf die Beine?»

«Vielleicht, vielleicht auch nicht. Ich meine, selbst wenn er überlebt – nun, der arme Teufel war für seine Handlungen nicht verantwortlich. Das werde ich bezeugen.»

«Was meinte er denn damit?», fragte Melchett, während wir wieder hinaufgingen.

Ich erklärte ihm, dass Hawes an Enzephalitis lethargica gelitten hatte.

«Immer haben sie heutzutage irgendwelche guten Gründe für jede Schandtat, die verübt wird. Finden Sie nicht auch?»

«Die Wissenschaft lehrt uns eine Menge.»

«Zum Teufel mit der Wissenschaft – ich bitte um Verzeihung, Clement. Aber dieses ganze sentimentale Getue ärgert mich. Ich bin ein einfacher Mann. Nun, wir sollten uns hier besser mal umschauen.»

Aber in diesem Moment gab es eine Unterbrechung – eine höchst erstaunliche. Die Tür wurde geöffnet, und Miss Marple kam herein.

Ihr Gesicht war gerötet, sie war ziemlich nervös und schien zu merken, wie verblüfft wir waren.

«Tut mir so Leid – so Leid – zu stören – guten Abend, Colonel Melchett. Wie gesagt, es tut mir so Leid, aber als ich hörte, dass Mr. Hawes erkrankt ist, hatte ich das Gefühl, ich müsste kommen und sehen, ob ich nicht etwas tun kann.»

Sie schwieg. Colonel Melchett musterte sie ziemlich empört.

«Sehr freundlich von Ihnen, Miss Marple», sagte er trocken. «Aber es ist nicht nötig, dass Sie sich bemühen. Woher wussten Sie es übrigens?»

Diese Frage hätte ich auch zu gern gestellt!

«Das Telefon», erklärte Miss Marple. «Sie sind so achtlos mit ihren Verbindungen, nicht wahr? Sie haben zuerst mit mir gesprochen und gedacht, ich sei Dr. Haydock. Meine Nummer ist drei fünf.»

«Das war es also!», rief ich.

Es gibt immer eine vollkommen plausible und vernünftige Erklärung für Miss Marples Allwissenheit.

«Und deshalb bin ich einfach vorbeigekommen, um zu sehen, ob ich mich nützlich machen kann.»

«Sehr freundlich von Ihnen», wiederholte Melchett diesmal noch trockener. «Aber man kann nichts tun. Haydock hat ihn ins Krankenhaus gebracht.»

«Tatsächlich ins Krankenhaus? Oh, das erleichtert mich sehr. Ich bin so froh, das zu hören. Dort wird er in Sicherheit sein. Wenn Sie sagen, man kann nichts tun, dann meinen Sie doch nicht etwa, dass er nicht davonkommt?»

«Das ist sehr zweifelhaft», sagte ich.

Miss Marple hatte die Tablettenschachtel erspäht.

«Hat er eine Überdosis genommen?», fragte sie.

Ich glaube, Melchett war für Verschweigen. Unter anderen Umständen wäre ich es vielleicht auch gewesen. Aber dagegen sprach, dass meine Unterhaltung mit Miss Marple über den Fall mir noch zu frisch im Gedächtnis war, obwohl ich zugeben muss, dass ihr rasches Erscheinen auf der Szene und ihre eifrige Neugier mich etwas abstießen.

«Das sollten Sie sich ansehen.» Ich gab ihr Protheroes unvollendeten Brief.

Sie nahm ihn und las ihn ohne ein Zeichen der Überraschung.

«Sie hatten schon auf etwas in dieser Art geschlossen, nicht wahr?», fragte ich.

«Ja – ja, tatsächlich. Darf ich Sie fragen, Mr. Clement, was Sie heute Abend hierher geführt hat? Das ist ein Punkt, der mich verwirrt. Sie und Colonel Melchett – das hätte ich überhaupt nicht erwartet.»

Ich schilderte ihr den Telefonanruf und dass ich geglaubt hatte, Hawes Stimme zu erkennen. Miss Marple nickte nachdenklich.

«Sehr interessant. Sehr schicksalhaft – wenn ich den Begriff gebrauchen darf. Ja, es brachte Sie im richtigen Moment hierher.»

«Richtig wofür?», fragte ich bitter.

Miss Marple sah überrascht aus. «Um Hawes Leben zu retten natürlich.»

«Glauben Sie nicht», sagte ich, «dass es besser sein könnte, Hawes würde nicht davonkommen? Besser für ihn – besser für alle. Wir wissen jetzt die Wahrheit und ...»

Ich unterbrach mich, denn Miss Marple nickte mit einer so sonderbaren Heftigkeit, dass ich den Faden verlor.

«Natürlich», sagte sie. «Natürlich! Das sollen Sie denken, das will er! Dass Sie die Wahrheit wissen – und dass es so am besten für alle ist. Oh ja, das alles passt – der Brief und die Überdosis und der Geisteszustand des armen Mr. Hawes und sein Geständnis. Das alles passt – aber es ist alles falsch ...»

Wir starrten sie an.

«Deshalb bin ich so froh, dass Mr. Hawes in Sicherheit ist – im Krankenhaus –, wo niemand ihm etwas antun kann. Wenn er durchkommt, wird er Ihnen die Wahrheit sagen.»

«Die Wahrheit?»

«Ja – dass er Colonel Protheroe nie ein Haar gekrümmt hat.»

«Aber der Telefonanruf», sagte ich. «Der Brief – die Überdosis. Es ist alles so klar!»

«Das will er Sie glauben machen. Oh, er ist sehr klug! Den Brief zu behalten und ihn auf diese Weise zu benutzen war tatsächlich sehr klug.»

«Wen meinen Sie», fragte ich, «mit er?»

«Ich meine den Mörder», sagte Miss Marple.

Sehr ruhig fügte sie hinzu: «Ich meine Mr. Lawrence Redding.»

Dreissigstes Kapitel

Wir starrten sie an. Ich glaube wirklich, dass wir ein paar Sekunden lang dachten, sie hätte den Verstand verloren. Die Beschuldigung wirkte so ganz und gar widersinnig.

Colonel Melchett sprach als Erster. Sein Ton war freundlich und von einer Art mitleidiger Toleranz.

«Das ist absurd, Miss Marple», sagte er. «Der junge Redding ist absolut außer Verdacht.»

«Natürlich», sagte Miss Marple. «Dafür hat er gesorgt.»

«Im Gegenteil», sagte Colonel Melchett trocken. «Er hat sein Bestes getan, um des Mordes angeklagt zu werden.»

«Ja», bestätigte Miss Marple. «So hat er uns völlig eingewickelt – mich so gut wie alle anderen. Sie werden sich erinnern, lieber Mr. Clement, dass ich ziemlich überrascht war, als ich hörte, dass Mr. Redding das Verbrechen gestanden hatte. Es brachte alle meine Überlegungen durcheinander und bewirkte, dass ich ihn für unschuldig hielt – obwohl ich bis dahin von seiner Schuld überzeugt war.»

«Dann war es Lawrence Redding, den Sie verdächtigten?»

«Ich weiß, in Büchern ist es immer die unwahrscheinlichste Person. Aber nach meiner Beobachtung trifft diese Regel nie auf das wirkliche Leben zu. So oft stimmt gerade das Naheliegende. Ich habe Mrs. Protheroe immer sehr geschätzt, aber ich musste dennoch zu dem Schluss kommen, dass sie völlig unter Mr. Reddings Einfluss stand und alles tun würde, was er ihr sagte. Und er ist natürlich nicht der junge Mann, der auch nur im Traum daran denkt, mit einer mittellosen Frau davonzulaufen. Von seinem Standpunkt aus musste Colonel Protheroe aus dem Weg geräumt werden – und so beseitigte er ihn. Einer dieser charmanten jungen Männer ohne jede Moral.»

Colonel Melchett hatte schon eine Zeit lang ungeduldig geschnaubt. Jetzt platzte er heraus: «Absoluter Unsinn – die ganze Theorie! Reddings Alibi ist lückenlos bis 6.50 und Haydock sagt aus, dass Protheroe um diese Zeit nicht erschossen worden sein kann. Oder wollen Sie andeuten, dass Haydock absichtlich lügt – der Himmel weiß, warum?»

«Ich glaube, Dr. Haydocks Aussage entsprach absolut der Wahrheit. Er ist ein sehr redlicher Mann. Und natürlich war es Mrs. Protheroe, die Colonel Protheroe tatsächlich erschossen hat – nicht Mr. Redding.»

Wieder starrten wir sie an. Miss Maple zupfte ihr Spitzentuch zurecht, schob den weichen Schal zurück, den sie über den Schultern trug und begann uns auf altjungferliche Weise einen sanft dahinplätschernden Vortrag zu halten, der die erstaunlichsten Behauptungen auf die selbstverständlichste Art zusammenfasste.

«Bis jetzt hielt ich es nicht für richtig, mich zu Wort zu melden. Die eigene Meinung – selbst wenn sie so stark ist, dass sie dem Wissen nahe kommt – ist nicht das Gleiche wie ein Beweis. Und falls man keine Erklärung hat, die zu allen Tatsachen passt (wie ich heute Abend schon zu dem lieben Mr. Clement sagte), kann man sie nicht mit der richtigen Überzeugung vertreten. Und meine eigene Erklärung war nicht ganz vollständig – mir fehlte nur ein Glied in der Kette –, aber plötzlich, gerade als ich Mr. Clements Arbeitszimmer verließ, bemerkte ich die Palme im Topf am Fenster – und – nun – da war die ganze Sache vollständig! Sonnenklar!»

«Verrückt – völlig verrückt», murmelte Melchett mir zu.

Aber Miss Marple strahlte uns heiter an und fuhr mit ihrer sanften, damenhaften Stimme fort.

«Ich habe es sehr bedauert zu glauben, was ich glauben

musste – sehr bedauert. Weil ich beide mochte. Aber Sie kennen die menschliche Natur. Und als am Anfang zuerst er und dann beide auf die albernste Weise gestanden – nun, da war meine Erleichterung größer, als ich sagen konnte. Ich hatte mich geirrt. Und ich fing an, über andere Leute nachzudenken, die ein mögliches Motiv hatten, Colonel Protheroe aus dem Weg zu wünschen.»

«Die sieben Verdächtigen!», murmelte ich.

Sie lächelte mir zu.

«Ja, in der Tat. Da war dieser Archer – nicht wahrscheinlich, aber unter dem Einfluss von Alkohol (so aufputschend) kann man nie wissen. Und natürlich war da Ihre Mary. Sie ist lange Zeit mit Archer gegangen und sie ist ein unberechenbares Mädchen. Motiv und Gelegenheit – schließlich war sie allein im Haus! Die alte Mrs. Archer hätte ohne weiteres für jeden der beiden die Pistole aus Mr. Reddings Haus besorgen können. Und dann war da natürlich Lettice – mit dem Wunsch nach Freiheit und Geld, um machen zu können, was sie will. Ich habe viele Fälle gekannt, in denen die schönsten und ätherischsten Mädchen so gut wie keine moralischen Skrupel gezeigt haben – obwohl Gentlemen das natürlich nie von ihnen glauben wollen.»

Ich zuckte zusammen.

«Und dann war da dieser Tennisschläger», fuhr Miss Marple fort.

«Der Tennisschläger?»

«Ja, der, den Mrs. Price Ridleys Clara beim Pfarrhaustor im Gras bemerkte. Das sah so aus, als wäre Mr. Dennis früher von seiner Tennisparty zurückgekommen, als er sagte. Sechzehnjährige Jungen sind so leicht zu beeindrucken und so unausgeglichen. Was immer das Motiv sein mochte – Lettice oder Ihnen zuliebe, es war eine Möglichkeit. Und dann waren da natürlich der arme Mr. Hawes und Sie – nicht Sie beide natürlich – aber alternativ, wie die Juristen sagen.»

«Ich?», rief ich höchst erstaunt.

«Nun ja. Ich bitte um Verzeihung – und tatsächlich dachte ich es nie wirklich –, aber da war die Frage dieser verschwundenen Geldbeträge. Entweder Sie oder Mr. Hawes mussten dafür verantwortlich sein, und Mrs. Price Ridley deutete überall an, Sie wären der Schuldige – vor allem, weil Sie sich so heftig weigerten, irgendeine Art von Untersuchung durchzuführen. Ich war natürlich immer überzeugt, es sei Mr. Hawes – er erinnerte mich so an diesen unglücklichen Organisten, den ich erwähnte; aber dennoch kann man nie ganz sicher sein ...»

«Weil die menschliche Natur nun mal so ist», schloss ich grimmig.

«Genau. Und dann war da natürlich die liebe Griselda.»

Melchett unterbrach sie. «Aber Mrs. Clement war völlig unverdächtig, sie kam erst mit dem Zug um 6.50 zurück.»

«Das hat sie gesagt. Man sollte nie glauben, was die Leute sagen. Der 6.50 hatte an diesem Abend eine halbe Stunde Verspätung. Aber um Viertel nach sieben sah ich sie mit eigenen Augen nach Old Hall gehen. Daraus folgt, dass sie mit dem früheren Zug gekommen sein muss. Sie wurde auch tatsächlich gesehen; aber vielleicht wissen Sie das?»

Fragend schaute sie mich an.

Etwas Hypnotisches in ihrem Blick zwang mich, den letzten anonymen Brief hervorzuholen, den ich erst vor kurzem geöffnet hatte. Darin wurde detailliert erklärt, dass Griselda gesehen worden war, als sie am fraglichen Tag um zwanzig nach sechs Lawrence Reddings Häuschen durch die hintere Glastür verlassen hatte.

Weder in diesem Moment noch zu einem anderen Zeitpunkt sagte ich etwas von dem schrecklichen Verdacht, der mir kurz in den Sinn gekommen war. Ich hatte es wie in Albträumen vor mir gesehen – eine vergangene heimliche Romanze zwischen Lawrence und Griselda, von der Protheroe gehört hatte, sein Entschluss, mir die Fakten mitzuteilen – und die verzweifelte Griselda, die Reddings Pistole stahl und Protheroe zum Schweigen brachte. Wie gesagt, es war nur ein Albtraum, aber ein paar endlose Minuten lang erschien er mir entsetzlich wirklich.

Ich weiß nicht, ob Miss Marple davon überhaupt eine Ahnung hatte. Ich nehme es an. Ihr bleibt wenig verborgen.

Sie gab mir den Brief mit einem Kopfnicken zurück.

«Das ging im ganzen Dorf herum», sagte sie, «und es sah ziemlich verdächtig aus, nicht wahr? Besonders weil Mrs. Archer bei der gerichtlichen Untersuchung schwor, dass die Pistole noch im Häuschen war, als sie am Mittag ging.»

Sie schwieg einen Moment, dann sprach sie weiter.

«Aber ich schweife schrecklich ab. Ich will Ihnen meine eigene Erklärung des Falls geben – das halte ich für meine Pflicht. Wenn Sie mir nicht glauben – nun, dann habe ich mein Bestes getan. Selbst so könnte mein Wunsch, ganz sicher zu sein, bevor ich rede, den armen Mr. Hawes das Leben gekostet haben.»

Wieder machte sie eine Pause, und als sie fortfuhr, war es in einem anderen Ton. Weniger entschuldigend, entschlossener.

«Hier ist meine eigene Erklärung der Tatsachen. Am Donnerstagnachmittag war das Verbrechen bis in alle Einzelheiten geplant. Lawrence Redding ging zuerst zum Pfarrer, von dem er wusste, dass er ausgegangen war. Er hatte die Pistole dabei, die er in diesem Blumentopf auf dem Ständer am Fenster versteckte. Als der Pfarrer kam, erklärte Lawrence seinen Besuch mit der Erklärung, er habe sich entschlossen wegzugehen. Um fünf Uhr dreißig rief Lawrence Redding von North Lodge aus den Pfarrer mit verstellter, weiblich klingender Stimme an (Sie erinnern sich, was für ein guter Amateurschauspieler er war).

Mrs. Protheroe und ihr Mann waren gerade ins Dorf gefahren. Und – eine sehr merkwürdige Sache (obwohl niemand es dafür hielt) – Mrs. Protheroe nahm keine Handtasche mit. Wirklich höchst ungewöhnlich für eine Frau. Gerade vor zwanzig nach sechs geht sie an meinem Garten vorbei, bleibt stehen und spricht mit mir, damit ich jede Gelegenheit habe zu sehen, dass sie keine Waffe dabei hat und ganz wie immer wirkt. Es war ihnen klar, verstehen Sie, dass ich eine gute Beobachterin bin. Sie verschwindet um die Ecke des Hauses zur Glastür des Arbeitszimmers. Der arme Colonel sitzt am Schreibtisch und schreibt seinen Brief an Sie. Er ist schwerhörig, wie wir alle wissen. Sie nimmt die Pistole aus dem Topf, schleicht sich hinter ihn und schießt ihn durch den Kopf, wirft die Pistole weg und ist blitzschnell wieder draußen, wo sie durch den Garten zum Atelier geht. Fast jeder würde schwören, dass ihr keine Zeit für das Verbrechen blieb!»

«Aber der Schuss?», widersprach der Colonel. «Sie haben doch den Schuss nicht gehört?»

«Es gibt, glaube ich, eine Erfindung, die Maximschalldämpfer heißt. Das weiß ich aus Kriminalromanen. Ich frage mich, ob das Niesen, das Clara, das Dienstmädchen, gehört hat, möglicherweise der Schuss gewesen sein könnte? Aber egal. Am Atelier wartet Mr. Redding auf Mrs. Protheroe. Sie gehen zusammen hinein – und da auch ihnen die menschliche Natur bekannt ist, wissen sie wohl, dass ich den Garten nicht eher verlassen werde, bis sie wieder herauskommen!»

Miss Marple war mir nie sympathischer als in diesem Moment, wo sie so humorvoll ihre eigene Schwäche eingestand.

«Als sie dann herauskommen, ist ihr Verhalten heiter und natürlich. Und da haben sie einen Fehler gemacht. Denn wenn sie wirklich voneinander Abschied genommen hätten, wie sie vorgaben, hätten sie ganz anders ausgesehen. Aber, verstehen Sie, hier war ihr schwacher Punkt. Sie wagen es einfach nicht, einen irgendwie erregten Eindruck zu machen. In den nächsten zehn Minuten achten sie sorgsam darauf, sich zu beschaffen, was man, glaube ich, ein Alibi nennt. Schließlich geht Mr. Redding ins Pfarrhaus und verlässt es so spät, wie er es noch riskieren kann. Vielleicht sah er Sie aus der Ferne auf dem Fußweg und konnte so die Zeit abstimmen. Er nimmt die Pistole und den Schalldämpfer mit, lässt den gefälschten Brief mit der Zeitangabe in anderer Tinte und offenbar anderer Schrift zurück. Wenn die Fälschung entdeckt wird, sieht sie aus wie ein ungeschickter Versuch, Anne Protheroe zu belasten.

Aber als er den Brief zurücklässt, findet er den anderen, den Colonel Protheroe tatsächlich geschrieben hat – etwas ganz Unerwartetes. Und da er ein ausgesprochen intelligenter junger Mann ist und begreift, dass ihm dieser Brief sehr nützlich sein kann, nimmt er ihn mit. Er stellt die Zeiger der Uhr auf die gleiche Zeit, die im Brief angegeben ist – wobei er weiß, dass die Uhr immer eine Viertelstunde vorgeht. Wieder die gleiche Idee – ein Versuch, den Verdacht auf Mrs. Protheroe zu lenken. Dann geht er hinaus, trifft Sie am Tor und spielt den beinah Wahnsinnigen. Wie gesagt, er ist wirklich höchst intelligent. Was würde ein Mörder, der gerade ein Verbrechen begangen hat, versuchen zu tun? Selbstverständlich so natürlich wie möglich zu wirken. Also macht Mr. Redding genau das nicht. Er versteckt den Schalldämpfer, aber er geht mit der Pistole auf die Polizeiwache und macht ein ganz und gar lächerliches Geständnis, das jeden für ihn einnimmt.»

Miss Marples Zusammenfassung des Falls hatte etwas Faszinierendes. Sie redete mit solcher Bestimmtheit, dass wir beide das Gefühl hatten, so und nicht anders könnte das Verbrechen begangen worden sein.

«Was ist mit dem Schuss im Wald, der gehört wurde?», fragte ich. «War das der Zufall, von dem Sie vorhin sprachen?»

«Oh nein!» Miss Marple schüttelte entschieden den Kopf. «Das war kein Zufall – ganz und gar nicht. Es war absolut nötig, dass ein Schuss gehört wurde – sonst wäre womöglich Mrs. Protheroe weiterhin verdächtigt worden. Wie Mr. Redding es bewerkstelligte, weiß ich nicht genau. Aber ich habe gehört, dass Pikrinsäure explodiert, wenn man etwas Schweres daraufwirft, und Sie werden sich erinnern, lieber Pfarrer, dass Mr. Redding einen großen Stein trug, als Sie ihn genau dort im

Wald trafen, wo Sie später den Kristall fanden. Männer sind so geschickt darin, Dinge zu bewerkstelligen – wenn der Stein über den Kristallen hinge, und dann ein Zeitzünder – oder meine ich eine langsam brennende Lunte? Etwas, das etwa zwanzig Minuten braucht, bis es durchgebrannt ist – damit die Explosion um 6.30 gehört würde, wenn er und Mrs. Protheroe aus dem Atelier gekommen und weithin sichtbar gewesen waren. Ein Plan ohne Risiko, denn was würde man später finden können? Nur einen großen Stein! Aber selbst den versuchte er zu entfernen – als Sie ihn überraschten.»

«Ich glaube, Sie haben Recht!» Ich erinnerte mich, wie Lawrence überrascht zusammengeschreckt war, als er mich an jenem Tag gesehen hatte. Damals war mir das ganz natürlich vorgekommen, aber jetzt...

Miss Marple schien meine Gedanken zu lesen, denn sie nickte pfiffig. «Ja, es muss ein scheußlicher Schock für ihn gewesen sein, als er Ihnen genau in diesem Moment begegnete. Aber er zog sich sehr gut aus der Affäre – gab vor, mir den Stein für meinen Steingarten zu bringen. Nur...», Miss Marple sprach plötzlich sehr eindringlich, «war es die falsche Art Stein für meinen Steingarten! Und das brachte mich auf die richtige Spur!»

Colonel Melchett hatte die ganze Zeit wie in Trance dagesessen. Jetzt sah es so aus, als ob er zu sich käme. Er schnaubte ein- oder zweimal, putzte sich verwirrt die Nase und sagte:

«Donnerwetter! Donnerwetter!»

Darüber hinaus äußerte er sich nicht. Ich glaube, dass ihn genau wie mich die zwingende Logik von Miss Marples Schlussfolgerungen beeindruckte. Aber im Moment war er nicht bereit, das zuzugeben.

Stattdessen griff er nach dem zerknüllten Brief und bellte:

«Alles schön und gut! Aber wie erklären Sie sich die Sache mit diesem Hawes? Er hat schließlich angerufen und gestanden.»

«Ja, das war ja so schicksalhaft. Zweifellos die Predigt des Pfarrers. Wissen Sie, lieber Mr. Clement, Sie haben wirklich eine sehr bemerkenswerte Predigt gehalten. Sie muss Mr. Hawes tief berührt haben. Er konnte es nicht länger ertragen, er hatte das Gefühl, er müsse gestehen – seine Unterschlagung der Kirchengelder.»

«Was?»

«Ja – und das hat ihm durch die göttliche Vorsehung das Leben gerettet. (Denn ich hoffe und vertraue darauf, dass es gerettet ist. Dr. Haydock ist so tüchtig.) Wie ich die Sache sehe, behielt Mr. Redding diesen Brief (das war riskant, aber ich nehme an, er hatte ihn in einem sicheren Versteck aufbewahrt) und wartete, bis er herausfand, auf wen er sich bezog. Er überzeugte sich bald, dass es um Mr. Hawes ging. Wie ich höre, kam er gestern Abend mit Mr. Hawes hierher und blieb lange bei ihm. Ich vermute, dass er dann die Tabletten vertauschte und diesen Brief in die Tasche von Mr. Hawes' Morgenrock schob. Der arme junge Mann schluckte die tödliche Tablette in aller Unschuld – nach seinem Tod würden seine Sachen durchsucht, der Brief gefunden und alle würden den voreiligen Schluss ziehen, dass er Colonel Protheroe erschossen und aus Zerknirschung sich selbst getötet hat. Ich nehme an, Mr. Hawes fand diesen Brief heute Abend, gerade nachdem er die verhängnisvolle Tablette genommen hatte. In seinem verwirrten Zustand kam er ihm wie etwas Übernatürliches vor, und das zusammen mit der Predigt des Pfarrers muss ihn bewogen haben, alles zu gestehen.»

«Donnerwetter», sagte Colonel Melchett. «Donnerwetter! Höchst ungewöhnlich. Ich – ich glaube kein Wort davon.»

Er hatte noch nie etwas behauptet, das weniger überzeugend geklungen hat. Er musste es selbst gemerkt haben, denn er fuhr fort:

«Und können Sie den anderen Telefonanruf erklären – den aus Mr. Reddings Häuschen bei Mrs. Price Ridley?»

«Ah!», sagte Miss Marple. «Das nenne ich den Zufall. Die liebe Griselda rief an – sie und Mr. Dennis, glaube ich. Sie hatten die Gerüchte gehört, die Mrs. Price Ridley über den Pfarrer verbreitete, und sie wollten sie durch diese (doch wohl ziemlich kindische) Methode zum Verstummen bringen. Der Zufall liegt darin, dass ihr Anruf genau zur gleichen Zeit kam wie der falsche Schuss im Wald. Daraus schloss man, beides müsse miteinander zu tun haben.»

Plötzlich fiel mir ein, dass jeder diesen Schuss als «ungewöhnlich» bezeichnet hatte. Sie hatten Recht gehabt. Aber wie schwierig zu erklären, worin das ‹Ungewöhnliche› des Schusses bestand!

Colonel Melchett räusperte sich.

«Ihre Lösung klingt sehr plausibel, Miss Marple», sagte er. «Aber Sie werden mir erlauben darauf hinzuweisen, dass es nicht den Schatten eines Beweises gibt.»

«Ich weiß», sagte Miss Marple. «Aber Sie glauben, dass sie stimmt, nicht wahr?»

Nach einer Pause sagte der Colonel fast widerwillig: «Ja, ich glaube es. Verflixt noch mal, es ist die einzige Möglichkeit, wie es geschehen sein kann. Aber es gibt keinen Beweis – nicht den geringsten.»

Miss Marple hustete. «Deshalb dachte ich, dass vielleicht unter diesen Umständen ...»

«Ja?»

«... eine kleine Falle erlaubt wäre.»

Einunddreissigstes Kapitel

Colonel Melchett und ich starrten sie an.

«Eine Falle? Was für eine Art Falle?»

Miss Marple zierte sich ein wenig, aber es war klar, dass sie schon einen Plan perfekt ausgearbeitet hatte.

«Angenommen, Mr. Redding würde angerufen und gewarnt.»

Colonel Melchett schmunzelte.

«‹Alles ist entdeckt. Fliehen Sie!› Das ist ein alter Trick, Miss Marple. Nicht, als ob er nicht häufig Erfolg hätte! Aber ich glaube, in diesem Fall ist der junge Redding zu gerissen, um sich so fangen zu lassen.»

«Es müsste etwas Ungewöhnliches sein. Das ist mir klar», sagte Miss Marple. «Ich würde vorschlagen – nur als eine Anregung –, dass die Warnung von jemandem kommen sollte, der für seine erstaunlichen Ansichten zu diesen Dingen bekannt ist. Nach Dr. Haydocks Äußerungen würde jeder annehmen, dass er einen Mord nach ausgefallenen Gesichtspunkten beurteilt. Wenn er durchblicken ließe, dass jemand – Mrs. Sadler, oder eines ihrer Kinder – tatsächlich den Tausch der Tabletten bemerkt hätte – nun, wenn Mr. Redding unschuldig ist, wird diese Feststellung ihm selbstverständlich gar nichts sagen, aber wenn nicht …»

«… dann könnte er womöglich etwas Törichtes tun.»

«Und sich uns ausliefern. Das ist möglich. Sehr raffiniert, Miss Marple. Aber wird Haydock mitmachen? Wie Sie ganz richtig sagen, sind seine Ansichten …»

Miss Marple unterbrach ihn lebhaft. «Oh, aber das ist Theorie! Etwas ganz anderes als die Praxis, nicht wahr? Aber hier kommt er, wir können ihn also fragen.»

Ich glaube, Haydock war ziemlich erstaunt, Miss Marple bei uns anzutreffen. Er sah müde und erschöpft aus.

«Es war knapp», sagte er, «sehr knapp. Aber er kommt durch. Es ist Aufgabe eines Arztes, seinen Patienten zu retten, und ich habe ihn gerettet, aber ich wäre genau so froh gewesen, wenn ich es nicht geschafft hätte.»

«Sie denken vielleicht anders», sagte Melchett, «wenn Sie gehört haben, was wir Ihnen zu sagen haben.»

Und kurz und prägnant erläuterte er dem Arzt Miss Marples Lösung des Verbrechens und schloss mit ihrem letzten Vorschlag.

Dann konnten wir am Beispiel sehen, was Miss Marple mit dem Unterschied zwischen Theorie und Praxis gemeint hatte.

Haydocks Ansichten schienen sich völlig verändert zu haben. Ich glaube, am liebsten hätte er Lawrence Reddings Kopf auf einem Tablett gesehen. Ich denke mir, es war nicht der Mord an Colonel Protheroe, der seinen Hass so schürte. Es war der Anschlag auf den unglücklichen Hawes.

«Der verdammte Schuft», sagte Haydock. «Der verdammte Schuft! Dieser arme Teufel Hawes. Er hat auch noch Mutter und Schwester. Ihr Leben lang wären sie als Mutter und Schwester eines Mörders gebrandmarkt gewesen, und denken Sie an ihre seelische Qual! So eine feige, heimtückische Schurkerei!»

Wenn es um pure primitive Raserei geht, kann es niemand mit einem echten Menschenfreund aufnehmen, der ordentlich erzürnt ist.

«Falls diese Geschichte wahr ist», sagte er, «können Sie auf mich zählen. Der Kerl ist es nicht wert zu leben. Ein wehrloser Mensch wie Hawes!»

Ein Versager gleich welcher Art kann immer mit Haydocks Sympathie rechnen.

Er war eifrig dabei, mit Melchett Einzelheiten zu besprechen, als Miss Marple sich verabschiedete und ich darauf bestand, sie nach Hause zu bringen.

«Das ist sehr freundlich von Ihnen, Mr. Clement», sagte sie, als wir durch die verlassene Straße gingen. «Du meine Güte, schon nach zwölf. Ich hoffe, Raymond ist zu Bett gegangen und hat nicht auf mich gewartet.»

«Er hätte Sie begleiten sollen», sagte ich.

«Ich habe ihn nicht wissen lassen, wohin ich gehe.»

Ich schmunzelte, als ich an Raymond Wests scharfsinnige psychologische Analyse des Verbrechens dachte.

«Wenn Ihre Theorie sich als richtig erweist – was ich jedenfalls keine Minute bezweifle», sagte ich, «haben Sie Ihren Neffen höchst elegant überrundet.»

Miss Marple lächelte ebenfalls – es war ein nachsichtiges Lächeln.

«Ich erinnere mich an einen Spruch meiner Großtante Fanny. Damals war ich sechzehn und hielt ihn für besonders dumm.»

«Ja?», fragte ich.

«Sie pflegte zu sagen: ‹Die jungen Leute denken, die Alten sind Idioten; aber die Alten wissen, dass die Jungen Idioten sind!›»

Zweiunddreissigstes Kapitel

Es bleibt wenig mehr zu berichten. Miss Marples Plan hatte Erfolg. Lawrence Redding war nicht unschuldig, und der Hinweis auf einen Zeugen des Tablettentauschs veranlasste ihn tatsächlich, «etwas Törichtes» zu tun. So mächtig ist ein schlechtes Gewissen.

Er war natürlich in einer sonderbaren Situation. Sein erster Impuls war, nehme ich an, Reißaus zu nehmen. Aber er musste an seine Komplizin denken. Er konnte sie nicht ohne Nachricht zurücklassen, und er wagte es nicht, bis zum Morgen zu warten. Also ging er in dieser Nacht nach Old Hall – und zwei von Colonel Melchetts tüchtigsten Beamten folgten ihm. Er warf Kies an Anne Protheroes Fenster, weckte sie, und nach erregtem Geflüster kam sie herunter, um mit ihm zu reden. Zweifellos fühlten sie sich draußen sicherer als im Haus – wo Lettice möglicherweise aufwachen könnte. Aber wie es sich so traf, konnten die beiden Polizisten das ganze Gespräch mithören. Danach bestand kein Zweifel mehr. Miss Marple hatte in jedem Punkt Recht gehabt.

Der Verlauf des Prozesses gegen Lawrence Redding und Anne Protheroe ist allgemein bekannt. Ich habe nicht vor, mich damit zu befassen. Ich will nur erwähnen, dass Kommissar Slack viel Anerkennung fand, weil es seinem Eifer und seiner Intelligenz zu danken war, dass die Verbrecher vor Gericht gebracht worden waren. Natürlich blieb Miss Marples Anteil an der Sache unerwähnt. Sie selbst wäre beim Gedanken daran entsetzt gewesen.

Direkt vor dem Prozess besuchte mich Lettice. Sie glitt so geisterhaft wie immer durch meine Glastür herein und erzählte mir, sie sei die ganze Zeit von der Mitschuld ihrer Stiefmutter überzeugt gewesen. Der angebliche Verlust der gelben Baskenmütze war nur eine Ausrede gewesen, um das Arbeitszimmer zu durchsuchen. Sie hatte verzweifelt gehofft, sie könnte etwas finden, das die Polizei übersehen hatte.

«Wissen Sie», sagte sie mit ihrer verträumten Stimme, «Sie haben sie nicht so gehasst wie ich. Und Hass erleichtert manches.»

Enttäuscht vom Ergebnis ihrer Suche hatte sie absichtlich Annes Ohrring beim Schreibtisch fallen lassen.

«Was machte das schon, ich wusste doch, dass sie es getan hatte. Eine Möglichkeit war so gut wie die andere. Sie hatte ihn getötet.»

Ich seufzte. Es gibt immer einiges, was Lettice nie sehen wird. In mancher Hinsicht ist sie moralisch farbenblind.

«Was haben Sie vor, Lettice?», fragte ich.

«Wenn – wenn alles vorbei ist, gehe ich ins Ausland.» Sie zögerte, dann sagte sie: «Ich gehe mit meiner Mutter ins Ausland.»

Überrascht schaute ich auf.

Sie nickte. «Haben Sie es nicht erraten? Mrs. Lestrange ist meine Mutter. Sie – sie stirbt, wissen Sie. Weil sie mich sehen wollte, kam sie unter angenommenem Namen hierher. Dr. Haydock half ihr. Er ist ein sehr alter Freund von ihr – er war einmal verliebt in sie – das kann man sehen! In gewisser Weise ist er das immer noch. Männer waren immer verrückt nach Mutter, glaube ich. Sie ist selbst jetzt noch ungeheuer attraktiv. Jedenfalls hat Dr. Haydock alles getan, was er konnte, um ihr zu helfen. Sie kam nicht unter ihrem eigenen Namen, weil die Leute so widerlich reden und klatschen. An jenem Abend ging sie zu Vater und sagte ihm, dass sie nicht mehr lange zu leben habe und sich sehr danach sehne, mich zu sehen. Vater war ein

Ungeheuer. Er sagte, sie habe alle Rechte aufgegeben, ich wäre der Meinung, sie sei tot – als ob ich selbst jemals diese Geschichte geglaubt hätte! Männer wie Vater sehen nie weiter als bis zu ihrer Nasenspitze!

Aber Mutter ist niemand, der sich abspeisen lässt. Sie hielt es nur für fair, zuerst zu Vater zu gehen, aber als er sie so brutal abfertigte, schickte sie mir eine Nachricht, und ich sorgte dafür, dass ich diese Tennisparty früh verlassen und sie um Viertel nach sechs am Ende des Pfads treffen konnte. Wir waren nur kurz zusammen und verabredeten, wann wir uns wieder sehen wollten. Wir verließen einander vor halb sieben. Hinterher hatte ich große Angst, dass man sie des Mordes verdächtigen würde. Schließlich war sie wütend auf Vater. Deshalb nahm ich mir dieses alte Porträt von ihr im Speicher vor und zerschnitt es. Ich fürchtete, die Polizei würde herumschnüffeln, es finden und sie erkennen. Dr. Haydock hatte auch Angst um sie. Ich glaube, manchmal dachte er wirklich, sie hätte es getan! Mutter ist ein ziemlich – verzweifelter Mensch. Sie kümmert sich nicht um Konsequenzen.»

Sie überlegte. Dann sagte sie: «Es ist merkwürdig. Sie und ich gehören zusammen. Bei Vater und mir war das nicht so. Aber Mutter – nun, jedenfalls gehe ich mit ihr ins Ausland. Ich werde bei ihr bleiben bis – bis zum Ende …»

Sie stand auf, und ich griff nach ihrer Hand.

«Gott segne Sie beide», sagte ich. «Ich hoffe, eines Tages erleben Sie viel Glück, Lettice.»

«Das hoffe ich auch», sie versuchte zu lachen. «Bisher war da nicht viel – nicht wahr? Ach, ich glaube, darauf kommt es nicht an. Auf Wiedersehen, Mr. Clement. Sie waren immer enorm anständig zu mir – Sie und Griselda.»

Griselda!

Ich musste ihr gestehen, wie sehr mich der anonyme Brief beunruhigt hatte, und zuerst lachte sie, dann hielt sie mir ernst einen Vortrag.

«Aber», setzte sie hinzu, «in Zukunft werde ich sehr vernünftig und gottesfürchtig sein – ganz wie die Pilgerväter.»

In der Rolle eines Pilgervaters konnte ich mir Griselda nicht vorstellen.

«Weißt du, Len, in mein Leben wird ein stabilisierender Einfluss kommen. In dein Leben auch, aber in deinem Fall wird er eher – verjüngend sein, wenigstens hoffe ich das! Du kannst mich auch nicht mehr so oft liebes Kind nennen, wenn wir ein richtiges eigenes Kind haben. Und Len, ich habe beschlossen, dass ich jetzt, wo ich eine richtige ‹Ehefrau und Mutter› werde (wie es in Romanen heißt), auch eine ordentliche Hausfrau sein will. Ich habe zwei Bücher über Haushaltsführung gekauft und eins über Mutterliebe, und wenn sie mich nicht musterhaft machen, dann weiß ich auch nicht, was noch helfen soll! Sie sind einfach zum Schreien komisch – unfreiwillig, verstehst du. Besonders das über Kindererziehung.»

«Hast du kein Buch gekauft zum Thema ‹wie behandle ich einen Ehemann›?», fragte ich, als ich begriffen hatte und sie an mich zog.

«Das brauche ich nicht», sagte Griselda. «Ich bin eine sehr gute Ehefrau. Ich liebe dich von Herzen. Was willst du mehr?»

«Nichts.»

«Könntest du nur einmal sagen, dass du mich liebst wie verrückt?»

«Griselda – ich bete dich an! Ich verehre dich! Ich bin wahnsinnig, hoffnungslos und ganz ungeistlich verrückt nach dir!»

Meine Frau seufzte tief und zufrieden auf.

Dann machte sie sich plötzlich los. «Verflixt! Hier kommt Miss Marple. Lass sie keinen Verdacht schöpfen, ja? Ich möchte nicht, dass alle mir Kissen anbieten und mich drängen, die Füße hochzulegen. Sag ihr, ich bin zum Golfplatz gegangen. Das lenkt sie von der Spur ab – und es stimmt, weil ich meinen gelben Pullover dort gelassen habe und ihn holen will.»

Miss Marple kam zur Glastür, blieb entschuldigend stehen und fragte nach Griselda.

«Griselda», sagte ich, «ist zum Golfplatz gegangen.»

Miss Marple schaute mich besorgt an.

«Oh, das ist höchst unklug –», sagte sie, «gerade jetzt.»

Und dann errötete sie auf eine nette, altmodische, damenhafte, jüngferliche Art.

Und um die momentane Verwirrung zu überdecken, redeten wir schnell vom Protheroe-Fall und von «Dr. Stone», der sich als wohl bekannter Einbrecher mit mehreren Decknamen entpuppt hatte. Miss Cram übrigens war von jedem Verdacht einer Mitschuld entlastet worden. Sie hatte schließlich zugegeben, dass sie den Koffer in den Wald getragen hatte, aber das war in gutem Glauben geschehen: Dr. Stone hatte ihr gesagt, er fürchte die Rivalität anderer Archäologen, die vor Einbruch nicht zurückschrecken würden, um seine Theorien diskreditieren zu können. Das Mädchen hatte offenbar diese nicht sehr glaubhafte Geschichte für bare Münze genommen. Jetzt ist sie, wenn man dem Dorfgerücht glauben darf, auf der Suche nach dem authentischeren Exemplar eines älteren Junggesellen, der eine Sekretärin braucht.

Während wir uns unterhielten, hätte ich zu gern gewusst, wie Miss Marple unser neuestes Geheimnis entdeckt hatte. Aber plötzlich gab sie selbst mir diskret einen Hinweis.

«Ich hoffe, die liebe Griselda übernimmt sich nicht», murmelte sie nach einer taktvollen Pause. «Ich war gestern in der Buchhandlung in Much Benham ...»

Arme Griselda – dieses Buch über Mutterliebe war ihr Verderben!

«Ich frage mich, Miss Marple», sagte ich plötzlich, «ob Sie je gefasst würden, wenn Sie einen Mord begehen würden.»

«Was für ein schrecklicher Gedanke», sagte Miss Marple schockiert. «Ich hoffe, ich könnte nie so etwas Bösartiges tun.»

«Aber da die menschliche Natur nun mal so ist...», murmelte ich.

Miss Marple bestätigte den Treffer mit einem hübschen Altdamenlachen.

«Wie unartig von Ihnen, Mr. Clement.» Sie stand auf. «Aber natürlich sind Sie in bester Stimmung.»

An der Glastür blieb sie stehen.

«Herzliche Grüße an die liebe Griselda – und sagen Sie ihr, dass ein kleines Geheimnis bei mir gut aufgehoben ist.»

Eigentlich ist Miss Marple doch ein Schatz...

Über dieses Buch

Murder at the Vicarage markiert die Geburt einer der berühmtesten Figuren der englischen Kriminalliteratur, nämlich der liebenswert schrulligen Altjungfer Miss Marple. «‹Murder at the Vicarage› erschien 1930, aber ich weiß nicht mehr wo, wann und wie ich das Buch schrieb, warum ich es schrieb und was mir den Anstoß dazu gab, eine neue Figur als Detektiv zu präsentieren – Miss Marple. Ganz gewiss hatte ich damals nicht die Absicht, mich für den Rest meines Lebens mit ihr zu belasten. Ich ahnte nicht, dass sie eine Konkurrenz für Hercule Poirot werden würde», verrät uns Agatha Christie in ihrer Autobiographie.

Das Jahr der englischen Erstausgabe 1930 – wieder beim Londoner Verlag Collins – war Agatha Christies Glücksjahr. Sie war mittlerweile eine hochangesehene Bestsellerautorin – und sie heiratete ihren zweiten Ehemann, Max Mallowan. Nach ihrer eigenen Aussage begannen damit «die glücklichsten Jahre meines Lebens». Sie war vierzig, er sechsundzwanzig – die Heiratsurkunde gab ihr Alter mit siebenunddreißig, das von Max Mallowan mit einunddreißig an!

Die deutsche Erstausgabe des ersten Miss-Marple-Romans erschien 1952 unter dem Titel «Mord im Pfarrhaus» im Scherz Verlag. Der Roman wurde von Moie Charles und Barbara Toy unter dem gleichen Titel erfolgreich für die Bühne bearbeitet. Die Filmfassung (BBC) stammt aus dem Jahre 1988 mit der unvergleichlichen Joan Hickson als Miss Marple.